中國韻文通論

陳鐘凡著

中華書局印行

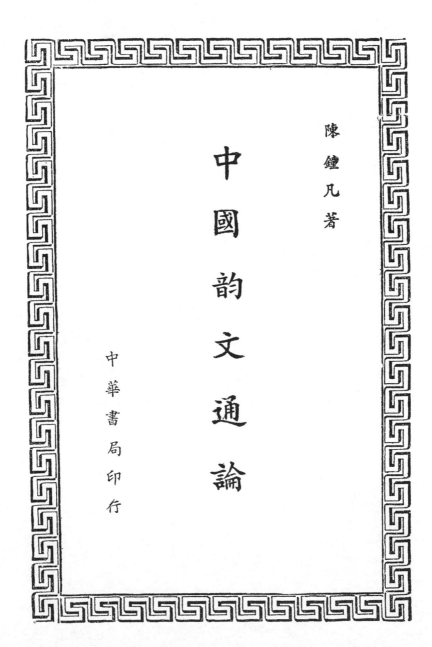

中國韻文通論

目次

目次

目次

(1)描寫——寫人詠物寫景

(2)抒情——高瞻語壯烈語迷離語決絕語險麗語本色語

(3)想像——擬人例設譬例聯想例想像例

六　詞家之派別

(a)隋唐

(1)李白　(2)温庭筠

(b)五代

(1)韋莊　(2)馮延己　(3)南唐二主

(c)兩宋

(1)晏殊及子幾道　(2)歐陽修　(3)柳永　(4)張先　(5)蘇軾　(6)賀鑄

(7)秦觀，黃庭堅　(8)周邦彥　(9)辛棄疾　附蘇辛之比較　(10)姜夔

(11)史達祖　(12)吳文英　(13)周密　(14)張炎　(15)王沂孫

七　餘論

右文論一卷，都凡九章，吾師斠玄先生著也。先生早習七經，兼綜子史文章爾疋，上規漢魏。十載以來，講學南北，深稽博辨，名滿域中。嘗謂論文之業，肇自雕龍；耑緒雖開，文體未備。其后詩有律絕，詞曲代興，詩話，詞話，曲話，亦勃爾並作。顧語多破碎，未皇董理。清世江都焦里堂治易之餘，嘗欲撰漢賦，魏晉六代五言詩，唐五七言律詩，宋詞，金元戲曲，及明人八股，並爲一集，事終未果。興化劉融齋箸藝概六卷，凡詩文詞曲制義諸科，並有研討，摭撢精審，含意未申。增益舊聞，箸之條貫，責在吾徒矣。因取平日講稾，及師友討論之作，萃爲是書，述造踰年，遂成巨制。博觀約取，深根寧極，李充翰林之論無此宏裁；摯虞流別之集方茲蔑尚矣。權幼承函丈，飫聞緒餘，爰述數言，用申疋志。中華民國十五年夏七月郝立權誌。

中國韵文通論

第一章 詩經略論

(一)引說

世界各國文學演進之歷程，莫不始於謳謠，進爲詩歌，後有散文。中國古籍所傳葛天氏之八闋(呂氏春秋大樂篇)，伊耆氏之蜡辭(禮記郊特牲)，及古孝子斷竹之歌(吳越春秋)，堯時擊壤之頌(帝王世紀)，其名目雖存，而遺文逸句，莫能盡識；雖眞僞無從臆測，要皆爲尙世之謳謠，可以斷言。古代詩歌之傳流至今，足以供人考信者，其惟孔子所手訂之三百五篇詩經歟？陳其體製風格，辭藻音律，著之於篇——

(二)詩之義界

自虞書著「詩言志」之說，後人率以志釋詩。詩大敍曰：「詩者志之所之也。

在心爲志，發言爲詩。」荀子儒效篇：「詩言是其志也。」莊子天下篇：「詩以道志。」按許愼說文解字：「志者，心之所之也。」是古人言志，固賅全部心理作用而言。故左氏春秋傳載子太叔對趙簡子，以「民有好，惡，喜，怒，哀，樂」爲「六志。」六者並以情感言之。詩大敍亦曰：「情動於中而形於言，言之不足，故嗟歎之；嗟歎之不足，故詠歌之；詠歌之不足，不知手之舞之足之蹈之也。」明情感所動，形諸吟詠，達志喻懷，固詩歌之大用也。孔穎達謂：「詩有三訓：承也，志也，持也。承君政之善惡，述己志而作詩，爲詩所以持人之行，使不失隊。」則後起引申之訓，非詩之本義矣。

(二) 詩之起原

鄭玄曰：「詩之興也，諒不於上皇之世。大庭，軒轅，逮於高辛，其時有亡，載籍亦蔑云焉。虞書曰：『詩言志，歌永言，聲依永，律和聲。』然則詩之道昉於此乎？有夏承之，篇章泯棄，靡有孑遺。邇及商王，不風不雅。周自后稷播種百穀，黎民阻饑，茲時乃粒，自傳於此名也。」(詩譜敍) 按鄭氏謂詩歌昉於虞廷，商有頌，周備風雅，考之備矣。抑考沈約有言：「民稟天地之靈，懷五常之德，剛柔迭用，喜慍分情。夫志動於中，則歌詠外發。……然則歌詠所興，宜自生民始也。」（宋書謝靈運傳論）夫人情所動，感物悲愉，發爲詠歌，借抒胸臆，雖在初民，不韋斯旨。故嬰兒孩子，則懷嬉戲忭躍之心；玄鶴蒼鸞，亦合歌舞節奏之應。（孔穎達說）矧在城人，理豈或異？是詩歌與言語而並生，隨七情以俱發，其所從來，始自尙書，不得謂皇古無斯體製矣。特虞夏已前，遺文莫睹，諸子所載，（如莊子載有猋之頌等）既屬寓言；史籍所傳，或由依託。（如漢志著黃帝銘等）鄭氏以爲事不見經，遂多存而不論耳。

（四）三百篇體製

詩大敍曰：「詩有六義：一曰，風。二曰，賦。三曰，比。四曰，興。五曰，雅。六曰，頌。」按此說本於周官，「春官太師敎六詩：曰風，曰賦，曰比，曰興，曰雅，曰頌。」孔穎達曰：「風雅頌者，詩篇之異體；賦比興者，詩文之異辭。大小不同而得並爲六義者，賦比興是詩之所用，風雅頌是詩之成形，用彼之事，成此之事，是故同稱爲六義，非別有篇卷也。」（毛詩正義）蓋風居四始之首，賦比興爲風之辭，周官及敍次賦比興於風之下，明雅頌亦別此三科。故鄭玄答張逸問，謂：「賦比興，吳札觀詩已不歌。孔子錄詩已合風雅頌中，難得摘別。」（鄭志）六義有體用之別，經緯之差也明矣。爰分述之：

（1）賦比興　鄭玄曰：「賦之言鋪，直鋪陳今之政教善惡。比見今之失，不敢斥言，取比類以言之。興見今之美，嫌於媚諛，取善事以喻勸之。」又引鄭司農曰：「比者，比方於物也。興者，託事於物。」（並見周官注）按劉勰文心雕龍曰：「詩文弘奧，包韞六義，毛公述作，獨標興體，豈不以風通而賦同，比顯而興隱哉？故比者，附也。興者，起也。附理者切類以指事，起情者依微以擬議。起情故興體以立，附理故比例以生。」（比興篇）又曰：「賦者，鋪也，鋪采摛文，體物寫志也。」（詮賦篇）鍾嶸亦曰：「文已盡而意有餘，興也。因物喻志，比也。直書其事，寓言寫物，賦也。」（詩品）困學紀聞更引李仲蒙之說曰：「叙物以言情，謂之賦，情盡物也，索物以記事謂之比，情附物也。觸物以起情，謂之興，物動情也。」朱熹詩傳則曰：「興者，先言他物以引起所詠之辭也。賦者，敷陳其事而直言之者也。比者，以彼物比此物也。」統觀諸說，明賦尚敷陳，修詞中之直叙法；比重取譬，修詞中之象徵法；興則由彼及此，修詞中之聯想法也。三者同屬觸物以起情，特比賦易辨，興較難知，故毛傳於樛木，桃夭獨標「興」體；劉氏謂其「理隱」，鍾氏謂其「文已盡而意有餘」也。

（2）風雅頌　言風雅頌之區別者，異說愈衆，約分三類：大叙謂「上以風化下，下以風刺上。主文而譎諫，言之者無罪，聞之者足以戒，故曰風。是以一國之事繫一人之本，謂之風。言天下之事，形四方之風，謂之雅。雅者正也，言王政所由廢興也。頌者美盛德之形容，以其成功告於神明者也。」則風雅頌者，體製之分，此一說也。朱熹曰：「凡詩之所謂風者，多出於里巷歌謠之作，所謂男女相與詠歌，各言其情者也。若夫雅頌之篇，則皆成周之世，朝廷郊廟樂歌之詞，其語和而莊，其義寬而密，其作者往往聖人之徒，固所以爲萬世法程而不可易者也。」（詩經集注叙）則風雅頌由作者而分，此又一說也。惠士奇曰：「風雅頌以音別也。樂記師乙曰：『廣大而靜，疏達而信者宜歌大雅，恭儉而好禮者宜歌小雅。』據此，則大小雅當以音樂別之。」（詩說）則風雅頌以音節分，此又一說也。按三說不同，可以相通，風本民俗歌謠之詩，以其廣被田間，流傳里巷，如氣體之疏散，無所不周，故呂覽音初言：

「聞其聲而知其風」高誘注訓風爲俗。漢書五行志：「天子采風以作樂」應劭注謂「風爲土地風俗也。」雅陳王政之得失，其詩多朝廷士大夫所爲，樂尙正聲，故雅之義訓正，詩合雅樂故曰雅詩也。頌美盛德之形容，奏之宗廟，昭告神明，出於當時卜祝之手爲多。三者創作之人不同，體製不同，故其音律彼此縣殊也。

（五）風詩背景

風詩所列，十有五國，其周，召，王，豳，同出於周；邶，鄘，幷於衞；檜，魏，無世家，他可考者，陳，齊，衞，唐，曹，鄭，秦，諸國而已。茲以黃河自朔漠南趨，阻太華而東折，畫中國爲東西二部，秦風豳風河西文學，魏風唐風河東文學，陳鄭衞中部文學，齊風則海濱文學也。爰析論之：

（1）河西文學。 班固漢書地理志曰：「秦地於禹貢時跨雍梁二州，詩風兼秦豳兩國。昔后稷封斄，公劉處豳，太王徙郊，文王作酆，武王治鎬，其民有先王遺風，好稼穡，務本業，故豳詩言農桑衣食之本甚備。……天水隴西山多林木，民以板爲室屋。及安定，北地，上郡，西河，皆迫近戎狄，修習戰備，高上氣力，以射獵爲先，故秦詩曰：

『在其板屋。』又曰：『王於興師，修我甲兵，與子偕行。』及車轔，四驖，小戎之篇，皆言車馬田狩之事。』蓋以關中地多膏腴，物產豐饒，號稱陸海，秉之民俗强悍，高上氣力，故其文學所表見者，務農講武之事爲多，此河西文學之特徵也。

（2）河東文學　漢志言唐魏曰：「邶鄘衞三國之詩，相與同風。……其民有先王遺教，君子深思，小學儉陋，故唐詩蟋蟀，山樞，葛生之篇曰：『今我不樂，日月其邁，宛其死矣，他人是媮，百歲之後，歸於其居。』皆思奢儉之中，念死生之慮。」蓋唐魏地居河東，土瘠民貧，物產稀少，人民終歲勤勞，謀生不足，故其文學所表見者，疾痛慘怛之音多，康樂和親之詞尠，此河東文學之特徵也。

（3）中部文學　漢志言鄭風曰：「土陿而險，山居谷汲，男女亟聚會，故其俗淫。鄭詩曰：『出其東門，有女如雲。』又曰：『溱與洧，方灌灌兮，士與女，方秉菅兮，洵盱且樂，惟士與女，伊其相謔。』此其風也。」又言陳風曰：「木太昊之虛，……好祭祀，用史巫，故其俗巫鬼，陳詩曰：『坎其擊鼓，宛丘之下，亡冬亡夏，值其鷺羽。』又曰：『東門之枌，宛丘之栩，子仲之子，婆娑其下。』此其風也。」又言衞風曰：『衞地有桑間濮上之阻，男女亦亟聚會，聲色生焉。故俗稱鄭衞之音』蓋三國地勢平衍，無高山大河之阻，物產較豐，生活優美，因之人民氣質靡柔，性情活潑，故其文學所表見者，男女倡和，習爲故然。此中部文學之特徵也

（4）海濱文學：漢志於齊地曰「臨菑名營丘，故齊詩曰：『子之營兮，遭我乎嶩之間兮』又曰『俟我於著乎而』此亦其舒緩之體也。」蓋其地負海舃鹵，五穀少而人民寡，乃勸以女工之業，通魚鹽之利，故其俗彌侈，因之其文學之所表見者，體尤舒緩，文益淸綺，此海濱文學之特徵也。

統觀前述，自西徂東，地域變遷，人民生活殊狀，其思想情感所表見之文學，亦卽因之異致。文學之關係環境，於此覘之矣。

（六）三百篇之作風

十五國風緣地理異勢，其思想東西殊致，既如前述，然其作風有共通之點可言。卽各篇多屬抒情之短什，篇分二章以至八章，章包二句以至十句也。及至大小雅則多記事之長篇，篇有擴至十六章，（正月十三章，抑十二章，桑柔十六章）章

有包含十二句者（韓奕六章，章十二句）。是故風詩言近旨遠，寄興深微，譬猶唐人之絕句。雅詩盡情發揮，抑揚頓挫，譬猶唐人之歌行。至頌詩則清廟一章八句，全篇無韵。昊天有成命一章七句，全篇無韵。時邁一章十五句，全篇無韵。思文一章八句，末四句無韵。載芟一章三十一句，末三句無韵。（詳見顧炎武詩本音）且周頌清廟之什十篇十章，閔予小子之什十一篇十一章，商頌那，烈祖，玄鳥三篇三章，又不似風雅之章重節複也。近人謂風雅之用韵者，其聲促。頌不用韵，其聲緩。（王國維說）則風雅者繁音促節之抒情詩，叙事詩，周頌商頌者音節舒緩之讚美詩，以其一則作於民衆，成於士夫；一則出于廟堂之祝卜，其音節區以別矣。試比較三者之異同，列表如次：——

1	風	民衆文學	抒情詩	短什	多節	重調	有韵	音促
	猶絕句							
2	雅	朝廷文學	記事兼抒情	長篇	多節	重調	有韵	音促
	猶歌行							

3 頌 廟堂文學 讚美詩 短篇 單節 不重調 或無韵 音綏
猶銘誄

觀右表知作者地位不同，作風因之迥別。文學之關係個性，又可以見矣。

（七）三百篇之藝術及其修詞

前言詩人修詞，略分賦比興三類。賦者敘物以言情也，則重在描寫。詩人描寫之方面如下：

1. 寫人

手如柔荑，膚如凝脂，領如蝤蠐，齒如瓠犀，螓首蛾眉，巧笑倩兮，美目盼兮。——碩人

右寫美人。前五句僅狀其儀容，至後二句則開口欲笑，顧盼生姿，栩栩欲活矣。

自伯之東，首如飛蓬，豈無膏沐？誰適爲容。——伯兮

右寫粗人。

2. 寫山水

蒹葭蒼蒼，白露爲霜。所謂伊人，在水一方，遡回從之，道阻且長；遡游從之，宛在水中央。——蒹葭

南山烈烈，飄風發發。

3. 寫田園

伊威在室，蠨蛸在戶，町畽鹿場，熠燿宵行。——東山

雞棲於塒，日之夕矣，羊牛下來。——君子于役

4. 寫風雨氣候

曀曀其陰，虺虺其雷。——終風

北風其喈，雨雪其霏。——北風

昔我往矣，楊柳依依；今我來思，雨雪霏霏。——采薇

此則言春出冬歸，不覺征戍已一年也。言外尤有餘韵。

5. 寫鳥獸

伐木丁丁，鳥鳴嚶嚶，出自幽谷，遷於喬木。嚶其鳴矣，求其友聲。——伐木

嚶鳴求友，視鳥猶人，詩人推己之情，概論一切，脩詞中所謂情暈也。

蕭蕭馬鳴，悠悠旆旌。——車攻

顏之推謂此詩以動表靜，與「蟬噪林逾靜，鳥鳴山更幽」無殊。（見家訓文章篇）按卽杜甫「落日照大旗，馬鳴風蕭蕭」之所本。

爾羊來思，其角濈濈，爾牛來思，其耳濕濕。或降于阿，或飲于池；或寢或訛。爾牧來思，何蓑何笠；或負其餱。——無羊

按此韓愈畫記所本。

6. 寫草木

桑之未落，其葉沃若。……桑之落矣，其黃而隕。——氓

桃之夭夭，灼灼其華。……桃之夭夭，有蕡其實。——桃夭

上述詩人描寫自然，約分六事；至其修詞之法，述之如下：

1. 順敍　窮原盡委，鋪敍始終。如：

誕寘之隘巷，牛羊腓字之；誕寘之平林，會伐平林；誕寘之寒冰，鳥覆翼之，鳥乃

去矣，后稷呱矣。——生民

竺公劉，既溥既長，既景乃岡，相其陰陽，觀其流泉。其軍三單，度其隰原，徹田爲粮，度其夕陽，豳居允荒。——公劉

2. 對敍 將兩事對照書之例：

a 單對

女曰雞鳴，士曰昧旦。——女曰雞鳴

曀曀其陰，虺虺其雷。——終風

山有扶蘇，隰有荷花。——山有扶蘇

b 複對

就其深矣，方之舟之，就其淺矣，泳之遊之。——谷風

我生之初，尚無爲；我生之後，逢此百罹。——兔爰

3. 疊敍

a 疊字例，如：

河水洋洋，北流活活；施罛濊濊，鱣鮪發發，葭菼揭揭，庶姜孽孽。——碩人

青青子衿，悠悠我心。——子衿

是刈是濩，爲絺爲綌。——葛覃

爰居爰處，爰笑爰語。——斯干

拊我畜我，長我育我，顧我復我。——蓼莪

及爾偕老，老使我怨。……不思其反，反是不思。——氓

文王曰咨，咨汝殷商。——蕩

委蛇委蛇，式微式微，簡兮簡兮，其雨其雨。

b 疊句例，如：

不我與，不我與。不我過，不我過。——江有汜

嘅其歎矣，嘅其歎矣！啜其泣矣，啜其泣矣！——中谷有蓷

巷無居人。豈無居人？巷無服馬。豈無服馬？——叔于田

有女如雲，雖則如雲。有女如荼，雖則如荼。——出其東門

c 疊調例，如：

于以采蘋，南澗之濱；于以采藻，于彼行潦；于以盛之，維筐及筥；于以湘之，維錡及釜。——采蘋

蔽芾甘棠，勿翦勿伐，召伯所茇。

蔽芾甘棠，勿翦勿敗，召伯所憩。

蔽芾甘棠，勿翦勿拜，召伯所說。——甘棠

4. 鋪敘　列舉數事，依次敘之。如：

四月秀葽；五月鳴蜩；八月其穫；十月隕蘀。——七月

一之日觱發；二之日栗烈；三之日于耜；四之日舉趾。——同上

五月斯螽動股；六月莎雞振羽；七月在野，八月在宇，九月在戶，十月蟋蟀入我牀下。——同上

5. 排偶　複用對敘，則成排偶。如：

東人之子，職勞不來；西人之子，粲粲衣服；舟人之子，熊羆是裘；私人之子，百僚

是試。——大東

或燕燕居息或盡瘁事國；或息偃在牀，或不已於行；或不知叫號，或慘慘劬勞；

或棲遲偃仰，或王事鞅掌；或湛樂飲酒；或慘慘畏咎。——北山

按前四排後六排，並正反相對見時人之貧富勞逸不均。若韓愈南山詩至五十餘排，則學此而過之者也。

上述敍物言情之賦也。至比興之旨，專在抒情，其修詞法如下：

6. 感慨

悠悠蒼天，曷其有極！——黍離

于嗟闊兮，不我活兮！于嗟洵兮，不我信兮！——擊鼓

7. 想像

逝將去女，適彼樂土。樂土樂土，爰得我所。——碩鼠

8. 呼告

文王陟降，在帝左右。——文王

赫赫師尹，民具爾瞻！——節南山

叔兮伯兮，何多日也！——旄丘　叔兮伯兮，倡予和汝。——蘀兮

9. 詰質

誰謂雀無角？何以穿我屋？誰謂女無家？何以速我獄？——行露

不稼不穡，胡取禾三百廛兮？不狩不獵，胡瞻爾庭有縣貆兮——伐檀

10. 設譬

如跂斯翼，如矢斯棘；如鳥斯革，如翬斯飛。（此顯比）——斯干

哀今之人，胡為虺蜴？（此隱比）——正月

11. 擬人

鴟鴞鴟鴞，既取我子，毋毀我室！——鴟鴞

跂彼織女，終日七襄。雖則七襄，不成報章。——大東

12. 夸飾

于嗟鳩兮。無食桑葚！——氓

一日不見，如三秋兮。——采葛

周餘黎民，靡有孑遺。——雲漢

(八)用韻

三百篇之韻，有用諸句首者，有用於句中者，有用於句末者，為例至繁，茲約言之：

1. 起韻　韻用於句首，如：

「舒」而脫脫兮，「無」感我帨兮，「無」使尨也吠。

「鴥」彼晨風，「鬱」彼北林。

右連句韻例。

「父」兮母兮，畜我不卒，「胡」能有定，報我不述。

「汎」彼柏舟，在彼中河；「髧」彼兩髦，實維我儀。

右間句韻例。

2. 中韻　韻用於句中，如：

日「居」月「諸」。有「壬」有「林」。

匪「載」匪「來」，憂心孔「疚」。期「逝」不至，而多爲「恤」。

右同句及連句韻例。

有「瀰」濟「盈」，有「鷕」（與瀰協）雉「鳴」。

鴻「飛」遵「渚」，公「歸」（與飛韻）無「所」。

右隔句韻例。

3. 收韻　韻用於句末，如：

淸人在「彭」，駟介旁「旁」二矛重「英」，河上乎翺「翔」。

淸人在「消」，駟介麃「麃」二矛重「喬」，河上乎逍「遙」。

淸人在「軸」，駟介陶「陶」左旋右「抽」，中軍作「好」。

右連句韻例。

采采卷耳，不盈頃「筐」。嗟我懷人，寘彼周「行」。

維鵲有巢，維鳩「居」之，之子于歸，百兩「御」之。

右隔句韻。

籊籊竹竿，以釣于「淇」，豈不爾「思」？遠莫致「之」。

蔽芾甘棠，勿前勿「伐」，召伯所「茇」。

右首句不用韻例。

汎彼柏「舟」，亦汎其「流」，耿耿不寐，如有隱「憂」。

右第三句不韻例。

4. 轉韻

陟彼「岵」兮，瞻望「父」兮，父曰嗟予「子」（轉韻）行役夙夜無「已」。上愼旃哉，猶來無「止」。

被之僮「僮」，夙夜在「公」，被之祁「祁」（轉韻）薄言還「歸」。

右二句轉韻例。

手如柔「荑」，膚如凝「脂」，領如蝤「蠐」，齒如瓠「犀」，螓首蛾「眉」，巧笑「倩」（轉韻）兮，美目「盼」兮。

瞻彼淇奧，綠竹猗「猗」，有匪君子，如切如「磋」，如琢如「磨」。瑟兮「僩」（轉韻）兮，赫兮「咺」兮，有匪君子，終不可「諼」兮。

右末二句轉韻例。

昔在中「葉」，有震且「業」。允矣天「子」，（轉韻）降予卿「士」。實維阿「衡」，（轉韻）實左右商「王」。

下莞上「簟」，乃安斯「寢」。乃寢乃「興」，（轉韻）乃占我「夢」。吉夢維「何」，（轉韻）維熊維「羆」，維虺維「蛇」。

右三次轉韻例。

君子屢「盟」，亂是用「長」。君子信「盜」，（轉韻）亂是用「暴」。盜言孔「甘」，（轉韻）亂是用「餤」。匪其止「共」，（轉韻）維王之「邛」。

右四次轉韻例。

5. 錯韻

大邦有子，俔天之「妹」，文定厥「祥」，（與下梁光協）親迎於「渭」。（

與上妹協）造舟爲「梁」不顯其「光」。

右兩韻互協例。

我心匪「石」不可「轉」也。我心匪「席」，（與石協）不可「卷」也。（與轉協）威儀棣棣，不可「選」也。

右兩韻隔協例。

鴥彼飛「隼」，其飛戾「天」，（別韻）亦集爰「止」，方叔「涖」（與隼協）止，其車三「千」。（與天協）師干之「試」，（與止協）方叔率止。鉦人伐「鼓」（換韻），陳師鞠「旅」，顯允方叔，伐鼓淵「淵」，（換韻）振旅闐闐。

右三韻以上隔協例。

6. 空韻　空數句不入韻，如：

兄弟鬩于牆，外禦其侮，每有良「朋」，烝也無「戎」。

右二句空韻例。

鴟鴞鴟鴞，既取我子，無毀我室，恩斯「勤」斯，鬻子之「閔」斯。

右三句空韻例。

7. 閒韻

爰采「唐」矣，沬之「鄉」矣，云誰之思，美孟「姜」矣。期我乎桑「中」，（閒韻）要我乎上「宮」，（與中協）送我乎淇之「上」矣。

右二句閒韻例。

卬盛于豆，于豆于「登」，其香始「升」，上帝居「歆」，胡臭亶「時」，（閒韻）后稷肇「祀」，（與時協）庶無罪悔，（與祀協）以迄于「今」。

右三句以上閒韻例。

（九）餘論

大叙曰：「情發於聲，聲成文謂之音。治世之音安以樂，其政和；亂世之音怨以怒，其政乖；亡國之音哀以思，其民困」。古代詩歌之精旨，繫諸音律，未聞取貌遺神，舍音節而徒論其形式者。昔延陵季子觀樂於魯，使工爲之歌周南召南，曰：「美哉始基之矣，猶未也。然勤而不怨矣。」爲之歌邶鄘衞，曰：「美哉淵乎，憂而不困者也。」爲之歌王，曰：「美哉，思而不懼，其周之樂乎！」爲之歌鄭，曰：「美哉，其細已甚！」爲之歌齊，曰：「美哉，泱泱乎大風也哉！」爲之歌豳，曰：「美哉蕩乎！樂而不淫，其周公之樂乎？」爲之歌秦，曰：「此之謂夏聲！夫能夏則大，大之至也，其周之舊乎？」爲之歌魏，曰：「美哉渢渢乎，大而婉，險而易行，以德輔此，則明主也。」爲之歌唐，曰：「思深哉！其有陶唐氏之遺民乎？」爲之歌陳，曰：「國無主，其能久乎？」自鄶以下無譏焉。爲之歌小雅，曰：「美哉，思而不貳，怨而不言，其周德之衰乎？猶有先王之遺民焉？」爲之歌大雅，曰：「廣哉熙熙乎，曲而有直體，其文王之德乎？」爲之歌頌，曰：「至矣哉，五聲和，八風平，節有度，守有序，盛德之所同也。」（左氏襄二十九年春秋傳）是知詩體既異，樂音亦殊，學者審其音而辨其政。故鄭玄答張逸曰：「國史采衆詩時，明其好惡，令瞽矇歌之。」（鄭志）是風雅頌者本諷諭之聲，其始莫不被之管絃，協諸音律。特古樂失傳，詩遂有可歌不可歌之別。（見大戴禮投壺篇）今則詞句僅存，聲調隳廢，吾人乃舍音節而論其修詞，用韻，豈足與言三百篇之精義哉！

參考書：

毛公詩傳

鄭玄詩箋

孔穎達詩經正義

朱熹詩經集註

馬瑞辰毛詩傳箋通釋

胡承珙毛詩後箋

陳奐毛詩傳疏

陳啟源毛詩稽古篇

方玉潤詩經原始

崔述讀風偶識

惠士奇詩說

梁國珍詩之雅解

諸橋轍次詩經研究
顧炎武詩本音
孔廣森詩聲類　詩聲分例
丁以泚毛詩正韵

第二章　論楚辭

(一)引論

詩經三百篇無楚風，仲尼反魯正樂，不論楚聲，豈以其地僻在南服，輶軒采詩，曩不之及；且文詞詰屈，音調恢詭，非諸夏詞人所能盡懍邪？自屈原崛興，振藻騷壇，弟子宋玉景差唐勒繼起，述作益富。漢劉向都爲一集，目爲「楚辭」。黃伯思謂：「屈宋之文皆書楚語，作楚聲，紀楚地名楚物，故謂之楚辭。」（新校楚辭叙）其說是矣。抑楚辭全文，包有民衆歌謠，巫覡樂曲，及後人之擬作，故其風格頗露歧異，而漢書藝文志統名之爲「屈原賦」者，蓋猶希臘荷馬之詩史，成於衆手，而史家率名之爲「荷馬詩」也。請申論之：——

(二)楚辭背景

荊楚為西南之澤國,實神州之奧區,東接廬淝,西通巫巴,南極瀟湘,北帶漢沔,仰眺衡嶽九疑荊峴大別之峻,俯窺湘沅資澧洞庭彭蠡之浸,山林蓊鬱,江湖濬闊,溪流湍激,崖谷嶔崎,山川之美超乎南朔,緣此風俗人情,蒙其景響,遂以下列諸事,特著於載籍焉:——

1. 民豐土閑,無土山,無濁水,人秉是氣,往往淸慧而文。(劉禹錫說)
2. 山川奇麗,人民俯仰其間,浣濯淸遠,愛美之情特著。
3. 民狃於山澤之饒,無饑寒凍餒之慮,人間實際生活,非所顧慮;好騁懷閎偉窈眇之理想界焉。
4. 俗信巫而尙鬼,(王逸朱熹說)神話發達。所謂「三皇五帝之書」中原不可見者,楚史倚相得盡讀之,緣是宗教思想流行。
5. 地險流急,人民生性狹隘。(酈道元水經注說)其愛鄉愛國之念,固執不化。萬折必東。

右列諸事，皆形成楚人文學之背景，言楚辭者所當加意者也。

(三)屈原生世

楚辭泰半出於屈子，關於屈子生世，後人考訂，頗有異同。史家於其生卒年月，亦未明著。茲略考之：

離騷發端即自陳其生年曰：「攝提貞於孟陬兮，惟庚寅吾以降。」王逸章句釋之曰：「太歲在寅曰攝提格。孟，始也。正月為陬。庚寅，日也。言已以太歲在寅，正月始春庚寅之日，下母體而生。」屈子蓋以寅年寅月寅日降生者也。（朱子辨此說，顧炎武日知錄駁正之。）其以「攝提格」為「攝提」者，格為語尾收聲，略而不言也。（史記天官書：「攝提者，直斗杓所指，以建時節。」是兩言通用之證。）江寧陳瑒以周曆推之，謂「楚宣王二十七年，戊寅，其建寅之月朔，己巳，二十二日為庚寅」。（屈子生卒年月考）儀徵劉君更以夏曆推之，「楚宣王二十七年，戊寅，距入乙卯蔀四十九年，積月六百零六，閏餘一，積日一萬七千八百九十五，小餘六百五十四，大餘十五，得庚午為正月朔，庚寅為正月二十一日，屈子之生當在是年。」

（古曆管窺）特其汨羅自沈之日不可測知。（吳均續齊諧記云：「屈子五月五日投汨羅水，楚人哀之，至此日，以竹筒貯米投水中祭之。」按吳說無根據，陳瑒辨之）曹耀湘謂：「屈子壽六十有一，死於楚頃襄王四年五月五日。」（讀騷論世屈子編年）臆斷之談，亦難取徵。惟史記稱懷沙為屈子絕筆，而懷沙言「陶陶孟夏」則屈子當死於楚頃襄王某年之孟夏，上距楚宣王二十七年，享年約四十餘齡耳。（范希曾屈子生卒年月及流放地考說）

屈子被放之原因，史記謂：「懷王使屈原造為憲令。屈平屬草藁未定，上官大夫見而欲奪之。屈平不與，因讒之曰：『王使屈平為令，衆莫不知，每一令出，平伐其功曰，以為非我莫能為也。』王怒而疏屈平。」（屈賈列傳）新序謂：「張儀之楚，貨楚貴臣上官大夫靳尚之屬，上及令尹子蘭，司馬子椒，夫人鄭袖，共譖屈原。屈原遂放於外。」（節士篇）兩說不同。竊按史遷所言乃懷王時事；劉向所載，則頃襄王時事也。原前後兩度被逐，中復使齊，最後乃沈汨淵。容下文詳證之。

或言史記原傳於上官奪草爭寵之下，僅言「王怒而疏屈平。」又言「屈平既絀，」「屈平既疏，」未嘗言及流放。乃於「懷王客死，頃襄王立，以子蘭爲令尹」下，忽著「雖放流」一語，與前文絕不相蒙。顧炎武因謂「放流一節，當在頃襄王怒而遷之之下，太史公信筆書之，失其次序。」（日知錄）梁玉繩亦謂『自「雖放流」至「豈足福哉，」似宜在「頃襄王怒而遷之」後。』（史記志疑）如此則上下文義協通，中無隔閡。史公之說，亦不致前後矛盾。是原在懷王時，實無被放之事矣。是說也，吾亦嘗主之。雖然，詳考史記及楚辭原文，知其誤謬。蓋原實第一次放於懷王之世，請列四證以明之。

1. 史記太史公自序言：「屈原放逐，著離騷。」又報任安書曰：「屈原放逐，乃著離騷。」是原曾於著離騷前被放，史遷於他處一再言之。獨於原傳不詳，自是史文脫誤，否則「雖放流」三字無根據矣。

2. 屈原本傳雖未明著其第一次被放，而有「繫心懷王，不忘欲反，」及「終無可奈何，故不可以反，卒以此見懷王之終不悟也。」諸語，見原在懷王時，實已放逐。若如顧梁二家之說，移此節於「頃襄王怒而遷之」之後，不知原何以於頃襄王卽位之後，仍念懷王？且謂其終不能悟邪？二家移易史文，於此萬不可通。

3. 離騷曰：「余既不難夫離別兮，傷靈修之數化。」「離別」謂其出國門而遠適也。此尤足證原著離騷前被放，絕無可疑也。

4. 涉江，哀郢兩篇，爲原紀行之作。哀郢篇所紀涂程，發郢都而至陵陽，乃自西徂東；涉江從鄂渚入於敍浦，則自東北而往西南。是前後遷所東西異地。若屈子南遷，何必紆道而東？頃襄王遷屈子，亦應有定地，更何能容其任情漂蕩？且哀郢有「九年不復」之語，見其居東歷時久遠，與後此南徙，絕非同時，章章明矣。（或謂哀郢言：「江與夏之不可涉」，與涉江言：「旦余濟乎江湘」，正相脗合，不得截爲兩事。不知夏水，湘水，一南一北，安容牽合而謂爲一事邪？）

觀右列諸證，原實兩遭擯斥，已成信讞。至其中間有奉命使齊，諫懷王入秦，及勸殺張儀之事，似曾一度反國。故洪興祖謂其復用。或謂原傳明言：「不忘欲反」「然終無可奈何，不可以反」洪氏之說，似難徵信。且考原諫懷王入秦之言，楚世家屬之昭睢。是必昭睢之辭，史遷誤入之原傳者。吾則謂史遷言「不忘欲反」「終不可反」者，並指不能復其舊職而言。原雖曾膺重命，載贄出疆；然其足跡尙未履齊廷，懷王已翻悔前議。及再入國門，反以聯齊之嫌，見排於羣小，三閭大夫之職，終不可復得也。至反諫懷王，有「秦虎狼不可信」之說，與楚世家昭睢語雷同，子蘭阻諫之語亦同，其誤究在原傳，抑在楚世家？或同時兩人並諫，均不可知。卽使事屬子虛，而勸殺張儀，楚世家及張儀列傳並載其語。是使齊歸來，竭忠進諫，確無可疑。證以原自撰之辭，惜往日云：「願陳情以白行兮，得罪過之不意。」又「九年不復」之後，以陳辭攖怒而再謫之確據也。

總之：屈子初以上官大夫之譖，東遷陵陽。及懷王見欺於張儀，絕意拒秦，因就近命原使齊，詎未及復命，懷王竟聽靳尙詭辭，釋去張儀。逮原反齊進諫，已追悔無及矣。卒以是故秦人不惜重金，厚賂楚諸親貴，以排擠之，乃有再謫漵浦之禍。此其概略也。蓋原力主合從，與張儀爲政敵。原不能使懷王殺儀，儀終必說頃襄王，置原於死地。使原久亡在外，終不得反，儀何嫉之深，子蘭何怒之切，必再遷之而甘心邪？

是洪氏復用之說不可信，使齊反諫，固確有其事矣。

九章哀郢，涉江及懷沙諸篇紀其流放之經程，分東西兩涂：——

（一）東遷　哀郢篇紀其東遷曰：

民離散而相失兮，方仲春而東遷。　其經程：

1. 發郢都，出國門，遵江夏東行。

去故鄉而就遠兮，遵江夏以流亡。出國門而軫懷兮，甲之鼂吾以行。發郢都而去閭兮，荒忽其去故鄉。

戴震通釋曰：「夏水首受江入沔，合沔以會於江。其所經之地皆在楚。紀郢以東，漢高帝置江夏郡。今湖北之漢陽，武昌，黃州，及安陸，德安東南境是。」

2. 過夏首，回顧龍門。

過夏首而西浮兮，顧龍門而不見。

戴曰：「夏首在今江陵縣東南。」又曰：「龍門楚東門也。」又曰：「西浮者，既過夏而東，復溯洄以望楚都。

3. 南上洞庭；順江東下。

將運舟而下浮兮，上洞庭而下江，去終古之所居兮，今逍遙而來東。

戴曰：「前云過夏首西浮，故此轉而下浮。洞庭當夏首之上，江之南，浮江過夏首已下，南上洞庭，東乃順江而下也。」

4. 東至夏浦，回鄉故都。

羌靈魂之欲歸兮，何須臾而忘反，背夏浦而西思兮，哀故都之日遠。

戴注：「背夏浦西思者，未至夏浦，回首鄉西，猶前之過夏首而西浮，裴回故都不忍徑去也。」

5. 又東至於陵陽。

當陵陽之焉至兮，淼南度之焉如。

姚鼐曰：『地理志云：「盧江出陵陽東南，北入江。」蓋彭蠡東源，出今饒州東南界者，古陵陽界及此。故屈子曰：「當陵陽之焉至。」言不意其忽至此也。（焉有「安」及「於是」兩解，月令：「天子焉始乘舟，」言於是乘舟也。此言

「焉至」，亦言於是至也。作忽解，非是。其後陵陽南界乃益狹，乃僅有今南陵銅陵耳。』（古文辭類纂）（戴以陵陽為陵陽侯之省文，非是。南渡指上文「上洞庭」言，或以此為即涉江之「旦濟江湘」，不知此下明言「九年不復，」見留東日久，絕非同時南行，更不容強為附會也。）

(二)南遷　涉江篇紀其南行曰：

哀南夷之莫吾知兮，旦予濟乎江湘。

戴曰「湘水自洞庭入江，故洞庭以下，則兼江湘之目矣。」其經程：

1. 由鄂渚陸行至洞庭。

乘鄂渚而反顧兮，欸秋冬之緒風。步予馬兮山皋，邸予車兮方林。

戴曰「言於鄂渚登岸，循江岸行，以至洞庭也。乘之言登也。」又曰「鄂渚在今湖北江夏縣西江中黃鵠磯上三百步，漢之江夏沙羨界楚東鄂不遠矣。」

2. 自洞庭舟行，西南溯沅江。

乘舲船余上沅兮，齊吳榜以擊汰。

戴曰：「自洞庭而舟行溯沅也。」又曰：「沅水注洞庭，在今湖南常德府沅江縣。漢長沙益陽也。

3. 自枉渚溯沅，得辰陽。

朝發枉渚兮，夕宿辰陽。

戴曰：「枉渚在今常德府武陵縣南。水經注曰：「沅水東經臨沅縣南，又東歷小灣，謂之「枉渚」是也。自枉渚西溯沅，得辰陽。水經注云：「沅水東經辰陽縣，東南合辰水。水出縣三山谷，東南流逕其縣北舊治，在辰水之陽，故即名焉。」

4. 由沅入溆，至於遷地。

入溆浦余儃佪兮，迷不知吾所如。

戴曰：「舟行由沅入溆，至遷所也。」又曰：「辰溪口在今湖南辰州府辰溪縣西南。溆浦亦在縣南。」

詳繹前文。屈子既遵江夏東至匡廬，復由湘沅西達辰陽。東遷南遷，異時異地，其非一事，昭然易知。至懷沙言：「進路北次兮，日昧昧其將莫。舒憂娛哀兮，限之以大故。」方晞原曰：「據涉江篇由沅入漵，乃至遷所。則沈羅淵當北行，故有進路北次之語。」是原投汨羅以死，又在其入漵北行時也。

(四)屈原思想及其特性

昔人之品騭屈賦者，劉安謂：「國風好色而不淫，小雅怨誹而不亂，若離騷者，可謂兼之。」王逸謂：「離騷之文，依經立義。」漢宣嗟歎，以爲皆合經術；揚雄諷味，亦言體同風雅。(文心雕龍辨騷篇)四家舉屈賦以方經，固以屈子之思想淵原於儒家也。近人又謂：「其隗意奇行，超然高舉，厭世之思，符於莊列樂天之旨，近於楊朱。推其原流，實本於道家。」(劉君文說宗騷篇)竊按屈子非儒非道，實混合儒道以自成一家者也。試觀離騷之自陳曰：「爲余駕飛龍兮，雜瑤象以爲車。何離心之可同兮，將遠逝以自疏。」涉江曰：「世溷濁而莫余知兮，吾方高馳而不顧。駕青虬兮驂白螭，吾與重華游兮瑤之圃。登崑崙兮食玉英，吾與天地兮同壽，與日月兮齊光。」固抱道家出世思想者也。乃離騷又曰：「長太息以掩涕兮，哀民生之多艱。」遠游又曰：「惟天地之無窮兮，哀人生之長勤。」其悲天憫人之懷，又復近於儒家也。原既不忍離羣獨立，願立志以拯救斯世斯民矣。雖然，當世之人羣則又如何？「固時俗之工巧兮，偭規矩而改錯。背繩墨以追曲兮，競周容以爲度。」（離騷）舉世滔滔，又若是其險隘也。「時繽紛其變易兮，又何可以淹留。蘭芷變而不芳兮，荃蕙化而爲茅。何昔日之芳草兮，今直爲此蕭艾也？豈其有他故兮，莫好修之害也。」（同上）卽有一二君子，亦如白沙在泥，與之俱黑。安足與之言適道者哉？故漁父勸其不凝滯於物，而與世推移。謂：「舉世皆濁，何不汩其泥而揚其波？衆人皆醉，何不餔其糟而歠其釃？」卽原自解，亦言：「懲熱羹而吹虀兮，何不變此志也？欲釋階而登天兮，猶有曩之態也。」（惜誦）然而民生各有所樂，原獨以好修爲常。橘頌曰：「嗟爾幼志，有以異兮。獨立不遷，豈不可喜兮？深固難徙，廓其無求兮。蘇世獨立，橫而不流兮。」寧體解而不肯變其常度焉。原蓋思出世而仍求用世，善救人而不能無棄人。斯儒道兩家思想混融於其一心，而成此矛盾之人生觀也。

班固謂：「屈原露才揚己，忿懟沈江。」今按離騷言：「荃不察余之中情兮，反信讒而齊怒。……曰黃昏以爲期兮，羌中道而改路。初既與余有成言兮，後悔遁而有他。余既不難夫離別兮，傷靈修之數化。」以言怨懟，其痛心疾首，情見乎辭矣。然惟怨之也深，其愛之也乃愈切。「余固知謇謇之爲患兮，忍而不能舍也。指九天以爲正兮，夫惟靈修之故也。」「豈余身之憚殃兮，恐皇輿之敗績。」（離騷）其肫切懇至爲如何？所謂「九死不悔」者非邪？女嬃申申以戒之曰：「鮌婞直以亡身兮，終然殀乎羽之野。汝何博謇而好修兮，紛獨有此姱節，薋菉葹以盈室兮，判獨離而不服。衆不可戶說兮，孰云察予之中情？世並舉而好朋兮，夫何煢獨而不余聽？」（離騷）原亦自謂：「悔相道之不察兮，延佇乎吾將反。回朕車以復路兮，及行迷之未遠。」曰：「勉遠逝而無狐疑兮，孰求美而釋女？何所獨無芳草兮，爾何懷乎故宇？」（同上）誠以彼之才，游說諸侯，何國不容，而必自令若是？然原又曰：「陟升皇之赫羲兮，忽臨睨夫舊鄉。僕夫悲余馬懷兮，蜷局顧而不行。」（同上）終不忍棄父母之邦而遠適也。及至過夏首而西浮，顧龍門而不見。沿洞庭以下江，哀故都之日遠。其魂魄猶一夕而九逝，冀得返其故鄉，鳥戀舊林，狐正首丘之志，未嘗斯須去諸懷也，怨君而不忍背君，去國而不能忘國，此又其思想之矛盾而不知所從適者也。

夫楚立國江漢之濱，山川奇麗，生活優美，人民重精神而輕實際，故其思想原於道家者多。而屈子以宗室之親，際陽九之運，感時撫事，怵目劌心；加以廉正潔清之操，纏綿悱惻之忱，怨悱不亂，永矢弗諼。其特性之所表見，視儒者「知其不可而爲」之志又何異焉。惟其思想原於道，而性質復近於儒，兩者反復於其胸中而莫知所擇，遂擠原於死地，舍自殺無他涂可出矣。吾故謂屈原混儒道爲一家者此也。

（五）楚辭篇目

漢書藝文志著錄屈原賦二十五篇。後人因謂自離騷以下，九歌，九章，及天問，遠游，卜居，漁父，並出屈原之手。今按王逸章句，標楚辭爲「經」，洪興祖補注目錄，九歌下注云：「一本九歌以下至九思皆有『傳』字」。朱熹楚辭辨證引孔穎達曰：「凡書非正經者謂之傳」。又曰：「按楚辭屈原離騷謂之經；自宋玉九辨以下，皆謂之傳」。是文之出於屈子者爲經，不出屈子者爲傳。洪興祖所見古本，九歌以下，皆題曰傳。則舍離騷一篇外，古人未嘗以爲皆屈文也。漢志統稱屈賦，舉其大以賅其餘；亦猶管子書出六國時爲管學者之手，（章學誠說）漢志特著管子八十六篇也。

二十五篇之目：凡離騷一篇，九歌十一篇，九章九篇，天問，遠游，卜居，漁父各一篇，其數適符。林雲銘據司馬遷贊「讀離騷，天問，招魂，哀郢，悲其志」云云，定招魂爲屈子之作，更謂：「九歌之山鬼，國殤，禮魂，祭非國家正神，三篇實爲一篇」以求合二十五篇之數。（楚辭燈）馬其昶亦曰：「太史公明言讀離騷，天問，招魂，哀郢，悲其志。則招魂爲屈原作，固然無疑。王逸乃以大招當之，誤矣。」（屈賦微）又曰：「王船山說：『九歌前十篇皆有所專祀之神；至禮魂則送神之曲，爲前十篇所通用。然則禮魂各附前篇之末，不自爲篇數。』今定自離騷至漁父二十四篇，入招魂一篇，凡二十五。」按前人以二十五篇統出原手，必增損篇第，求合其數。今訂楚辭成於楚人，當逐篇討論，不必拘執確數，妄事分合矣。

（一）離騷一篇

王逸章句曰：「屈原之所作也。……離，別也。騷，愁也。經，徑也。言己放逐離別，中心愁思，猶依道徑以風諫君也。」史記本傳定屈子賦騷於見疏以後，使齊之前。則原第一次被放後之作品，其首章自敘世家，篇末略見己志，篇中示耿介，慕靈修，立身行事，反復申陳，實屈子自作之敘傳也。

(二)九歌十一篇

東皇太一　雲中君　湘君　湘夫人　大司命　少司命

東君　河伯　山鬼　國殤　禮魂

王逸曰：「屈原之所作也，昔楚國南郢之邑，沅湘之間，其俗信鬼而好祠，其祠必作歌樂鼓舞，以樂諸神。屈原放逐，竄伏其域，懷憂苦毒，愁思怫鬱。出見俗人祭祀之禮，歌舞之樂，其詞鄙陋，因爲作九歌之曲。上陳事神之敬，下以見己之冤。」朱熹集註曰：「蠻荊陋俗，詞既鄙俚，……屈原既放逐，見而感之，頗爲更定其詞，去其泰甚。」按王說九歌屈原因楚樂章而作，朱說屈子重加潤色，舊文出於鄙俗。今讀其詞，如雲中君之猋擧，湘君之猶夷，山鬼之窈窕，國殤之雄穀，風格各殊，斷非出於一手。曾經屈子訂正與否不可知。謂出。於。民。衆，誠可。信。也。

(三)天問一篇

王曰：「屈原放逐，憂心愁悴，彷徨山澤，經歷陵陸，嗟號旻昊，仰天歎息。見楚有先王之廟，及公卿祠堂，圖畫天地山川神靈，琦瑋僪佹，及古賢聖怪物行事。周流罷倦，休息其下，仰見圖畫，因書其壁，呵而問之，以渫憤懣，舒瀉愁思。楚人哀惜屈原，因共論述，故其文義不次序云爾。」則屈子題壁之詞也。雖文義不次，而約略可稽。蓋首問天文，則自混沌以至星辰；次問地理，則自汨洪以至物類；終問人事，則由皇古以至戰國。從橫俯仰，上下古今，莫不苞舉，凡百有一十六事，誠傑構也！惟祠廟非一，奇怪雜陳，見有先後，圖或重複，後人纂組，不得其次，致文義錯落，雖劉向楊雄不能詳悉耳。

(四)九章九篇

惜誦　思美人　抽思　涉江　橘頌　悲回風　惜往日

哀郢　懷沙

王曰：「屈原放於江南之野，思君念國，憂心罔極，故復作九章。」洪興祖據史記「上官大夫短屈原於頃襄王，王怒而遷之，乃作懷沙之賦」云云，斷九章作於頃襄王時。朱熹則曰：「屈原隨事感觸，輒形於聲。後人輯之，得其九章，合爲一卷，非必出於一時之言也。」林雲銘乃謂：「惜誦，思美人，抽思作於懷王時。涉江，橘頌，悲回風，惜往日，哀郢，懷沙作於頃襄王復放江南之後。」今按惜誦，思美人，抽思三篇皆被放前作，哀郢，涉江紀其東遷南遷之途程，惜往日，悲回風，懷沙則臨絕之音也。其行文直致，辭極悽愴，視離騷尤激切云。

（五）遠游一篇

王曰：「屈原履方直之行，不容於世。……乃深惟玄一，修執恬漠，思欲濟世，則意中憤然。文采鋪發，遂叙妙思，託配仙人，與俱游戲，周歷天地，無所不到。然猶懷念楚國，思慕舊故，思信之竺，仁義之厚也。」或謂屈子心存宏濟，出世長生之念，似非所有，不知屈子求仙之想，正由時俗阨迫而生。離騷言「遠逝自疏，」涉江顧「高馳不顧」比物此志也。

特是篇文句多摘自離騷，九歌，天問，九章，且與嚴忌哀時命，司馬相如大人賦，及老，莊，淮南諸書相合，頗疑其出於依託，非原作也。

(六)招魂一篇

王逸定爲宋玉之作，王夫之，馬其昶據史記歸之屈原，其見然矣。林雲銘且以篇首敘文言「朕」，篇末亂詞言「吾」，謂爲屈子自招之文。

(七)卜居一篇

王曰：「屈原忠直而身放棄，心迷意亂，不知所爲。乃往至太卜之家，稽問神明，以定嫌疑，故曰卜居」。朱謂：「屈原哀世人習安邪佞，違背正直，陽爲不知二者是非可否，託於蓍龜，以警世俗」。按王主自決，朱主覺人，似後說爲當。

(八)漁父一篇

王曰：「屈原放逐在江湘之間，憂愁嘆吟，儀容變易，而漁父避世隱身，釣漁江濱，欣然自樂。時遇屈原川澤之域，怪而問之，遂相應答。楚人思念屈原，因敘其詞以相傳焉，」按卜居漁父非屈子自設問答之詞。蓋楚人追叙其詞，則二文不出於原矣。

(九)九辯九篇

王曰：「楚大夫宋玉之所作也，……宋玉者，屈原弟子也。閔惜其師忠而放逐，故作九辨以述其志。」

(十)大招一篇

王曰：「大招者，屈原之所作也。或曰景差，疑莫能明也。」朱熹曰：「今以宋玉大小言賦考之，則凡差語，皆平淡醇古，意亦深靖閒退，不爲詞人墨客浮夸豔逸之態。然後可知大招爲差作無疑也。」

王逸章句於大招後附錄惜誓一篇，淮南小山招隱士一篇，東方朔七諫七篇，嚴忌哀時命一篇，王褒九懷九篇，劉向九歎九篇。王逸九思九篇，按自離騷至於大招，文出楚人，目爲楚辭。惜誓以下，則漢人擬騷之作也。說者以楚辭多出於屈原，遂並九歌亦歸之原著。擬騷多弔原之詞，遂謂淮南小山，文亦招原。則立說渾含，無當本旨，不可不辨。

（六）楚辭技術及其修詞

上述楚辭背景及作者思想身世，大端略備於是矣。茲更進而論楚辭技術，分描寫，想像，抒情三者述之。

（1）描寫　劉勰謂：「詩人感物，聯類不窮，流連萬象之際，沈吟視聽之區。寫氣圖貌，既隨物以宛轉；屬采附聲，亦與心而徘徊。……及離騷代興，觸類而長。物貌難盡，故重沓舒狀。於是嵯峨之類聚，葳蕤之羣積矣。」（文心雕龍物色）又曰：「論山水則循聲而得貌。言節候則披文以見時。是以枚賈追風以入麗，馬揚沿波而得奇。其衣被詞人，非一代也。」（又離騷）楚辭描寫對境，誠能曲盡形容，使人瞻言而見狀，卽字而知時也。分述如后：

（a）狀人　寫神人服飾。

高余冠之岌岌兮，長余佩之陸離。——離騷

余幼好此奇服兮，年既老而不衰；帶長鋏之陸離兮，冠切雲之崔嵬。——涉江右自狀。

浴蘭湯兮沐芳，華采衣兮若英。靈連蜷兮既留，爛昭昭兮未央。——雲中君

雲偃蹇兮姣服，芳菲菲兮滿堂。五音紛兮繁會，君欣欣兮樂康。——東皇太一

右寫靈巫。

帝子降兮北渚，目眇眇兮愁予。——湘夫人

若有人兮山之阿，被薜荔兮帶女羅，既含睇兮又宜笑，子慕予兮善窈窕。——山鬼

右寫鬼神。

（b）狀物　寫客觀對象。

山峻高而蔽日兮，下幽晦以多雨。霰雪紛其無垠兮，雲霏霏而承宇。——涉江

上高巖之峭岸兮，處雌蜺之標顛。據青冥而攄虹兮，遂儵忽而捫天。——悲回風

右寫山。

朝騁騖兮江皋，夕弭節兮北渚。鳥次兮屋上，水周兮堂下。——湘君

馮崑崙以瞰霧兮，隱岷山以清江。憚涌湍之磕磕兮，聽波聲之洶洶。——悲回風

右寫水。

泬寥兮天高而氣清，寂漻兮收潦而水清，憯悽增欷兮薄寒之中人。——九辯

秋既先戒以白露兮，冬又申之以嚴霜，收恢台之孟夏兮，然欿傺而沈藏。——同上

右寫氣候。

嫋嫋兮秋風，洞庭波兮木葉下。——湘夫人

雷塡塡兮雨冥冥，猿啾啾兮狖夜鳴，風颯颯兮木蕭蕭，思公子兮徒離憂。——山鬼

右寫風雲。

秋蘭兮蘼蕪，羅生兮堂下。綠葉兮素枝，芳菲菲兮襲予。——少司命

鳥獸鳴以號羣兮，草苴比而不芳。魚葺鱗以自別兮，蛟龍隱其文章。——悲回風

右寫草木鳥獸。

（2）想像　詩人重客觀之描寫，尤重主觀之想像。描寫者刻畫自然界之實在境；想像則表見心靈中虛構之境也。蓋圖狀山川，影寫雲物，不過摹擬自然之印象。若夫觸物圓覽，擬容取心，則就外界印象，加以心靈之陶冶，自律之綜合，然後呈見而出，使之融合成新生命新印象，劉勰所謂：「參伍以相變，因革以爲功，物色盡而情有餘者，曉會通也。」斯之謂矣。茲就離騷一文徵之，其想像約別數類：——

吾令「羲和」弭節兮，望崦嵫而勿迫。路曼曼其修遠兮，吾將上下而求索。

前「望舒」使先驅兮，後「飛廉」使奔屬。「鸞皇」爲余先戒兮，「雷師」告余以未具。

吾令「豐隆」乘雲兮，求「虙妃」之所在。解佩纕以結言兮，吾令「蹇修」以爲理。

右所想像之鬼神。

望瑤臺之偃蹇兮，見「有娀之逸女」。

及少康之未家兮，留「有虞之二姚」。

右所想像之神女。

索藑茅以筳篿兮命「靈氛」爲余占之。

「巫咸」將夕降兮，懷椒糈而要之。

右所想像之靈巫。

駟「玉虬」以乘「鷖」兮，磕埃風余上征。

吾令「鳳鳥」飛騰兮，又繼之以日夜；飄風屯其相離兮，帥雲霓而來御。

吾令「鴆」爲媒兮，鴆告余以不好。「雄鳩」之鳴逝兮，余猶惡其佻巧。

恐「鵜鴂」之先鳴兮，使百草爲之不芳。

爲余駕「飛龍」兮，雜理象以爲車。

揚雲霓之晻靄兮，鳴「玉鸞」之啾啾。

麾「蛟龍」以梁津兮，詔西皇使涉余。

右所想像之鳥獸。

余既滋「蘭」之九畹兮，又樹「蕙」之百畝。畦「留夷」與「揭車」兮，雜

「杜蘅」與「芳芷」
朝飲「木蘭」之墜露兮，夕餐「秋菊」之落英。
擥「木根」以結「茝」兮，貫「薜荔」之落蘂。矯「菌桂」以紉「蕙」兮。
索「胡繩」之纚纚。
製「芰荷」以爲衣兮，集「芙蓉」以爲裳。
何昔日之「芳草」兮，今直爲此「蕭艾」也！
「椒」專佞以慢慆兮，「樧」又欲充夫佩幃；既干進而務入兮，又何芳之能祗？
右所想像之草木。
步余馬於「蘭皋」兮，馳「椒丘」且焉止息。
朝發軔於「蒼梧」兮，夕余至乎「縣圃」。
飲余馬於「咸池」兮，總余轡於「扶桑」。
朝吾將濟於「白水」兮，登「閬風」而緤馬。忽反顧以流涕兮，哀「高丘」

之無女，
溘吾游此「春宮」兮，折瓊枝以繼佩。
邅吾道夫「崑崙」兮，路修遠以周流。
朝發軔於「天津」兮，夕余至乎「西極」。
忽吾行此「流沙」兮，遵「赤水」而容與。
路「不周」以左轉兮，指「西海」以爲期。
右所想像之境界。

統觀前例，神女可以寄情，靈氛可爲占吉，鳳凰蛟龍……可効馳驅，蘭蕙蘅芷……可供服飾。加之緤馬閬風，驂螭縣圃，路不周以左轉，遵赤水而容與。屈子之文，可謂苞宇宙於毫端，騁玄思於無極者矣。此古代文學中之象徵主義，兼富於神祕色采者也。

（3）表情　劉勰言：「詩人什篇，爲情而造文；辭人賦頌，爲文而造情。……爲情者要約而寫眞，爲文者淫麗而煩濫。」（文心情采）此言宋玉以下諸家也。若夫辭采繁富而情性不失其切摯者，其惟楚人之文乎？可謂文情相生者矣。試述其例：

1. 憤激語　中懷鬱伊，盡情傾吐，遂有憤激語。如：

忳鬱邑余侘傺兮吾獨困窮乎此時也。寧溘死而流亡兮，余不忍為此態也！——離騷

寧溘死而流亡兮，恐禍殃之有再。不畢辭而赴淵兮，惜壅君之不識！——惜往日

2. 委婉語　含蓄蘊藉，婉而成章，詩人温柔敦厚之旨也。如：

沅有芷兮澧有蘭，思公子兮未敢言。恍惚兮遠望，觀流水兮潺湲。——湘夫人

釋惠洪冷齋夜話引張軾曰：「作詩不可直說破，須婉而成章，楚辭最得詩人之意。如言『沅有芷兮澧有蘭，思公子兮未敢言。』思是人也而不言，則思之意深而不可以言語形容也。」

劉熙載賦概曰：「『荒忽兮遠望，觀流水兮潺湲，』正是寫出思公子未敢言來。有目擊道存，不可容聲之意。」

3.壯烈語　慷慨悲歌，使人一讀一擊節。如：

出不入兮往不返，平原忽兮路超遠。帶長劍兮挾秦弓，首雖離兮心不懲。誠既勇兮又以武，終剛强兮不可凌。身既死兮神以靈，魂魄毅兮爲鬼雄。——國殤

4.反復語　欲趨吉而不忍，明知害而故爲。反復兩言，不得已之苦衷畢見。

豈余身之憚殃兮，恐皇輿之敗績。——離騷

余固知謇謇之爲患兮，忍而不能舍也。——同上

余既不難夫離別兮，傷靈修之數化。——同上

5.迴旋語　蟠鬱頓挫，百折千迴，不覺其言詞之曼衍，情致之纏綿也。如：

心鬱邑余侘傺兮，又莫察予之中情，固煩言不可結詒兮，願陳志而無路，退靜默而莫余知兮，進號呼又莫余聞。申侘傺之煩惑兮，中悶瞀之忳忳。——惜誦

6.層疊語　一意而作數層寫之，借增人感。如：

悲哉秋之爲氣也！蕭瑟兮草木搖落而變衰；憭慄兮若在遠行；登山臨水兮送將歸；泬寥兮天高而氣清；寂漻兮收潦而水清；憯悽增欷兮薄寒之中人；愴怳

懭悢兮去故而就新；坎壈兮貧士失職而志不平；廓落兮羈旅而無友生；惆悵兮而私自憐。——九辯

蕭瑟以下皆形容秋氣，連作十層寫之。

7. 反語　反言若正，見事不可能，徒勞無益。

采薜荔兮水中，搴芙蓉兮木末，——湘君

水中無薜荔，木末無芙蓉，喻求神之空往也。

8. 希冀語　表示胸中希求。如：

不撫壯而棄穢兮，何不改乎此度也。乘騏驥以馳騁兮，來吾道夫先路。——騷

9. 反詰語　反辭詰責，見言外之旨。如：

何所獨無芳草兮，爾何懷乎故宇？——離騷

麋何食兮庭中？蛟何爲兮水裔？——湘夫人

10. 呼問語　呼其人而詰問之。如：

汝何博謇而好修兮，紛獨有此姱節？——離騷

世並擧而好朋兮，夫何煢獨而不余聽？——同

請問於鵩兮，余去何之？——賈誼鵩鳥賦

11. 相形　兩端較量，見無坦途可出。或哀樂以相形而益顯。如：

退靜默而莫予知兮，進號呼又莫予聞。——惜誦

登高吾不說兮，入下吾不能。——思美人

悲莫悲兮生別離，樂莫樂兮新相知。——少司命

12. 夸飾語　充類至盡，言之不必符於實際也。如：

亦余心之所善兮，雖九死其猶未悔。——離騷

惟郢路之遼遠兮，魂一夕而九逝。——抽思

外此，楚辭句法之排列，有異於恒言者。如云「吉日兮辰良」，文法錯綜。「高余冠之岌岌兮，長余佩之陸離。」狀字列前。（「高」「長」皆狀字，應置句中。）皆當日文句之奇侅者也。至「兮」字爲語所稽（說文），「些」卽詩中之斯，（王引之經傳釋詞，）「只」卽詩中之「止」（學齋呫嗶，）則又楚辭中之助語。蓋皆所

以曼引其聲，便於諷吟者也。

本章參考書

王逸楚詞章句
洪興祖楚詞補注
朱熹楚詞集注
林雲銘楚詞燈
戴震屈原賦注　屈賦通釋
馬其昶屈賦微
陳瑒屈子生卒年月考
劉師培古曆管窺（辛亥國粹學報中）
范希曾屈原生卒年月及流放地考（國學叢刊中）
胡光煒離騷文例（同前）
楊偉業屈原事蹟（廣大文科季刊）

第三章　詩騷之比較

(一)引言

詩三百篇雅頌起於岐豐，十五國風采自河濟之間，并屬北人之文，惟周召化行南國，地在南陽南郡之間（韓詩說），南人詩歌，似著端倪，然竊考周南之言「漢廣」「汝墳」，召南之言「汝沱」，猶之大雅之有「江漢」，仍屬北人主教化者之詠歌，絕非被化南人之述作，可以斷言。是故三百篇者黃河流域文學之大宗也。

自風雅寖聲，奇文鬱起，屈宋振藻於郢都，唐景蜚英於湘沅，惟楚多材，新聲競響，南人文學，斯其嚆矢。持較北人之文，其同異之跡，約別數端言之：

(二)詩騷之淵原

文學之分南北，非始周代也；溯其造端，實本於前世。呂氏春秋曰：「禹行功，見塗山之女，禹未之遇而巡省南土。塗山氏之女乃命其妾候禹於塗山之陽，女乃作歌。歌曰『候人兮猗』實始作為南音。……有娀氏有二佚女，為之九成之臺，飲食必以鼓。帝令燕往視之，鳴若謚隘，二女愛而爭搏之，覆以玉筐，少選，發而視之，燕遺二卵，北飛遂不反。二女作歌，一終曰，『燕燕往飛，』實始作爲北音。（音初篇）是南音遠原於夏人，北音尙承乎商世者也，斯說也，證之詩騷而益信。

楚辭曰，「啟九辨與九歌兮，夏康娛以自從。」（離騷）又曰：「啓棘賓商，九辨九歌。」（天問）王逸注，「九歌九辨，啟作樂也。」山海經大荒西經郭注引歸藏，亦有「啟作九辨九歌」之說。左氏春秋傳亦謂「夏以水火金木土穀謂之六府；正德利用厚生謂之三事；六府三事，謂之九功。九功之德，皆可歌也。」（文七年傳）凡此并楚人傳頌夏代文學之確證。考史記貨殖傳，「穎川南陽故夏人之居。」其地實鄰楚境，故其文流爲南音也。

國語載閔馬父言，「正考父校商之名頌十二篇於周太師，以那爲首。」商詩掌於周官，此其明據。且考之周禮，太師教六詩，頌當其一，則商詩者，周人文學之教本也。故周詩體製，大端不異於商頌。（說詳下節）且其文辭有襲取商詩者，如檜風萇楚之「阿儺，」小雅隰桑之「阿難，」與商頌之「猗那，」皆美盛之貌。雲漢之「昭假無贏，」與長發之「昭假於天，」并遲久之稱。（馬瑞辰毛詩傳箋通釋說）至烈祖之「時靡有爭」句直同江漢；「約軝錯衡」句，直同采芑。凡是皆北音原於殷商之明證，此南北文學淵源之不同也。

(三)詩騷之背景

班固曰：「凡民函五常之性，而其剛柔緩急，音聲不同，繫水土之風氣，故謂之風。好惡取舍，動靜亡常，隨君上之情欲，故謂之俗。孔子曰：『移風易俗，莫善於樂。』」（漢書地理志）是音樂之功，足以轉移風俗；而音樂之成，又必因緣風俗也。故考南北文學之背景，先當就兩地之風俗比較觀之。

班書地志言春秋各國風俗與詩歌之關係綦詳，（說見第一章風詩之背景節）觀其所述，知各地風詩，莫不隨其習俗爲轉移。而北方各國，舍鄭衞淫靡，齊詩舒緩而外，餘多言農桑衣食之本，思奢儉之中，重生死之慮，是知十五國風，無不切於人事。固皆寫實文學，而非理想文學也。至班氏言楚人風化則曰：

楚有江漢川澤山林之饒，江南地廣，或火耕水耨，民食魚稻，以漁獵山伐爲業；果蓏嬴蛤，食物常足，故呰窳媮生，而亡積聚；飲食還給，不憂凍餓，亦亡千金之家。信巫鬼，重淫祀，而漢中淫失枝柱，與巴蜀同俗。汝南之別，皆急疾有氣勢。江陵故郢都，西通巫巴，東有雲夢之饒，亦一都會也。

因其物產饒給，思想瑰奇，故發爲詩歌，神女作賦，山鬼名篇，迥異北人之文。此南北文學背景之不同也。

（四）詩騷之體製

詩有六義，風雅頌者詩之體；賦比興者詩之用。劉勰謂：「賦者受命於詩人，拓宇於楚辭。……六義附庸，蔚成大國。」（文心詮賦）是賦原古詩之流，後乃別成異派，不足與詩並立也。班固漢書藝文志著錄屈原賦二十五篇，唐勒賦四篇，宋玉賦十六篇，於詩賦略，謂：「不歌而頌，斯謂之賦。」是賦又詩之一體，僅堪諷頌而不能入樂者也。然吾則謂賈誼枚乘以下諸家之述造，可以謂之賦，若屈宋之作，則當正名曰「辭」，而不得目之爲賦也。請列三證以明之：

史記言：「三百五篇，孔子皆絃歌之，以求合韶武雅頌之音。」（孔子世家）

北地詩歌固皆被之管絃，協諸音律矣。而宋書樂志楚辭鈔「今有人」一歌，卽用楚辭之「山鬼」。隋書經籍志亦言：「隋時有釋道騫善讀楚辭，能爲楚聲。」是楚辭音節，晉宋人猶能識之。故詩有「下莞上簟，壎篪協奏」之文；而楚辭亦有「陳竽瑟兮浩唱，……五音紛兮繁會」及「簫鐘瑤簴，以龢吹竽」之句。是楚辭可歌，與賦之僅能諷誦者不同。此其證一。

王逸云：「離騷之文，依詩取興，引類譬諭。故善鳥香草，以配忠貞；惡禽臭物，以比讒佞；靈修美人，以媲於君；宓妃佚女，以譬賢臣；虯龍鸞鳳，以託君子；飄風雲霓，以爲小人。」（章句叙）是比興之用，詩辭所同。楚辭非賦，此其證二。

昭明文選騷賦異部，不相雜厠；論者或誚其瑣。劉氏文心，辨離，詮賦，亦各爲篇，而爲之說曰：「離騷軒翥詩人之後，奮飛辭家之前。」是知騷之體製，介乎詩賦之間；賦之發生，實在詩騷以後。賦實古詩之流，辭則與詩異境。楚辭非賦，此其證三。

由斯三證，知楚辭可歌，且符六義，實與三百篇無異，其不同者音節章句已耳。此南北文學體製之比較也。

（五）章句之比較

詩人之辭，有一言至八言成句者。緇衣篇「敝」字，「還」字，一言也。「鱨鯊，」「祈父，」「肇禋，」二言也。三言如「振振鷺，」「螽斯羽。」五言如「誰謂雀無角，」「胡爲乎泥中。」六言如「我姑酌彼金罍，」「嘉賓式燕以敖。」至「父曰嗟予子行役，」「以燕樂嘉賓之心，」則爲七言。「我不敢傚我友自逸。」則爲八言。長短固無定製，然統觀三百篇，率以四言爲正體；餘僅一句二句雜在四言之間，（摯虞文章流別論說）不可多覯。若南人詩歌之可考者，一爲史記滑稽傳所載優孟之慨慷歌。其詞曰：

貪吏而不可爲，而可爲；
廉吏而可爲，而不可爲；
貪吏而不可爲者，當時有汚名；
　而可爲者，子孫以家成。
廉吏而可爲者，當時有淸名；

而不可爲者，子孫困窮，被褐而負薪。

貪吏常苦富；

廉吏常苦貧；

獨不見楚相孫叔敖，廉潔不受錢！

長至十四言，少亦八字，較北人詩歌不侔矣。論語載楚狂接輿之歌曰：

鳳兮鳳兮，何德之衰也！

往者不可諫兮，來者猶可追也。（此句依史記）

已而已而，今之從政者殆而！

孟子離婁篇載孺子滄浪之歌，與楚辭漁父之歌不異。閻氏四書釋地考滄浪爲漢水流經之所，知是詩必楚人之文。其辭曰：

滄浪之水淸兮，可以濯我纓；

滄浪之水濁兮，可以濯我足。

句幷長短錯綜，而不限於四字。至楚辭屈原之離騷，九歌，九章，其句法變化益多。例如：

玄文處幽兮，矇瞍謂之不章；
離婁微睇兮，瞽以爲無明。
變白以爲黑兮，倒上以爲下；
鳳皇在笯兮，鷄鶩翔舞；
同糅玉石兮，一槪而相量。
夫唯黨人之鄙固兮，羌不知余所臧；（懷沙）

則四言，五言，六言，七言莫不具備。宋玉之九辯曰：

悲哉秋之爲氣也！
蕭瑟兮，草木搖落而變衰；
憭慄兮若在遠行；
登山臨水兮送將歸；
泬寥兮天高而氣淸；

寂寥兮收潦而水清。其變化益繁，絕非一式之所能限。故北人詩歌，形式整齊；南人辭賦，句讀參差，此其異也。

更考三百篇之章句：若采蘋之詩，重章共述一事；甘棠之詩，一事疊爲數章；東山之詩，初同而後異，漢廣之詩首異而末同。要皆一義而更申，或章重而文變。較楚辭之滔滔千百言，一氣貫注，不能強分章節者，又大不侔。是故北人詩歌，言短而調重；南人辭賦，句讀之長短無恆；篇章之變化非一。此南北文學章句之不同也。

(六) 音律之比較

漢書禮樂志謂「房中樂高祖唐山夫人所作，高祖好楚聲，故房中樂楚聲也。」前云楚聲可歌，楚辭與賦，實非同物，於此益信。雖然南北詩歌，同能被之管弦；其音節之高下，疾徐飛沈，抗墜，未必符也。爰就其音律而論列之。

劉勰稱：『詩人綜韵，率多清切；楚辭辭楚，故訛韻實繁。及張華論韻，謂「士衡多楚」，文賦亦稱：「知楚不易」，可謂銜靈均之聲餘，失黃鐘之正響也。』(文心聲律）此其所辨，兩者音韻之異同；非音律之差別也。刓生千載之後，雅頌之音節無徵，騫公之流風歇絕，而欲比較其得失，不幾同於叩盤捫燭者哉？然竊按之音理，平聲曼長；仄聲短促；洪音激越；細音淒清。此其區別之顯然易辨者也。試求之詩騷，凡離騷一篇用模韻者四十有八。

與（古烏聲模韻（下省聲韻二字）） 莽（古明模） 莫（同上） 度（古杜模） 路（古洛模） ○路（見上） 步（古蒲蒦切模之入聲）

○武（古明烏） 怒（古泥模） 舍（古桑模） 故（古古平） 路（見上） ○予（古烏模） 野（同上） ○狐（古匣模）

家（古見模） ○輔（邦模） 土（透模） ○圃（滂模） 莫（明模） ○夜（影鐸轉影模） 御（疑模） 下（匣模） 予（影模）

佇（定模） 妬（定鐸轉定模） 馬（明模） 女（泥模） ○下（見前） 女（見前） ○固（見模） 惡（影鐸轉影模） 瘔（疑模）

古（見前） 慕（明模） 女（見前） 女（見前） 宇（影模） 惡（見前） ○迎（疑模） 故（見前） ○舉（見模） 輔（見前）

○女（見前） 下（見前） ○與（影模） 予（見前） 都（端模） 居（見模）

哈韻二十有六

能（古泥哈） 佩（古蒲哈） ○在（古從哈） 茝（古他哈） ○畝（古明哈） ○芷（古德哈） ○茝（見上） 悔（曉哈） ○時（杜哈） 態（他哈）

○茲（精哈） 詞（心哈） ○悔（見前） 醢（曉哈） ○佩（并哈） 詒（影哈） 在（見前） 理（來哈） ○異（影哈） 佩（見前） ○疑（疑灰轉疑哈）

之端哈 ○ 媒明哈 疑見前 ○ 待定哈 斯溪哈

歌戈蕭韵各十有二

佗他戈 化曉戈 ○ 藻泥歌 纚桑歌 ○ 離轉歌 虧同上 ○ 差清歌 頗滂歌 ○ 可溪歌 我疑歌 ○ 化曉歌 離見前

游影蕭 求溪蕭 ○ 好曉蕭 巧溪蕭 ○ 遙影蕭 姚影豪轉新蕭 ○ 同定東與蕭對轉爲韵 調定蕭 ○ 留來蕭 茅明蕭 ○

流來蕭 啾精蕭

考歌模古讀收o；蕭韵收oi；哈韵收oi。是騷人之音平聲多於仄聲，洪音多於細音也。更據段玉裁六書音韵表所載，三百篇用韵第十五韵脂，微，齊，皆，灰，爲最多；第一部之，哈韵次之。兩部之中，灰聲入聲更較平聲爲多。考脂韵收ei，微收uei，齊收i，皆收ai，灰收uoi，之收ei，哈收oi並屬細音。據是則楚聲迂徐而凄清，北音沉頓而雄渾，可以概見。昔康德涵論曲謂「南詞主清越，其變也爲流麗；北曲主慷慨，其變也爲朴質。惟朴質，故聲有矩度而難借；惟流麗，故唱得宛轉而易調。」王元美謂北主勁切雄麗；南主清悄柔遠。北氣易粗；南氣易弱。」若按之詩騷，則兩氏之說，尤足信矣。此南北文學音律之不同也。

（六）思想之比較

詩三百篇大抵聖賢發憤之作。父子之恩缺，則小弁之刺生；君臣之禮廢，則桑扈之諷起；夫婦之道絕，則谷風之篇奏；骨肉之親離，則角弓之怨興；君子之路塞，則白駒之詩賦。（范寧穀梁集解序）稽其各篇之造端，莫不因緣於世變。故其文屬於主觀者多。卽寫物附意，颺言切事，比類雖繁，必切近人事。是以詩人之詞麗以則，半屬主觀之文。若離騷言求虙妃之所在；見有娀之佚女；留有虞之二姚；聊浮游而求女；命靈氛爲吉占；皇剡剡其揚靈；尙不過借題託興，抒發其惓勤懇切之懷，至瑰意奇行，超然高舉，緤馬閬風，驂螭西極；磕埃風而上征；過江臯而延佇；顧下土而愁予；與佺期以爲友；忽杳冥恍忽，汪洋恣肆，逍遙涵詠於想像界而出乎人間世矣。非純粹客觀之文學歟？

詩人典則而言約，辭人淫麗而句繁，此劉氏之說也。顧詩詞之異，不僅侔色揣稱，踵事日增，繡錯綺交，由疏趨密已矣。其模山範水，體物達情，亦復節奏有慘舒之別，山川有明昧之殊。此蓋由南北異宜，故致悲愉改境也。若夫實際生活，彼此大端從同，思致宜無區別。然觀周頌祭詩，春祈穀則意嘻，載芟之篇作；秋冬報社稷則豐年，良耜之詠興，在昔詞人固莫不憑主觀之獨見，歌禾稼之畢登也。若夫辭人則不然，感草木之搖落，哀蟋蟀之宵征，歎霜露之悽慘，獨萎約而悲愁矣。周作人歐洲文學史言：

悲劇喜劇之興，俱因生氣精靈之禮拜。然同而實復殊。Dithyrambas 者迎春之曲，自 Arion 以來，多經文人潤色，言近雅馴，其時在春季，演神之奮爭苦難，終之以靈見志在用感應之術，以促春氣，社祭者田夫野老之所爲，其時在秋季，禾稼已登，葡萄酒熟，民生豐樂，皆由神賜，禮有報賽，罄其感荷。迎春之時，懼春之不再來，故悲哀之氣寓於喜望之中，化而爲劇，亦寫人生之奮爭苦難。秋賽之時則喜春之重來，予萬物以有生之樂，故懽愉之氣，寄於感激之中。叫囂從肆，不能自禁；化而爲劇，則嘻笑怒罵，亦無所變也。

是故春悲秋喜，古代東西文人思想莫不如是。悲秋之念，發自楚人。此南北文學思想之不同也。

（八）情感之比較

情發於聲，聲成文謂之音，治世之音哀以樂，凡風雅之所載者，皆鳴盛世之和聲也。至王道衰，禮義廢，政教失，國異政，家殊俗，而變風變雅作，其言不免於偏激矣。苕之華曰：「知我如此，不如無生！」碩鼠曰：「逝將去汝，適彼樂土！」北門曰：「已焉哉，天實爲之，謂之何哉？」兔爰曰：「我生之初，尚無爲；我生之後，逢此百罹！」何憂殷語迫，辭氣憤慨，無復絲毫溫柔敦厚之致耶？至屈原傷靈修之數化，怨靈修之浩蕩；哀朕時之不當，不忍與此終古；而終睠懷故都，不忘欲返。曰：「余固知謇謇之爲患兮，忍而不能舍也；指九天以爲正兮，夫唯靈修之故也。」曰：「寧溘死以流亡兮，余不忍爲此態也！」曰：「雖體解吾猶未變兮，豈余心之可懲？」其縈忤閟鬱之懷，雖欲叩帝閽以陳詞，從彭咸而沉溺。然一臨睨舊鄉，哀高丘之無女，其眷戀之情，迫切于眞誠，反側於夢寐，終不忍以此自疏。後人讀其文詞，鮮有不潸然涕泣，蓋感人若是其深切也。其九章曰：

惜誦以致愍兮，發憤以抒情；所非忠而言之兮，指蒼天以爲正。令五帝以折中兮，戒六神以鄉服，俾山川以備御；命咎繇使聽直。竭忠誠以事君兮，反離羣而贅肬；忘儇媚以背衆兮，待明君其知之。言與行其可迹兮，情與貌其不變；故相臣莫若君兮，所以證之不遠。吾誼先君而後身兮，羌衆人之所仇也；專惟君而無他兮，又衆兆之所讎也。壹心而不豫兮，羌不可保也。疾親君而無他兮，有招禍之道也。思君其莫我知兮，忽忘身之賤貧；事君而不貳兮，迷不知寵之門。忠何辠以遇罰兮，亦非余之所志也；行不羣以巓越兮，又衆兆之所咍也。紛逢尤以離謗兮，謇不可釋也；情沉抑而不達兮，又蔽而莫之白也。心鬱邑余侘傺兮，又莫察余之中情；固煩言不可結詒兮，願陳志而無路，退靜默而莫余知兮，進號呼又莫余聞。申侘傺之煩惑兮，中悶瞀之忳忳！

一篇之中，三復致意，大抵不外乎存君興國之懷。至離騷言：「長太息以掩涕兮，哀人生之多艱！」遠游曰：「惟天地之無窮兮，哀人生之長勤！」則其悲愍惻怛之誠，橫貫乎人羣，豎窮乎來刼，視三百篇詩人以幽思憤悶而遽思棲遲於衡泌，聊且喜樂，以消此永日者，其度量之相越，何可以道理計哉？是故北人多慷慨激昂之懷，南人多悱惻纏綿之致，則其情感之不同也。

（九）宗敎之比較

宗敎崇拜，詩人最盛。惟北人之言上帝神祇也，僅屬抽象之表現，本嘗爲具體的描寫也。觀小雅之詩曰：

有皇上帝伊誰云憎？——正月

日月吉凶，不用其行。——十月之交

浩浩昊天，不駿其德。——兩無正

昊天疾威，敷于下土。——小旻

天步艱難，之子不猶。——白華

至皇矣之詩曰：

皇矣上帝，臨下有赫，監觀四方，求民之瘼。

帝謂文王，予懷明德，不大聲以色，不長夏以革，不識不知，順帝之則。

此詩所言之天帝，不獨有意志之表現，且有視聽言動之可驗矣。然而天帝之見象若何，終未嘗有具體之說明也。至辭人言神靈之服飾曰：

靈衣兮被被，玉佩兮陸離。——大司命

若有人兮山之阿，被薜荔兮帶女蘿。——山鬼

言神之容止曰：

帝子降兮北渚，目眇眇兮愁予。——湘夫人

靈皇皇兮既降，猋遠舉兮雲中，覽冀州兮有餘，橫四海兮焉窮。——雲中君

君迴翔兮以下，踰空桑兮從女；紛總總兮九州，何壽夭兮在予；高飛兮安翔，乘清氣兮御陰陽，吾與君兮齊速，導帝之兮九坑。——大司命

蓋北人處境艱也，恆覺天威之可畏；其於鬼神也，每憚而畏之，故僅能爲抽象的描寫。南中山川明媚，花鳥宜人，咸感自然之可愛，其於神也，多狎而翫之，故能爲具體之表示。此南北文學中所言宗教之不同也。

（十）結論

由前述各端言之：南北文學，其形式有整齊參差之異；音節有徑直迂曲之殊；

物色之質素優美不同；思想之徵實憑虛各異。推之情感之表示，宗教之信仰，彼此咸乖異而互韋。對境而觀，知文學固闡發性靈之工具，其關係於時間，空間，亦昭昭不可忽也。

本章參考書

呂氏春秋音初篇

漢書地理志藝文志

隋書經籍志

劉師培南北文學不同論（國粹學報中）

鈴木虎雄騷賦生成論（支那文學研究中）

第四章　論漢魏六代賦

（一）　賦之義界

周官太師敎六詩，賦居其一；毛詩關睢敘，詩有六義，其二曰賦。賦者古詩之一體，原包涵於詩中，非離詩而獨立也。考其意義，鄭玄周官注曰：「賦之言鋪，直鋪陳今之政教善惡。」（孔穎達詩疏同）劉勰文心雕龍：「賦，鋪也。鋪采摛文，體物寫志也。」鍾嶸詩品：「直陳其事，寓言寫物，賦也。」按賦之本義，原訓班，斂。凡言以物班布與人，或歛諸人者並得言賦。其稱文體字當作尃或作敷，通作鋪，義訓爲布，謂敷布聞見，託物以諭志也。故劉熙釋名曰：「賦，敷也。敷布其義謂之賦。」皇甫謐曰：「賦也者，所以因物造端，敷宏體理。」（三都賦叙）陸機亦云：「賦體物而瀏亮。」（文賦）蓋賦尙直陳，無取比興，故能與詩畫界而終有別於詩也。且夫詩貴吟詠，聲必協樂，而賦則僅堪諷誦，不必被之管弦。故班固漢志引傳曰：「不歌而誦謂之賦。」（皇甫謐三都賦叙亦曰：「古人稱，不歌而誦謂之賦。」）考周官大司樂「以樂語教國子，興，道，諷，誦，言，語。」鄭注：「倍文曰諷，以聲節之曰誦。」夫歌必永言，誦則以聲節之。不歌而誦者，賦雖不必歌詠，而讀之須音節諧適，比於徒歌，爲樂語之一種。此其所以爲古詩之流，終以附庸蔚成大國也。

（二）　賦之原流

國語載召公言：「公卿獻詩，師箴，瞍賦。」毛詩定之方中傳言：「登高能賦，可以爲大夫。」班固曰：「古者諸侯卿大夫交接鄰國，以微言相感，當揖讓之時，必稱詩以諭其志。」凡此皆言賦詩。故孔子曰：「誦詩三百，使於四方，不能專對，雖多奚爲？」又曰：「不學詩無以言」也。若夫後世之賦，則起於賢人失志之作。班固曰：「春秋之後，周道寖壞，聘問歌詠，不行於列國，學詩之士，逸在布衣，而賢人失志之賦作矣。大儒孫卿，及楚臣屈原，離讒憂國，皆作賦以諷，咸有惻隱古詩之義。其後宋玉唐勒，漢興，枚乘，司馬相如，下及楊子雲，競爲侈麗閎衍之詞，沒其風諭之義。」其意以爲孫卿，屈原之賦，猶近古詩，楊子雲所謂「詩人之賦」也。若夫侈麗閎衍之詞，則起於宋玉，唐勒以後，故摯虞文章流別論言：「孫卿，屈原，尚有古詩之義，至宋玉則多浮淫之病。」文章緣起乃謂：「賦楚大夫宋玉所作。」今言漢賦則自宋玉唐勒，景差始。

漢志依七略，次賦爲四類：一曰，屈原以下二十家賦；二曰，陸賈以下二十一家賦；三曰，孫卿以下二十五家賦；四曰，雜賦十二家。章炳麟曰：「屈原言情，孫卿效物；陸賦不可見，其屬有朱建，嚴助，朱買臣諸家，蓋從橫之變也。」（國故論衡，辨詩）

是劉略所次。一爲抒情之賦；二爲從橫之賦；三爲體物之賦；四爲總集之雜賦，從橫賦求之兩京幾不可見。孫卿效物之詞，傳者亦鮮；蔡邕之賦短人，庶幾近似。外此，徐幹有玄蝯，漏巵，團扇，橘賦四篇今並不存。其體蓋日就式微矣。兩京之作，並與屈原同流，宜盡入抒情一類。然從觀漢人述作，惟賈生惜誓上法楚辭，鵩鳥則效卜居；其他諸家大氐騁贍麗之詞，繡錯綺交，鋪張揚厲，求其緣情發義，邈不可得。則揚雄所稱爲「詞人之賦」者也。詞人專取詩中賦之一義以爲賦，又取騷中贍麗之詞以爲詞，若情若理，有不暇及。（陳懋仁文章緣起注）雖受命於詩人，拓宇於楚辭，而終與風騷分疆畫境，蓋則之與淫，區以別矣。

（三）賦之修辭及其技術

昔漢宣帝謂：「辭賦大者與古詩同義，小者辯麗可喜，辟如女工有綺縠，音樂有鄭衛。」（漢書王褒傳）司馬相如論賦曰：「合纂組以成文，列錦繡以爲質。」（西京雜記）劉勰亦稱其：「麗辭雅義，符采相勝，如組織之品朱紫，畫繪之著玄黃。文雖新而有質，色雖糅而有本。」總三家之說，是辭藻綺靡，文采煒燁，藻飾之盛，未有如賦者也。然今觀司馬相如子虛上林以下，班固之賦兩都，張衡之賦兩京，左思之賦三都，其文有定式，詞多堆砌，有未足尙者。試分述之：

(1)描寫 張衡南都賦敘述山川城郭草木鳥獸，其詞特詳。如曰：

爾其地勢，則武闕關其西，桐柏揭其東，流滄浪而爲隍，廓方城而爲墉。湯谷涌其後，淯水盪其胸，推淮引湍，三方是通。

其寶利珍怪，則金䥋玉璞，隋珠夜光，銅錫鉛鍇，赭堊流黃，綠碧紫英，青雘丹粟，太一餘糧，中黃㱿玉，松子神陂，赤靈解角，耕父揚光於淸泠之淵，游女弄珠於漢皋之曲。

其山則崆𡸼嶱嵑，嵣㟥嶚刺，岝㟧嵬嵬，嶔巇屹嶁，幽谷嶜岑，夏含霜雪。或峮嶙而纚聯，或豁爾而中絕，鞠巍巍其隱天，俯而觀乎雲霓。

其木則檉松楔㮖，槾柏杻橿，楓柙櫨櫪，帝女之桑，楈枒栟櫚，柍柘檍檀，結根竦本，垂條嬋媛，布綠葉之萋萋，敷華蕊之蓑蓑，玄雲合而重陰，谷風起而增哀。攢立叢駢，靑冥盰瞑，杳藹蓊鬱於谷底，森蓴蓴而刺天。虎豹黃熊游其下，㲉玃猱

挺戲其巔，鸞嶽鵷鶵翔其上，騰猿飛蠝棲其間

其竹。則鍾龍篁篾，篠簳箛箠，緣延坻阪，澶漫陸離，阿那蓊茸，風靡雲披。爾其川。瀆，則滍灃灤濾，發源巖穴，潛盧洞出，沒滑瀎潏，布濩漫汗，漭沆洋溢，總括趨欲，箭馳風疾。流湍投濈，砏汃輣軋，長輪遠逝，漻淚淢汨。其水蟲，則有蠳龜鳴蛇，潛龍伏螭，鱏鱣鰅鱅，黿鼉鮫鱨，亘蜯函珠，駿蝦委蛇。於其陂。澤，則有鉗盧玉池，赭陽東陂，貯水渟洿，亘望無涯。

其草。則有藨苧蘋莞，蔣蒲蒹葭，藻茆菱黃，芙蓉含華，從風發榮，斐披芬葩。其鳥。則爲鴛鴦鵠鷺，鴻鵠鴐鵝，鶪鶃䴪鶖，鸛鷞鵾鸕，嚶嚶和鳴，澹淡隨波。其水。則開竇灑流，浸彼稻田，溝澮脈連，隄塍相輷，朝雲不興，而潢潦獨臻。決渫則暵，爲溉爲陸，冬稌夏麥，隨時代熟。其原。野，則有桑漆麻苧，菽麥稷黍，百穀蕃廡，翼翼與與。

雖臚陳萬有，包涵宏富，窮天地之奇觀，列雕繪之滿目；然左思有言：「相如賦上林，而引盧橘夏熟；揚雄賦甘泉，而陳玉樹青葱；班固賦西都，而歎以出比目；張衡賦西

京，而述以游海若；假稱珍怪，以爲潤色，若斯之類，匪啻於茲。考之果木，則生非其壤，校之神物，則出非其所。於詞則易爲藻飾，於義則虛而無徵。」（三都賦序）是皆靡而非典，麗而不經者矣。即使山川城邑，咸稽之地圖；鳥獸草木，悉驗之方志，而比物醜類，夸奢鬭靡，拘攣補衲，蠹文已甚，亦何足取？劉熙載曰：「賦與譜錄不同；譜錄惟取誌物，而無情可言，無采可發，則如他家之寶，無關己事。以賦體視之，孰爲親切且尊異耶？」若前述諸賦，離詞連類，敷演無方，吾不知其與譜錄曾何以異。至孫綽游天台山云：「赤城霞起而建標，瀑布飛流以界道。」語較清麗。鮑照蕪城云：「孤蓬自振，驚沙坐飛。」詞亦壯偉，蓋圖寫山川之文，晉宋人爲勝也。摹擬物色，若謝惠連之賦雪，謝莊之賦月，並秀逸清新，無重濁之氣。至稽康敘琴，尙秀感笛，往復唱歎，尤有深致。劉熙載曰：「在外者物色，在我生意，二者相摩相盪，而賦出焉。若與自家生意無相入處，則物色祇成閒事，志士遑問及乎？」竊謂賦至魏晉以後，庶幾可以語此。若紛披繁密，而生意索然，何足貴哉？

劉勰論物色曰：「詩人感物，聯類不窮：流連萬象之際，沈吟視聽之區；寫氣圖貌，旣隨物以宛轉；屬采附聲，亦與心而徘徊；故灼灼狀桃花之鮮；依依盡楊柳之貌；杲杲爲日出之容；瀌瀌擬雨雪之狀；喈喈逐黃鳥之聲；喓喓學草蟲之韻；皎日嘒星，一言窮理；參差沃若，兩字窮形；並以少總多，情貌無遺矣。及離騷代興，觸類而長，物貌難盡，故重沓舒狀；於是嵯峨之類聚，葳蕤之羣集矣。及長卿之徒，詭勢瑰聲，模山笵水，字必魚貫。所謂詩人麗則而約言，辭人麗淫而繁句也。」蓋詩人狀物，多用疊字；騷人進而用駢字；至漢人則雙聲疊韻，紛至沓來，儷字駢辭，璧聯珠貫，襞積細微，肆爲繁富，徒令人昏睡耳目，安足搖蕩性靈哉？

(2)抒情　李仲蒙曰：「敘物以言情謂之賦，情盡物也。」是賦與比興雖異，抒情則同。至摯虞則曰：「古詩之賦，以情義爲主，以事類爲佐。今之賦，以事形爲主，以善正爲助。情義爲主，則言省而文有例矣；事形爲本，則言當而事無常矣。文之煩省，辭之險易，蓋由於此矣。」（文章流別論）此言漢賦之失也。劉勰曰：「昔詩人什篇，爲情而造文；辭人賦頌，爲文而造情。何以明其然？蓋風雅之興，志思蓄憤，而吟詠情性，以諷其上，此爲情而造文也。諸子之徒，心非鬱陶，苟馳夸飾，鬻聲釣世，此爲文而造情也。故爲情者要約而寫眞，爲文者淫麗而煩濫。而後之作者，採濫忽眞，遠棄風雅，近師辭賦。故體情之製日殊，逐文之篇愈盛。故有志深軒冕，而汎詠皐壤，心纏幾務，而虛述人外，眞宰弗存，翩其反矣。」（文心情采）此言魏晉後賦家之失也。漢賦如兩京三都，大氐以事形爲主，無情義之可言。魏晉以後，賦多述情；然如安仁當晉武四年，方辟公府，久不遷官，遂賦秋興，聊以江湖山藪之思，寄其憤鬱不平之志。他若謝靈運作山居賦，石崇作思歸引，俱未能忘情爵秩，而虛慕林泉，皆劉氏所謂「眞宰弗存，翩其反矣」者也。

(3)想像　史尙徵驗，文貴詭奇，兩者虛實異涂，勢難合轍。自荊楚之俗，敬天明鬼，故神女作賦，山鬼名篇，仰古賢於彭咸，弔靈蹤於河伯。若此之類，或屬寓言，或陳譎說，或即小以寓大，或事隱而言文。及辭人作賦，踵事增華，莫不設爲荒誕之談，助其譎誑之說，是固不能以史籍實錄之例，病文人虛構之詞矣。然摯虞謂：「假象過大，則與類相遠。」劉勰言：「自宋玉，景差，夸飾始盛，相如憑風，詭濫愈甚。故上林之館，奔星與宛虹入軒；從禽之盛，飛廉與鷦鷯俱獲。及楊雄甘泉，酌其餘波，語瓌奇則假珍於玉樹；言峻極，則顚隊於鬼神。至東都之比目，西京之海若，驗理則理無可驗，窮飾則飾有未窮矣。又子雲羽獵，鞭宓妃以饟屈原；張衡羽獵，困元冥於朔野變彼洛神，既非罔兩；惟此水師，亦非魑魅；而虛用濫形，不其疎乎？此欲夸其威而飾其事，義睽剌也。至如氣貌山海，體勢宮殿，嵯峨揭業，熠燿焜煌之狀，光采煒煒而欲然，聲貌岌岌其將動矣。莫不因夸以成狀，沿飾以得奇也」兩家並以誇飾過情，爲辭人詬病。吾則謂假象無判於大小，設詞何分乎奇正，果使詞由己出，則文並足珍。否則轉相摹擬，斯乃淡乎寡味。如高唐，神女，見宋玉之奇思。爾後相如之賦美人，張衡之賦定情，蔡邕之賦靜情，曹植之賦洛神，互相則效，寫放宋生。雖英詞日出，而新意無聞，沿襲因仍，何足劭乎？

(四)　賦之派別及其流變

張惠言選七十家賦鈔，而敍其端謂屈原之賦，與風雅爲節，荀卿之賦，原出禮經。茲錄其言屈原賦之原流，見漢魏賦家之派別焉。

譎而不觚，盡而不觳，肆而不衍，比物而不醜，其志潔，其物芳，其道杳冥而無常，此屈平之爲也。及其徒宋玉，景差爲之，其質也華然，其文也從而後反。

其趣不兩，其與物無强，若枝葉之附其根本，則賈誼之爲也，其原出於屈平。

循有樞，執有廬，頡滑而不可居，開決宦窔而與萬物都。其終也芴莫而神明爲之橐，則司馬相如之爲也，其原出於宋玉。

揚雄恢之，脇入竅出，緣督以及節，其超軼絕塵而莫之控也，其波駭石曡而沒乎其無根也。

張衡盱盱，塊若有餘，上與造物爲友，而下不遺埃壒。雖然，其神也充，其精也苶，

及王延壽，張融爲之，傑格拮撥，鈎了蕺牾，而俶佹可覩，其於宗也無蛻也。

平敞通洞，博厚而中，大而無瓠，孫而無弧，指事類情，必偶其徒，則班固之爲也，其原出於相如，而要之使夷，昌之使明。

及左思爲之，博而不沉，贍而不華，連犿焉而不可止。

塗澤律切，蓊薆紛悅，則曹植之爲也，其端自宋玉。

不揩於同，不獨於異，其來也首首，其往也曳曳，動靜與適，而不爲固植，則陸機，

潘岳之爲也。其原出於張衡，曹植，孎孎乎振時之儁也。以情爲裏，以物爲襮，鑱雕雲風，琢刻支鄂，其懷永而不可忘也。迄乎其氣，煊乎其華，則謝莊，鮑照之爲也。江淹爲最賢，其原出於屈平九歌。逐物而不反，駘蕩而駁舛，俗者之囿而古是抗，其言滑滑而不背於塗奧，則庾信之爲也。其規步矱駷，則楊雄，班固之所引銜而磬轡。

其說至當，試表之如左：

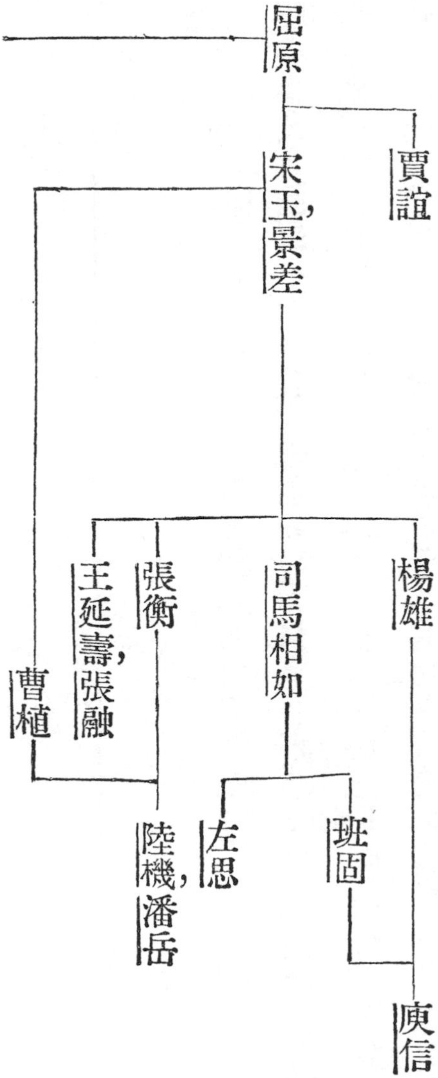

江淹　鮑照　謝莊

上述兩漢六代古賦之派別，其原流略可識矣。至左，陸以下，漸趨整鍊；江，鮑，徐，庾，益事研華，固已不似古音，尚未至如律體也。是之謂駢賦。自唐訖宋，以賦造士，創爲律賦，用便程式。新巧以製題，險難以立韻，課以四聲之切，幅以八韻之凡。起謂之破題，承謂之頷接，送迎互換其聲，進退遞新其格。又有文賦，古文之有韻者是矣。歐，蘇多有之。（孫梅四六叢話說）論者謂律賦尙辭而失於情，故讀之者無興起之妙趣，不可以言則。文賦尙理而失於辭，故讀之者無詠歌之遺音，不可以言麗。至律賦則但以音律諧協對偶精切爲工，而情與詞皆置勿論也。余謂賦之詞義相宜，情韻不匱者，前有屈，宋，後有賈，馬。仲宣，偉長，時逢壯采；嗣宗，叔夜，每著逸趣。其他膏腴之詞，繁密之制，雖尊之爲古，吾不知其尙於駢律者果何如乎。

本章參考書

陳元龍歷代賦彙
蕭統文選（賦類）
祝堯古賦辨體
張惠言七十家賦鈔
李兆洛駢體文鈔
劉勰文心雕龍 詮賦 物色 麗辭 夸飾
劉熙載賦概
李調元賦話
孫梅四六叢話

第五章 論樂府詩

一 引言

尙世詩辭，肇始謳謠。謳謠爲體，歌舞繁會。文辭與音樂爲緣，其來舊矣。故樂記曰：「詩言其志也；歌詠其聲也；舞動其容也。三者本於心，然後樂氣從之。」班固謂：

「誦其言謂之詩；詠其聲謂之歌。」（漢書藝文志）沈約謂：「歌者樂之始；舞又歌之次；詠歌舞蹈所以宣其喜心，喜而無節，則流淫莫反；故聖人以五聲和其性，以八音節其流而謂之樂。」（宋書樂志）是知詩尙諷吟，聲必協樂，古代詩辭鮮有不入樂者。及劉氏品文詩與歌別，（文心雕龍說）而後文士之作，不盡被之管弦；因別具樂篇，以標區界；「樂府」之目，於以立焉。

（二）樂府原流

推考樂府之原流者，莫詳於劉勰文心雕龍樂府篇曰：

塗山歌於候人，始爲南音；有娀謠乎飛燕，始爲北聲；夏甲歎於東陽，東音以發；殷整思於西河，西音以興。音聲推移，亦不一概矣。

此用呂覽音初篇說，追溯樂府之遠原也。其下又曰：

自雅聲浸微，溺音騰沸，秦燔樂經，漢初紹復，制氏紀其鏗鏘，叔孫定其容與。於是武德興乎高祖，四時廣於孝文。雖摹韶夏，而頗襲秦舊，中和之響，闃其不還。曁武帝崇禮，始立樂府，總趙代之音，撮齊楚之氣，延年以曼聲協律；朱馬以騷體製歌。桂華雜曲，麗而不經；赤雁羣篇，靡而非典。河間薦雅而罕御；故汲黯致譏於天馬也。

此本漢書禮樂志，以樂府始立於漢武也。郭茂倩則云：「孝惠時，夏侯寬爲樂令，始以名官。至武帝乃立樂府。」（樂府詩集）吳訥辨之曰：「漢興，高帝自制三侯之章，而房中之樂，則令唐山夫人造爲歌詞。史記云：『高祖過沛詩，三侯之章，令小兒歌之，高祖崩，令沛得以四時歌舞宗廟。孝惠文景無所增更，於樂府習常肄舊而已。』至漢書則曰：『漢興，樂家有制氏，但能紀其鏗鏘而不能言其義。高祖時，叔孫通制宗廟樂，徒有其名，而無其詞，所載不過武帝郊祀十九章而已。』後儒遂以樂府之名，起於武帝。不知孝惠二年，已令夏侯寬爲樂府令。豈武帝始爲新聲，不用舊詞也？」（文章辨體）案漢書禮樂志載「高祖唐山夫人所作房中樂；孝惠二年，樂府令夏侯寬更名安世樂。」其下又云：「武帝定郊祀之禮，乃立樂府。」顏師古注：「始置之也。樂府之名，蓋起於此。」則樂府詩製於漢高，樂府令（官名）設於惠帝，而樂府（署名）則始置於武帝也。惠帝時雖有其官而無其署，至武帝以李延年爲協律都尉，多舉司馬相如等數十人造爲詩賦。而後樂官乃有專署焉。「朱馬」蓋「司馬」之誤。「桂華雜曲」指安世房中歌弟七言。赤雁羣篇指郊祀歌「象載瑜」言。河間獻王獻所集雅樂，武帝下太樂官，常存肄之。武帝製天馬來歌，汲黯謂：「先帝百姓不能知其音」，並詳於史記樂書及漢書樂志焉。

至宣帝雅頌，詩效鹿鳴。邇及元成，稍廣淫樂。正音乖俗，其難也如此！

此言漢書樂府之興衰也。漢書王褒傳：「宣帝時，天下殷富，數有嘉應，上頗作歌詩，欲興協律之事。於是益州刺史王襄欲宣風化於衆庶，聞王褒有俊才，使作中和樂職，宣布詩。選好事者，令依鹿鳴之聲，習而歌之。「樂府於此稍盛。成帝時，鄭聲尤甚，黃門名倡丙彊景武之屬，富顯於世，貴戚五侯，定陵富平外戚之家，淫侈過度，至與人主爭女樂。（漢志）樂府由是式微矣。

暨後郊廟，惟雜雅章，辭雖典文，而律非夔曠。

此言後漢之樂府也。後漢書曹褒傳：「顯宗卽位，曹充上言，請制禮樂，帝善之。詔曰：『今且改太樂官曰太予（子）樂。歌詩曲操，以俟君子。』知後漢雖具其官，未嘗有所興作也。考宋書樂志，後漢樂詞，舍東平憲王舞歌一章，章帝食舉詩四首，餘無所聞矣。

至於魏之三祖，氣爽才麗，宰割辭調，音靡節平。觀其北上衆引，秋風列篇，或述酣宴，或傷羈戍，志不出於淫蕩，辭不離於哀思，雖三調節正聲，實韶夏之鄭曲也。

此言魏代之樂府也。考宋書樂志，魏武帝、文帝、明帝所制樂詞，獨富特志存淫蕩辭多哀思，不為劉氏所重耳。三調詳黃注。隋志：「清樂其始卽清商三調是也。並漢來舊曲，樂器形制，幷歌章古詞，與魏三祖所作者，皆被於史籍。平陳後獲之，高祖（隋）聽之，善其節奏，曰：「此華夏正聲也。」」三調至隋世尚有識其為正聲者矣。

逮於晉世，則傅玄曉音，創定雅歌，以詠祖宗；張華新篇，亦充庭萬。然杜夔調律，音奏舒雅；荀勗改懸，聲節哀急。故阮咸譏其離聲，後人驗其銅尺和樂精妙，固表裏而相資矣。

此言晉世之樂府也。考晉書樂志：「武帝泰始二年，詔郊祀明堂禮樂，權用魏儀，但改樂章，使傅玄爲之詞」時樂詞出於玄者，凡四廂樂歌三首，晉鼓吹曲二十二首，舞歌二首，宣武舞歌四首，宣文二首，鞞舞五首。出於張華者凡四廂樂歌十六首，晉凱歌二首。非獨爲正德大豫二舞歌已也。魏志杜夔傳：「太祖以夔爲軍謀祭酒，參太樂事，因令創制雅樂。夔善鍾律，聰思過人……時，散郎鄧靜，尹齊善詠雅樂，歌師尹胡能歌宗廟郊祀之曲，舞師馮肅服養曉知先代諸舞；夔總統研精，遠考諸經，近采故事，教習講肄，備作樂器，紹復先代古樂，皆自夔始也」。又晉書律歷志云：「泰始九年，中書監荀勗校太樂，八音不和，始知後漢至魏，尺長於古四分有餘。勗乃部著作郎劉恭依周禮制尺，所謂古尺也。依古尺更鑄銅律呂，以調聲韻，以尺量古器，與本銘尺寸無差。又汲郡盜發六國時魏襄王冢，得古周時玉律及鍾磬，與新律聲韻闇同。於時郡國或得漢時故鍾，吹律命之，皆應勗銘。……時人稱其精密，惟散騎侍郎陳留阮咸譏其高聲，高則悲，非興國之音，亡國之音哀以思，其人困。今聲不合雅，懼非德正至和之音，必古今尺有長短所致也。會咸病卒，武帝以勗律與周漢器合，故施用之。後始平掘地，得古銅尺，歲久欲腐，不知所出何代，果長勗尺四分。時人服咸之妙，而莫能厝意焉。史臣案勗於千載之外，推百代之法，度數既宣，聲韻又契，可謂切密信而有徵也。而時人寡識，据無聞之一尺，忽周漢之兩器，雷同臧否，何其謬哉？」按劉氏信阮抑荀，亦晉書所謂雷同臧否之見耳。

以上述兩漢魏晉樂府之原流，大端略具。至隋唐以來，則胡樂東傳，新聲代起，非劉氏所及知者，更析論之，

三　樂府之流變

胡應麟曰：「樂府之體，古今凡三變：漢魏古詞，一變也；唐人絕句，一變也；宋元詞曲，一變也。六朝聲偶，變唐之漸乎？五季詩餘，變宋之漸乎？」（詩藪）按劉勰云：「子建士衡，咸有佳篇，並無詔伶人，故事謝絲管，俗稱乖調。」蓋詩名樂府，音必協律；至魏武借樂府以寫時事，子建士衡之作，乃題依舊制，聲謝管弦，仍其名而違其實，則胡氏所謂樂府之一變也。張騫通西域，傳胡角於中土，為橫吹雙角之所本，李延年因造新聲二十八解，以為武樂。後漢以給邊將。魏晉後二十八解不復具存，惟黃鵠，隴頭，出關，入關，出塞，入塞，折揚枝，黃覃子，赤之揚，望行人十曲流行於世。謂之

邊聲。西涼，龜茲諸曲，起於十六國之際，北齊後主，惟賞胡戎樂。伶人有封王開府者。後主亦自度無愁曲，使胡兒閹官之輩，齊倡和之。隋大業中，煬帝定清曲，西涼，龜茲，天竺，康國，疏勒，安國，高麗，禮畢，以爲九部。其中除清樂本於清商三調，爲華夏之正聲；及禮畢出自晉太尉庾亮餘七者皆夷樂也。唐初因隋舊制，用九部樂。太宗增高昌樂，又造讌樂而去禮畢曲。其著令者十部，而總謂之讌樂。凡讌樂諸曲，始于武德，貞觀，盛于開元，天寶。其著者十四調，二百二十二曲，大氐卽當時文人所作之五七言絕句也。（詳見樂府詩集近代曲詞）故胡仔曰：「唐初歌曲，多是五七言詩。以小秦王爲最早，卽七言絕句也。」（苕溪漁隱叢話）是知唐人新樂，多歌絕句，則胡應麟所謂樂府之又一變也。小詞之起，出於隋世。唐玄宗精音律，所製尤多。李白和之，有清平調，菩薩蠻，憶秦娥，桂殿秋等調。其後感發而興起者，頗不乏人。逮溫庭筠出，著有握蘭，全荃集，卓然自成一家。五代詩務萎靡，獨小詞精巧綺麗，備見於花間，尊前兩集。至宋人一衍而有近詞，再次而有慢詞，徽宗崇寧四年，改定新樂，立大晟樂府，命周邦彥等討論古音，審定舊曲；復增衍慢曲，引，近，移宮換羽，爲三犯四犯之曲。（見張炎詞原）詞至是益繁，去詩益遠，遂不得不別啟疆宇。則胡應麟所謂樂府之第三變也。

綜上三變，或由於古音失調，新聲代起；或源於夷樂輸入，夏聲淪亡。其因多端，未遑博考。至元曲突興，詞之宮譜又日就澌滅。唐人燕樂三十八調，南宋末但行七宮十二調，凡十九調而已。元明之際，僅存九宮。今世則詞久不歌，雖有作者，但按譜塡字，徒存形式。蓋曲既盛行，詞乃避席，此則樂府最後之變化，胡氏所未及論者也。

（四）樂府詩之體製

漢代樂府，明帝時凡分四品：（一）太子（予）樂，典郊廟上陵之樂，（二）雅頌樂，辟雍饗射之所用。（三）黃門鼓吹樂，天子宴羣臣時之所用，（四）短簫饒歌樂，軍中之所用，魏晉隋唐代有因革，吳訥文章辨體統括大歸，分爲九類：（一）祭祀，用之郊廟。（二）王禮，用之朝會。（三）鼓吹，用之宮中宴會及軍旅。（四）樂歌，舞用之。（五）琴曲，琴用之。（六）相和，用之相和歌，民間俚謠居多。（七）清商，一名清樂，九代之遺聲，爲江南吳歌，荊楚西曲之屬。（八）雜曲，古歌謠之類。(九)新曲，唐人之新作也。至郭茂倩樂府詩集更分十有二類，每類皆有解題敘述原流，極爲賅備。茲節錄如下：

1. 郊廟歌辭

自黃帝已後，至於三代，千有餘年，而其禮樂之備，可以考而知者，唯周而已。……兩漢已後，世有制作。武帝時，詔司馬相如等造郊祀歌詩等十九章，五郊互奏之。又作安世歌詩十七章，薦之宗廟。至明帝乃分樂爲四品：一曰，大予樂曲，郊廟上陵之樂。……二曰，雅頌樂，典六宗社稷之樂。……永平三年，東平王蒼造光武廟登歌一章，稱述功德，而郊祀同用漢歌。魏歌辭不見，疑亦用漢辭也。武帝始命杜夔創定雅樂，時有鄧靜，尹商，善訓雅歌，歌師尹胡，能習宗廟郊祀之曲，舞師馮肅，服養，曉知先代諸舞。夔總領之。魏復先代古樂，自夔始也。晉武受命，百度草創。泰始二年，詔郊廟明堂禮樂，權用魏儀，遵周室肇稱殷禮之義；但使傅玄改其樂章而已。永嘉之亂，舊典不存，賀循爲太常，始有登歌之樂。明帝太寧末，又詔阮孚益之。至孝武太元之世，郊祀遂不設樂。宋文帝元嘉中，南郊始設登歌，廟舞猶闕，乃詔顏延之造天地郊廟登歌三篇，大抵依仿晉曲，是則宋初又仍晉也。南齊，梁，陳，初皆沿襲；後更創制以爲一代之典。元魏，宇文，繼有朔漠，宣武以後，雅好胡曲，郊廟之樂，徒有其名。隋又平陳，始獲江左舊樂。乃調五音爲五夏，二舞，登歌，房中等十四調，賓祭用之。唐高祖受禪，未遑改造樂府，尙用前世舊文。武德九年，乃命祖孝孫修定雅樂，而梁陳盡吳楚之音，周齊雜胡戎之伎，於是斟酌南北，考以古音，作爲唐樂。貞觀二年，奏之。安史作亂，咸鎬爲墟，五代相承，享國不永，制作之事，蓋所未暇。朝廷宗廟典章文物，但按故常，以爲程式云。

2. 燕射歌辭

儀禮燕禮曰：「工歌鹿鳴，四牡，皇皇者華，笙入，奏南陔，白華，華黍。乃間歌魚麗，笙由庚。歌南有嘉魚，笙崇丘。歌南山有臺，笙由儀。遂歌鄉樂周南，關雎，葛覃，卷耳，召南，鵲巢，采繁，采蘋。」此燕饗之有樂也。大司樂曰：「大射，王出入奏王夏。及射，令奏騶虞，詔諸侯以弓矢舞，樂師燕射，帥射夫以弓矢舞。太師大射，帥瞽而歌射節。」此大射之有樂也。王制曰：「天子食，擧以樂。」大司樂：「王大食，三宥，皆令奏鐘鼓。」漢鮑業曰：「古者天子飲食，必順四時五味，故有食擧之樂。所以順天地，養神明，求福應也。」此食擧之有樂也。隋書樂志曰：「漢明帝時，樂有四品：……三曰黃門鼓吹，天子宴羣臣之所用也。則詩所謂坎坎鼓我，蹲蹲舞我者也。」漢有殿中御飯食擧七曲，大樂食擧十三曲，魏有雅樂四曲，皆取周詩鹿鳴。晉荀勗以鹿鳴燕嘉賓，無取於朝；乃除鹿鳴舊歌，更作行禮詩四篇，先陳三朝朝宗之義，又爲王公上壽酒食擧樂歌詩十二篇。司歷陳頎以爲三元肇發，羣后奉璧，趨步拜起，莫非行禮，豈容別設一樂，謂之行禮？荀譏鹿鳴之失，似悟昔謬，還制四篇，復襲前軌，亦未爲得也。終宋齊以來，相承用之。梁陳三朝，樂有四十九等，其曲有相和，五引，及俊雅等七曲，後魏道武初，正月上日，饗羣臣，備列宮縣正樂，奏燕吳之音，五方殊俗之曲，四時饗會亦用之。隋煬帝初，詔祕書省學士定殿前樂工歌十四曲，終大業之世，每擧用焉。其後又因高祖七部樂，乃定以爲九部。唐武德初，讌享承隋舊制，用九部樂。貞觀中，張文收造讌樂，於是分爲十部。後更分讌樂爲立坐二部。天寶以後，讌樂西涼，龜茲部著錄者二百餘曲，而淸樂，天竺諸部不在焉。

2. 鼓吹歌辭

鼓吹曲一曰短簫鐃歌，劉瓛定軍禮云：「鼓吹，未知其始也，漢班壹雄朝野而有之矣。鳴笳以和簫聲，非八音也。騷人曰：『鳴篪吹竽』是也。」蔡邕禮樂志曰：「漢樂四品，其四曰短簫鐃歌，軍樂也。黃帝，岐伯所作，以建威揚德，風敵勸士也。」周禮大司樂曰：「王師大獻則令奏愷樂。」大司馬曰：「師有功，則愷樂獻于社。」鄭康成曰：「兵樂曰愷，獻功之樂也。」春秋曰：「晉文公敗楚于城濮。」左傳曰：「振旅愷以入。」司馬法曰：「得意則愷樂愷歌以示喜也。」宋書樂志曰：「雍門周說孟嘗君，鼓吹于不測之淵，說者云：『鼓自一物，吹自竽籟之屬，非簫鼓合奏，別爲一樂之名也。』然則短簫鐃歌，此時未名鼓吹矣。應劭漢鹵薄圖，唯有騎執箛，箛卽笳，不云鼓吹，而漢時有黃門鼓吹，漢享宴食，擧樂十三曲，與魏世鼓吹長簫同。長簫短簫，伎錄並云：『絲竹合作，執節者歌。』

又建初錄云：「務成，黃爵，玄雲，遠期，皆騎吹曲，非鼓吹曲。」此則列於殿庭者名鼓吹，今之從行鼓吹爲騎吹，二曲異也。又孫權觀魏武軍作鼓吹而還，此應是今之鼓吹。魏晉世又假諸將帥及牙門曲蓋鼓吹，斯則其時方謂之鼓吹矣。「按西京雜記，漢大駕祠甘泉汾陰，備千乘萬騎，有黃門前後部鼓吹，則不獨列於殿庭名鼓吹也。漢遠如期曲辭，有「雅樂陳」及「增壽萬年」等語，馬上奏樂之意，則遠期又非騎吹曲也。晉中興書曰：「漢武帝時，南越加置交趾，九眞，日南，合浦，南海，鬱林，蒼梧七郡，皆假鼓吹。」東觀漢記曰：「建初中，班超拜長史，假鼓吹，麾幢。」則短簫鐃歌，漢時已名鼓吹，不自魏晉始也。崔豹古今註曰：「漢樂有黃門鼓吹，天子所以宴樂羣臣也。短簫鐃歌鼓吹之一章，亦以賜有功諸侯。」然則黃門鼓吹，短簫鐃歌，與橫吹曲，通名鼓吹，但所用異耳。漢有朱鷺等二十二曲，列於鼓吹，謂之鐃歌。及魏受命，使繆襲改其十二曲，而君馬黃，雉子班，聖人出，臨高台，遠如期，石留，務成，玄雲，黃爵，鈎竿十曲，竝仍舊名。是時吳亦使韋昭改製十二曲，其十曲亦因之，而魏吳歌辭存者，唯十二曲，餘皆不傳，晉武帝受禪，命傅玄製二十二曲，而玄雲，釣竿之名，不改舊漢，宋齊並用漢曲，又充庭十六曲，梁高祖乃去其四，留其十二，齊更製新歌，合四時也。北齊二十曲，皆改古名，其黃爵，釣竿，略而不用。後周宣帝，革前代鼓吹制爲十五曲，並述功德受命以相代，大抵多言戰陣之事。隋志列鼓吹爲四部，唐則增爲五部，部各有曲，唯羽葆諸曲，備敍功業，如前代之制，齊武帝時，壽昌殿南閤置白鷺鼓吹二曲，以爲宴樂。陳後主常遣宮女習北方簫鼓，謂之代北，酒酣則奏之，此又施於燕矣。

4. 橫吹歌辭

橫吹曲其始亦謂之鼓吹，馬上奏之，蓋行軍之樂也。北狄諸國皆馬上作樂，故自漢以來，北狄樂總歸鼓吹署。其後分爲二部：有簫笳者爲鼓吹，用之朝會道路，亦以給賜。漢武帝時，南越七部皆給鼓吹是也。有鼓角者爲鼓吹，用之軍中，馬上所奏是也。按周禮曰：「以鼖鼓鼓軍事。」舊說云：「蚩尤氏帥魑魅，與黃帝戰于涿鹿，帝乃始吹簫爲龍鳴以禦之。」其後魏武帝征烏丸，越沙漠而軍士思歸，於是減爲半鳴，尤更悲矣。橫吹有雙角曲，卽胡樂也。漢博望侯張騫入西域，傳其調於西京，唯得「摩訶兜勒」一曲。李延年因胡曲更造新聲二十八解，乘輿以爲武樂。後漢以給邊將。和帝時，萬人將軍得用之。魏晉以來，二十八解不復具存，而世所用者有「黃鵠」等十曲，其辭後亡。又有「關山月」等八曲，後世之所加也。後魏之世，有「簸邏迴歌」，其曲多可汗之辭，皆燕魏之際，鮮卑歌辭，虜音不可曉解，蓋大角曲也。又古今樂錄有梁鼓角橫吹曲，多叙慕容垂及姚泓時戰陣之事，其曲有「企喻」等歌三十六曲。胡吹舊曲又有隔谷等歌三十曲。總六十六曲，未詳時用何篇也。自隋以後，始以橫吹用之鹵薄，與鼓吹列爲四部，總謂之鼓吹。一曰棡鼓部。二曰，鐃鼓部。三曰，大橫吹部。四曰小橫吹部。唐制太常鼓吹令掌鼓吹，施用調習之節，以備鹵薄之儀，而分五部。一曰，鼓吹部。二曰，羽葆部。三曰，鐃吹部。四曰，大橫吹部。五曰，小橫吹部。

5. 相和歌辭

宋書樂志曰：「相和，漢舊曲也，絲竹更相和，執節者歌。」本一部，魏明帝分爲二。更遞夜宿本十七曲，朱生，宋識列和等復合之爲十三曲。其後晉荀勗又採舊辭，施用於世，謂之清商三調歌詩，卽沈約所謂「因管絃金石造歌以被之」者也。唐書樂志曰：「平調，淸調，瑟調皆周房中曲之遺聲，漢時謂之三調。又有楚調，側調。楚調者，漢房中樂也。高帝樂楚聲，故房中樂皆楚聲也。側調者，生於楚調，與前三調，總謂之相和調。」晉書樂志曰：「凡樂章古辭之存者，並漢世街陌謳謠，江南可採蓮，烏生十五子，白頭吟之屬，其後漸被於絃管，卽相和諸曲是也。魏晉之世，相承用之。永嘉之亂，五都淪覆，中朝舊音，散落江左。後魏孝文，宣武，用師淮漢，收其所獲南音，謂之淸商樂，相和諸曲，亦皆在焉。所謂淸商相和五調伎也。凡諸調歌辭，並以一章爲一解。」古今樂錄曰：「傖歌以一句爲一解，中國以一章爲一解。」王僧虔曰：「古曰章，今曰解，解有多少，當時先詩而後聲，詩叙事，聲成文，必使志盡於詩，音盡于曲，是以作詩有豐約，制辭有多少，猶詩君子陽陽兩解，南山有臺五解之類也。」又諸調曲皆有辭有聲，而大曲又有豔，有趨，有亂；辭者，其歌詩也，聲者若「羊吾夷」，「伊那何」補類也。豔在曲之前，趨與亂在曲之後，亦猶吳聲西曲前有和，後有送也。又大曲十五曲，沈約並列於瑟調。今依張永元嘉正聲技錄，分於諸錄。又別敘大曲於其後。唯滿歌行一曲，諸調不載，故附見於大曲之後。其曲調先後，亦準技錄爲次云。」

6. 清商曲辭

清商樂一曰清樂。清樂者，九代之遺聲，其始卽相和三調是也。竝漢魏以來舊曲，其辭皆古調，及魏三祖所作。自晉朝播遷，其音分散，符堅滅涼得之，傳于前後二秦。及宋武帝定關中，因而入南，不復存于內地。自時已後，南朝文武，號爲最盛，民俗國謠，亦世有新聲。故王僧虔論三調歌曰：「今之清商，實由銅雀，魏氏三祖，風流可懷；京洛相高，江左彌重；而情變聽改，稍復零落，十數年間，亡者將半。所以追餘慘而長懷，撫遺器而歎息者矣！」後魏孝文討淮漢，宣武定壽春，收其聲伎，得江左所傳中原舊曲，明君、聖主、公莫、白鳩之屬，及江南吳歌，荊楚西聲，總謂之清商樂。至于殿庭饗宴，則兼奏之。遭梁陳亡亂，存者益寡，及隋平陳得之。文帝善其節奏，曰：「此華夏正聲也。乃微更損益，去其哀怨，考而補之，以新定律呂，更造樂器。因于太常置清商署以管之，謂之清樂。開皇初，始制七部樂，清商伎其一也。大業中，煬帝乃定清樂西涼等爲九部，而清樂歌曲有楊伴，舞曲有明君，并契。樂器有鐘磬琴瑟擊琴琵琶箜篌筑箏節鼓笙笛簫篪塤等十五種，爲一部。唐又增吹葉而無塤。隋室喪亂，日益淪缺。唐貞觀中，用十部樂，清樂亦在焉。至武后時，猶有六十三曲，其後四十四曲存焉。長安以後，朝廷不重古曲，工伎寖缺，能合于管絃者，惟明君楊伴驍壺春歌秋歌白雪堂堂春江花月夜等八曲。自是樂章訛失，與吳音轉遠。開元中，劉貺以爲宜取吳人，使之傳習，以問歌工李郎子。郎子北人，學于江都人俞才生。時聲調已失，唯雅曲歌辭，重典而音雅。後郎子亡去，清樂之歌遂闕。自周隋以來，管絃雅歌，將數百曲，多用西涼樂；鼓舞曲多用龜茲樂。唯琴工猶傳楚漢舊聲，及清調蔡邕五弄，楚調四弄，謂之九弄，雅聲獨存。

7. 舞曲歌辭

通典曰：「樂之在耳者曰聲；在目者曰容。聲應乎耳，可以聽知；容藏于心，難以貌觀。故聖人假干戚羽旄以表其容，發揚蹈厲以見其意。聲容選和而後大樂備矣。」詩序曰：「詠歌之不足，不知手之舞之，足之蹈之。」然樂心內發，感物而動，不覺手之自運，歡之至也。此舞之所由起也。舞亦謂之萬。禮記外傳曰：「武王以萬人同滅商，故謂舞爲萬。」商頌曰：「萬舞有奕。」則殷已謂之萬矣。魯頌曰：「萬舞洋洋。」衞詩曰：「公庭萬舞。」然則萬亦舞之名也。春秋魯隱公五年：「考仲子之宮，將萬焉。因問羽數於衆仲。衆仲對曰：『天子用八，諸侯六，大夫四，士二。舞取以節八音而行八風，故自八以下。』於是初獻六羽，始用六佾也。」杜預以爲「六六三十六人」，而沈約非之曰：「八音克諧，然後成樂，故必以八人爲列。自天子至士，降殺以兩，兩者減其二列爾。預以爲一列，又減二人，至士止餘四人，豈復成樂？服虔謂天子八人，諸侯六人，大夫四人，士二人，於義爲允也。」周有六舞：一曰，帗舞。二曰，羽舞。三曰，皇舞。四曰，旄舞。五曰，干舞。六曰，人舞。帗舞者，折五綵繒，若漢靈皇舞子所持是也。羽舞者，折羽也。皇舞者，折五綵羽如鳳凰色。持之以舞也。旄舞者，氂牛之尾也。干舞者，兵舞，持盾以舞也。人舞者，無所執，以手袖爲威儀也。……自漢以後，樂舞寖盛，故有雅舞，有雜舞，雅舞用之郊廟，雜舞用之宴會。晉傅玄又有十餘小曲，名爲舞樂。故南齊書載其辭云：「獲罪于天，北從朔方，墳墓誰掃？超若流光。」疑非宴樂之辭，未詳其所用也。前世樂飲酒酣，必自起舞。詩云：「屢舞僊僊」是也。故知宴樂必舞，但不宜屢爾。譏在屢舞，不譏舞也。漢武帝樂飲長沙定王起舞是也。自是以後，尤重以舞相屬，所屬者代起舞。猶世飲酒，以杯相屬也。灌夫起舞以屬田蚡，晉謝安舞以屬桓嗣是也。近世以來，此風絕矣。

8. 琴曲歌辭

琴者，先王所以修身性，禁邪防淫者也。是故君子無故不去其身。唐書樂志曰：「琴禁也，夏至之音，陰氣初動，禁物之淫心也。」世本曰：「琴神農所造。」廣雅曰：「琴伏羲所造，長七尺二寸，面有五絃。」揚雄琴清英曰：「舜彈五絃之琴，而天下化。」琴操曰：「琴長三尺六寸六分，象三百六十日，廣六寸，象六合也。文上曰池，池水也，言其平，下曰濱，濱賓也，言其服也。前廣後狹，尊卑象也。上圓下方，法天地也。五絃象五行也，文王武王加二弦，以合君臣之恩。」古今樂錄曰：「今稱二弦爲文武弦，」是也。應劭風俗通曰：「七弦，法七星也。」三禮圖曰：「琴第一弦爲宮；次弦爲商；次爲角；次爲羽；次爲徵；次爲少宮；次爲少商。」桓譚新論曰：「今琴四尺五寸，法四時五行也。」崔豹古今注曰：「蔡邕益琴爲九絃二絃大；次三弦小；次四絃尤小。」梁元帝纂要曰：「古琴名有清角，黃帝之琴也。鳴鹿，循況，濫脇，號鍾，自鳴，空中，皆齊桓公琴也。繞梁，楚莊王琴也。綠綺，司馬相如琴也。焦尾，蔡邕琴也。鳳凰，趙飛鸞琴也。自伏羲制作之後，有瓠巴，常文，師襄，成連，伯牙，方子春，鍾子期，皆善鼓琴，而其曲有暢，有操，有引，有弄。」琴論曰：「和樂而作，命之曰暢，言達則並濟天下而美暢其道也。憂愁而作，命之曰操，言窮則獨善其身，而不失其操也。引者，進德修業，申達之名也。弄者，情性和暢，寬泰之名也。」其後西漢時有慶安世者，爲成帝侍郎，善爲雙鳳離鸞之曲。齊人劉道疆，能作單鳧寡鴻之弄。趙飛燕亦善爲歸風送遠之操，皆妙絕當時，見稱後世。若夫心意感發，聲調諧應，大弦寬和而溫，小弦淸廉而不亂，攫之深，醳之愉，斯爲盡善矣。古琴曲有五曲，九引，十二操。五曲：一曰，鹿鳴。二曰，伐檀。三曰，騶虞。四曰，鵲巢。五曰，白駒。九引：一曰，烈女引。二曰，伯妃引。三曰，貞女引。四曰，思婦引。五曰，霹靂引。六曰，走馬引。七曰，箜篌引。八曰，琴引。九曰，楚引。十二操：一曰，將歸操。二曰，猗蘭操。三曰，龜山操。四曰，越裳操。五曰，拘幽操。六曰，岐山操。七曰，履霜操。八曰，朝飛操。九曰，別鶴操。十曰，殘形操。十一曰，水僊操。十二曰，襄陵操。自是以後，作者相繼，而其義與其所起，略可考而知，故不復備論。樂府解題：「琴操紀事，好與本傳相違，存之者，以廣異聞也。」

9. 雜曲歌辭

宋書樂志曰：「古者天子聽政，使公卿大夫獻詩，耆艾修之，而後王斟酌焉，然後被于聲，于是有採詩之官。周室下衰，官失其職，漢魏之世，歌詠雜興，而詩之流乃有八名：曰，行。曰，引。曰，歌。曰，謠。曰，吟。曰，詠。曰，怨。曰，歎，皆詩人六義之餘也。至其協聲律，播金石，而總謂之曲。若夫韻奏之高下，音節之緩急，文辭之多少，則繫乎作者才思之淺深。與其風俗之薄厚。當是時，如司馬相如，曹植之徒，所爲文章，深厚爾雅，猶有古之遺風焉。自晉遷江左，下逮隋唐，德澤寖微，風化不競。去聖逾遠，繇音日滋，豔曲興于南朝，胡音生于北俗，哀淫靡曼之辭，迭作並起，流而忘返，以至陵夷。原其所由，蓋不能制雅曲以相變，大抵多溺于鄭衞。由是新音熾而雅音廢矣。昔晉平公說新聲，而師曠知公室之將卑。李延年善爲新聲變曲，而聞者莫不感動。其後元帝自度曲，被聲歌，而漢業遂衰。曹妙達等改易新聲，而隋文不能救。嗚呼新聲之感人如此，是以爲世所貴。雖沿情之作，或出一時；而聲辭淺迫，少復近古。故蕭齊之將亡也，有玉樹後庭花。隋之將亡也，有泛龍舟。所謂煩手淫聲，爭新怨衰，此又新聲之弊也。雜曲者，歷代有之。或心志之所存，或情思之所感，或宴遊懽樂之所發，或憂愁憤怨之所興，或敍離別悲傷之懷；或言征戰行役之苦；或緣于佛老；或出自夷虜；兼收備載，故總謂之雜曲。自秦漢以來，數千百歲，文人才士，作者非一。干戈之後，喪亂之餘，亡失既多，聲辭不具；故有名存義亡，不見所起。而有古辭可考者，則若傷歌行，生別離，長相思，棗下何纂纂之類是也。復有不見古辭，而後人繼有擬述，可以概見其義者，則若出自薊北門，結客少年場，秦王卷衣，半渡溪，空城雀，齊謳，吳趨，會吟，悲哉之類是也。又如漢阮瑀之駕出北郭門；曹植之惟漢，苦思，欲游南山，事君，車已駕，桂之樹等行；盤石，驅車，浮萍，種葛，吁嗟，鰕䱇等篇；傅玄之雲中白子高，前有一樽酒，鴻雁生塞北行，昔君，飛塵，車遙遙篇；陸機之置酒；謝惠連之晨風；鮑超之鴻雁。如此之類，其名甚多，或因意命題，或學古敘事；其辭具在，故不復備論。

10. 近代曲辭

荀子曰：「久則論略。近則論詳。」言世近而易知也。兩漢聲詩，著于史者，唯郊祀，安世之歌而已。班固以巡狩福應之事，不序郊廟，故餘皆弗論。由是漢之雜曲，所見者少，而相和，鐃歌，或至不可曉解，非無傳也，久故也。魏晉已後，訖于梁陳，雖略可考，猶不若隋唐之爲詳。非獨傳者加多也，近故也。近代曲辭者，亦雜曲也。以其出于隋唐之秋，故曰近代曲也。隋自開皇初，文帝置七部樂：一曰西凉伎。二曰，清商伎。三曰，高麗伎，四曰，天竺伎。五曰，安國伎。六曰，龜茲伎，七曰，文康伎。至大業中，煬帝乃立清樂，西凉，龜茲，天竺，康國，疏勒，安國，高麗，禮畢，以爲九部。樂器工衣，于是大備。唐武德初，因隋舊制，用九部樂。太宗增高昌樂，又造讌樂，而去禮畢曲，其著令者十部。一曰，讌樂。二曰，清商。三曰，西凉。四曰，天竺。五曰，高麗。六曰，龜茲。七曰，安國。八曰，疏勒。九曰，高昌。十曰，康國。而總謂之讌樂。聲辭繁雜，不可勝紀。凡讌樂諸曲，始于武德，貞觀，盛於開元，天寶。其著者十四調，二百二十二曲。又有梨園別教院法，歌樂十一曲，雲韶樂二十曲，肅代以降，亦有因造。僖昭之亂，典章亡缺。其所存者，概可見矣。

11. 雜歌謠辭

言者，心之聲也；歌者，聲之文也。情動於中而形於言；言之不足，故嗟嘆之；嗟嘆之不足，故永歌之；歌之爲言也，長言之也。夫欲上如抗，下如墜，曲如折，止如槁木，倨中矩，句中鉤，纍纍乎端如貫珠，此歌之善也。宋書樂志曰：「黃帝，帝堯之世，王化下洽，民樂無事，故因擊壤之歡，慶雲之瑞，民因以作歌。其後風衰雅缺，而妖淫靡曼之聲起。周衰有秦青者，善謳，而薛談學謳於秦青，未窮青之伎而辭歸，青餞之於郊，乃撫節悲歌，聲震林木，響遏行雲。薛談遂留不去，以卒其業。又有韓娥者，東之齊，至雍門，匱糧，乃鬻歌假食，既去而餘響繞梁，三日不絕。左右謂其人不去也。過逆旅，逆旅人辱之，韓娥因曼聲哀哭，一里老幼，悲愁垂涕，相對三日不食。遽追之，韓娥還，復爲曼聲長歌，一里老幼，喜躍抃舞，不能自禁，忘向之悲也。乃厚賂遣之。故雍門之人善歌哭，效韓娥之遺聲。衞人王豹，處淇川，善謳，河西之民皆化之，齊人綿駒，處高唐，善歌，齊之各地亦傳其業。前漢有魯人虞公者，善歌，能令梁上塵起，若斯之類，非徒歌也。」爾雅曰：「徒歌謂之謠。」廣雅曰：「聲比于琴瑟曰歌。」韓詩章句曰「有章典曰歌；無章典曰謠。」梁元章（一作帝）纂要曰：「齊歌曰謳，吳歌曰歈，楚歌曰豔，浮歌曰哇，振旅而歌曰凱歌，堂上奏樂而歌曰登歌，亦曰升歌。故歌曲有陽陵，白露，朝日，魚麗，白水，白雪，江南，陽春，淮南，駕辯，淥水，陽阿，採菱，下里巴人。又有長歌，短歌，雅歌，緩歌，浩歌，放歌，怨歌，勞歌，等行。漢世有相和歌，本出於街衢謳謠，而吳歌雜曲，始亦徒歌，復有但歌四曲，亦出自漢世，而弦節作伎，最先一人唱，三人和，魏武尤好之。時有宋容華者，清徹好聲，善唱此曲，當時特妙。自晉以後，不復傳，遂絕。凡歌有因地而作者；京兆，邯鄲歌之類是也。有因人而作者；孺人，才人歌之類是也。有傷時而作者；微子麥秀歌之類是也。有寓意而作者：張衡同聲歌之類是也。甯戚以困而作歌，項籍以窮而作歌，屈原以愁而歌，卞和以怨而歌，雖所遇或殊，發乎其情則一也。歷世以來，歌謠雜出，今並採錄，且以謠讖繫其末云。

12. 新樂府辭

樂府之名，起于漢魏。自孝惠帝時，夏侯寬爲樂府令，始以名官。至武帝乃立樂府，采詩夜誦，有趙代秦楚之謳。則採歌謠，被聲樂，其來蓋亦遠矣。凡樂府歌辭，有因聲而作歌者；若魏之三調歌，因弦管金石造歌以被之是也。有因歌而造聲者，若清商，吳聲諸曲，始皆徒歌，既而被之管弦者是也。有有聲有辭者：若郊祀，相和，鐃歌，橫吹等曲是也。有有辭無聲者，若後人之所述作，未必盡被于金石是也。新樂府者，皆唐世之新歌也。以其辭實樂府，而未嘗被于聲，故曰新樂府也。元微之病後人沿襲古題，唱和重複，謂不如寓意古題，刺美見事，猶有詩人引古以諷之義。近代唯杜甫悲陳陶，哀江頭，兵車，麗人，等歌行，率皆卽事名篇，無復依傍，乃與白樂天，李公垂輩，謂是爲當，遂不復更擬古題，因劉猛，李餘賦樂府詩，咸有新意，乃作出門等行十餘篇。其有雖用古題，全無古義，則出門行不言離別；將進酒特書列女，其或頗同古義，全創新詞，則田家止述軍輸捉捕，請先螻蟻，如此之類，皆名樂府。由是觀之：自風雅之作，以至於今，其非諷興當時之事，以貽後世之審音者，儻採歌謠，以被聲樂，則新樂府其庶幾焉。

統觀郭氏所述，上起陶唐，下訖五季，總括歷代歌辭，凡別十有二類。今更考其性質，可類別之如次：

（甲）樂府

1. 樂府本曲；（郭氏所謂：「有聲有辭者，若郊廟，相和，鐃歌，橫吹曲等是也。」）

2. 依樂府製詩；（郭氏所謂：「因聲而作歌者，若魏之三祖歌詩是也。」）

3. 擬樂府詩；（郭氏所謂：「有辭無聲者，若後人之所述作，未必盡被於金石是也。」）

4. 自製新曲。（此亦有聲有辭之歌，若隋唐以來之樂曲，聲雜夷俗，未必合古音者也。）

（乙）新樂府　（郭氏曰：「唐世新歌，辭實樂府，而未嘗被於聲，故曰新樂府也。」）

馮定遠曰：「製詩以協於樂，一也；采詩入樂，二也；古有此曲，倚其聲爲詩，三也；自製新曲，四也；擬古，五也；詠古題，六也；並杜陵之新題樂府，七也。古樂府無出此七者矣。」（鈍吟新錄）按此所分一，二兩者，並樂府本曲；第三依舊題新製之詩；四爲後起之樂府；五六兩者，擬樂府詩；第七新樂府也。黃侃更以音樂關係分樂府爲四種：「一，樂府所用本曲，若漢相和歌辭，「江南東光乎」之類是也；二，依樂府本曲以制辭，而其聲亦被弦管者。若魏武依苦寒行以製北上；魏文依燕歌行以製秋風，是也。三，依樂府題以制辭，而其聲不被弦管者。若子建，士衡所作是也。四，不依樂府舊題，自創新題以製辭，其聲亦不被弦管者。若杜子美悲陳陶諸篇，白樂天新樂府是也。從詩歌分途之說，則惟前二者得稱樂府，後二者惟名樂府，與雅俗之詩無殊。從詩樂同類之說，則前二者爲有辭有聲之樂府；後二者爲有辭無聲之樂府。如此，復與雅俗之詩無殊。要之：樂府四類，惟前二類名實相應；其後二類，有樂府之名，無被管弦之實，亦視之爲雅俗之詩而已。」（文心雕龍札記）所論至爲昭晰，特遺自製新曲不論，未若馮說之詳備耳。是故古代詩歌不別，凡詩皆可目爲樂府；後代詩樂分途，樂府不盡可歌，乃有實同于古詩者。若夫宋詞，元曲，則又近代之樂府也。彼不解詞曲音律，徒因仍成式，按調製文者，雖致意于清濁，斷斷於平仄，實與前人之擬樂府無別，正名覈實，特長短句之詩耳。

總之：可歌之詩，入樂之詞，並屬樂府範圍；詩不能歌，詞不入樂，則與古今體詩同列。如此，則囿別區分，界畫昭然矣。

（五）樂府與古詞

前言樂府古詩，其區別最顯，在於音樂。自古樂失傳，詩歌難辨；僞任昉文章緣始，乃有「樂府古詩也」之說。郎廷槐師友詩傳錄，「問樂府五七言與五七言古，何以分別？」阮亭答：「古樂府五言如孔雀東南飛，皚如山上雪之屬；七言如大風，垓下，飲馬長城窟，河中之水歌之屬；與五七言古音情迥別。」歷友答：「樂府主紀功；古詩主言情，亦微有別。且樂府間雜以三言，四言，以至九言，不專五七言。」蕭亭答：「樂府之異於詩者，往往敘事；詩貴温裕純雅，樂府貴遒深勁絕；又其不同也。至唐人多與詩無別，惟張籍王建猶能近古。」按郎氏所舉諸說，合之前例，明樂府古詩，其區別約分四事：——

1. 樂府可歌；古詩不能歌。
2. 樂府多長短句；古詩多五七言。
3. 樂府主紀功述事，古詩主言情。
4. 樂府詩貴遒勁；古詩尚温雅。

由第一說言之：馮定遠曰：「古詩皆樂也。文士爲之辭曰詩，樂工協之鍾呂爲樂。自後世文士，不嫻樂律，言志之文，乃有不得施之於樂者；故詩與樂畫境。……文人樂府，亦有不諧鍾呂，直自爲詩者矣。」（鈍吟雜錄）其言甚明，無待平釋。由第二說言之：樂府播之管弦，故篇分數解以爲節奏；長短其句，求合律呂；詩但用之諷吟，篇有定句，句有定字，所以便記憶，利口吻也。試舉例觀之：古詩十九首之十五云：

生年不滿百，常懷千歲憂；晝短苦夜長，何不秉燭游？爲樂當及時，何能待來茲？愚者愛惜費，但爲後世嗤。仙人王子喬，難可與等期。

樂府西門行云：

出西門，步念之：今日不作樂，當待何時？——一解

夫爲樂，爲樂當及時；何能坐愁怫鬱，復當待來茲？——二解

飲醇酒，炙肥牛，請呼心所歡，可用解愁憂。——三解

人生不滿百，常懷千歲憂；晝短苦夜長，何不秉燭游？——四解

自非仙人王子喬，計會壽命難與期；自非仙人王子喬，計會壽命難與期。——五解

人壽非金石，年命安可期？貪財愛惜費，但爲後世嗤。——六解

由前例言之，兩者命意措詞，大致無殊，而在詩則寡其辭句，句度整齊；在樂府則篇分六解，長短錯綜。蓋一便於口吻諷吟，一協於弦管演奏。故彼此體製縣殊也。由第三說言之：漢樂四品，太子樂用諸郊廟上陵，雅頌樂用諸辟雍饗射，黃門鼓吹用諸天子羣臣宴飲，短簫鐃歌用諸行軍。無一非宗廟朝廷之樂歌，故多紀功頌德之述作。與古詩之多屬於逐臣棄妻，朋友闊絕，遊子他鄉，死生新故之感者，自有不同。此特就大體論之耳。若細按之，漢鐃歌中之上邪云：

上邪，我欲與君相知，長命無絕衰。山無陵，江水爲竭，冬雷震震夏雨雪，天地合，乃敢與君絕！

又有所思云：

有所思，乃在大海南；何用問遺君，雙珠玳瑁簪，用玉紹繚之。聞君有他心，拉雜摧燒之！摧燒之，當風揚其灰！從今已後，勿復相思！相思與君絕，鷄鳴狗吠，兄嫂當知之。妃呼豨，秋風蕭蕭晨風颸，東方須臾高知之。

何嘗不抒情述志?至蒿里曲,薤露歌等篇,詞旨尤爲悽厲。特樂府以皦逕揚厲爲工,與古詩之委宛流暢者不同。則第四說之所由來也。

六 樂府詩之字句及命題

樂府詩之字句,有定言與雜言之異。定言詩有三言,四言,五言,六言,七言等體;雜言句度長短參差。若大風歌及垓下曲中間用兮字,則爲楚調,非純粹之樂府也。

胡氏詩藪曰:

余歷考漢魏六朝唐人詩,有三言,四言,五言,六言,七言,雜言,近體,排律,絕句;樂府皆備有之。練時日雷震震等篇三言也。箜篌引,善哉行等篇四言也。鷄鳴,隴西等篇五言也。烏生,雁門等篇雜言也。妾薄命等篇,六言也。燕歌行等篇,七言也。紫騮,枯魚等篇,五言絕也。皆漢魏作也。挾瑟歌等篇,七言絕也。析楊柳,梅花落等篇,五言律也。皆齊梁人作也。虞世南從軍行,耿湋出塞曲,五言排律也。沈佺期盧家少婦,王摩詰居延城外,七言律也。皆唐人作也。五言長篇則孔雀東南飛;七言長篇則木蘭歌。是樂府於諸體無不備有也。

是三言，四言，五言，六言，七言，雜言，五絕起於漢魏；五律起於齊梁；五排，七律至唐發生。其說可信。若詳徵之，兩漢樂府三言四言居多。魏晉而後，始開唐詩宋詞各體。如魏武之東西門行爲五古。魏文之燕歌行爲七古。曹植之妾薄命爲六言詩。左延年秦女休行爲雜言詩。謝尙大道曲爲五絕。蕭子顯烏棲曲爲七絕。范雲巫山高爲五律。庾信烏夜啼爲七律。梁武江南弄，沈約六憶詩爲小詞。是樂府者，唐宋詩之淵源也。

樂府命題，名稱不一，吳訥文章明辨所舉，凡十有二類，茲列舉之：

1. 歌——放情長言，雜而無方者曰歌。如挾瑟歌，襄陽歌是。
2. 行——步驟馳騁，疏而不滯者曰行。如君子行，兵車行是。
3. 歌行——兼之曰歌行。如短歌行，燕歌行是。
4. 引——述事本末，先後有序，以抽其臆者曰引。如箜篌引，丹青引是
5. 曲——高下長短，委曲盡情，以道其微者曰曲。如烏棲曲，明妃曲是。
6. 吟——吁嗟慨歌，悲憂深思，以呻其鬱者曰吟。如梁父吟，古長城吟是。

7. 辭——因其立辭之意曰辭。如明君辭，白紵辭是。

8. 篇——本其命篇之義曰篇。如白馬篇，美女篇是。

9. 唱——發歌曰唱。如氣出唱是。

10. 調——條理曰調。如清平調是。

11. 怨——憤而不怒曰怨。如長門怨，玉階怨是。

12. 歎——感而發言曰歎。如明君歎，楚妃歎是。

十二類之外，又有以詩名者，以弄名者，以章名者，以度名者，以樂名者，以思名者，以愁名者，皆樂府之流也。

（七）樂府之歌法

漢武立樂府，命李延年略論律呂，以合八音之調。訖於曹魏，子建已歎「漢曲譌不可辨。」下逮六朝，夷樂日繁，古音日益微茫矣。唐人二十八調，宋末但行十二調，至元曲代興，亦久置不歌。居今日而稽詩詞音律，已無解人；進而論漢魏樂府，並律譜不可復得，尙何歌調之足言哉？雖然，翫其詞而識其理，其歌法約略可知者，有三事焉。卽樂府詩中有散聲，送聲，和曲三者是也。

(1)散聲　漢鐃歌臨高臺曰

臨高臺以軒，下有清水清且寒。江有香草目以蘭，黃鵠高飛離哉翻。關弓射鵠，令吾主壽萬年收中吾？。。。

按「收中吾」三字，毫無意義，實爲餘聲。猶鐃歌有所思中之「妃呼豨」五噫詩中之「噫」，烏忽詩中之「烏忽乎，」同爲歌時之散聲也。

(2)和曲　漢相和曲中之江南云

江南可採蓮，蓮葉何田田！魚戲蓮葉間。

魚戲蓮葉東。魚戲蓮葉西。魚戲蓮葉南。魚戲蓮葉北。

按此詩前三句一人獨唱，後四句衆人之和曲也。試觀梁武帝之采蓮曲，可以知之矣。

游戲五湖采蓮歸，發花田葉芳襲衣；爲君儂歌世所希。

世所希，有所玉；江南弄，采蓮曲。

古今樂錄曰：「采蓮曲和云，『采蓬渚，窈窕舞佳人。』」

又蕭統采蓮曲曰

桂檝蘭橈浮碧水，江花玉面兩相似，蓮疏藕折香風起。

香風起，白日低采蓮曲使君迷。

和云：采蓮歸，淥中好沾衣。

其和聲顯然易見前例下四句之爲和曲，可以推知。

(3)送聲　子夜體之詩楊叛兒云：

歡欲見蓮時，移湖安屋裏，芙蓉繞牀生，眠臥抱蓮子。

古今樂府曰：「楊叛兒送聲云：『叛兒，教儂不復相思。』」

此送聲之例也。

以上古樂府歌法之約略可考者也。至唐人樂章，多爲絕句。一時名流詩句，無不入歌曲者。（王灼碧雞漫志說）王士禎曰：「開元天寶以來，宮掖所傳，梨園弟子所歌，旗亭所唱，邊將所進，率當時名士所爲絕句爾。故王之渙黃河遠上，王昌齡昭陽日景之句，至今豔稱之。而右丞渭城朝雨，流傳尤衆，好事者至譜爲陽關三疊。他如劉禹錫張祜諸篇，尤難指數。由是言之：唐三百年以絕句擅場，卽唐三百年之樂府也。」（萬首絕句選敍）蓋以近體詩有平仄押韻等規則，音律諧協，語句簡短，單歌聯唱，無不適宜。故一時梨園所奏之大曲，宴飮所用之小令，無非絕句歌辭。高適，王昌齡，王之渙之雋句，旣傳遍旗亭；（碧雞漫志）白樂天之詩篇，亦流行都下。（白氏與元九書）至李白之淸平調，亦絕句也，相傳玄宗與貴妃賞木芍藥於沈香亭畔，詔白進淸平樂詞，命梨園子弟撫絲竹，遂促李龜年按譜引歌。上自調玉笛以倚曲，每曲遍將換，則遲其聲以媚之。（太眞外傳）曲調姸美，可以想見。故絕句實唐代唯一之樂章也。試略徵其歌法，著之如左：

胡仔苕溪漁隱叢話引蔡寬夫詩話曰：

大抵唐人歌曲，本不隨聲爲長短句，多是五言或七言詩，歌者取其辭與和聲相疊成音耳。予有古涼州，伊州辭，與今遍數悉同，而皆絕句也。豈非當時人之辭，爲一時所稱者，皆爲歌人竊取，播之曲調乎？

夫絕句果如何歌法，今樂譜失傳，末由確知。按蔡氏之言，或某句復誦；或某處儳一字；或於句中句末出入和聲，散聲，借以調節歌調，可以測知。所謂和聲者，樂中引長之於聲；散聲者曲譜以外之音也。試以例徵之：

王維陽關曲云：

渭城朝雨浥輕塵，客舍青青柳色新。勸君更盡一杯酒，西出陽關無故人。

此唐代有名之送別歌也。俗謂三疊者三唱其結句，考之漁隱詩話載蘇軾說，則第一句單誦，第二句以下，每句皆復誦也。其後元曲中有題陽關三疊者，屬大石調，其歌法愈爲繁複，由此可以想見古調之形式也。

陽關三疊——北曲大石調

渭城朝雨浥輕「塵」

更灑遍客舍青青，弄柔凝千縷；

更灑遍客舍青青，弄柔凝翠色；

更灑遍客舍青青。弄柔凝柳色。「新。」

休煩惱，勸君更盡一杯酒！
人生會少，富貴功名有定分。
休煩惱，勸君更盡一杯酒！
舊游如夢，只恐怕西出陽關，眼前無故「人」！
休煩惱，勸君更盡一杯酒！
只恐怕西出陽關，眼前無故「人」！
（舊曲辭以○規識之，用韻處以「」識之）

觀此歌曲法，非特疊唱，且增多餘字。此種歌調，是否出於舊曲，雖不能必，要據是推知舊調非僅疊唱，且必有和聲散聲，可斷言也。

又萬紅友詞律載竹枝采蓮子兩詞，歌法如次：

後唐皇甫松竹枝

門前流水竹枝白蘋花女兒，岸上無人竹枝小艇斜女兒；商女經過竹枝江欲暮女兒，散拋殘食飼神鴉女兒。

皇甫松采蓮子

菡萏香連十頃陂舉棹，小姑貪戲采蓮遲年少，晚來弄水船頭溼舉棹，更脫紅裙裹鴨兒年少。

按竹枝本巴歈兒歌，吹短笛擊鼓以赴節，歌者揚袂睢舞。其音協黃鐘羽，末如吳聲，含思宛轉，有淇濮之艷焉。采蓮子則吳歌也，吳本水鄉，水多產蓮，兒女采蓮爲戲，因歌是詩。考王昌齡，劉禹錫，白居易諸家詩集，每有竹枝，楊柳子等題。但僅載詩句，歌法不詳。詞律所註之竹枝，舉棹或歌時取以按拍之標識；女兒年少則羣相隨和之散聲也。凡此並新樂府歌法之可徵者也。

(八)樂府詩之派別

沈德潛論樂府詩曰：「安世房中歌，係唐山夫人所製；而清調，平調，瑟調皆其遺音，此南與風之變也。朝會道路所用，謂之鼓吹曲。軍中馬上所用，謂之橫吹曲。此雅之變也。武帝以李延年爲協律都尉，與司馬相如諸人略定律呂，作十九章之歌，以正月上辛用事。此頌之變也。」（說詩晬語）按以風雅頌三者分樂府，其郊祀歌用諸廟堂，誠有類於頌。鼓吹，橫吹用諸朝會軍旅，有類於雅。相和歌，清商曲辭爲吳楚各地民歌，有類於風。然此所論，猶未足以盡樂府之全也。茲更就其風格略言之：

(1)典正派　費錫璜曰：「房中，郊祀，典雅宏奧，中學難窺，爲最上品。」（漢詩總說）今舉一首以示例。

唐山夫人安世房中樂錄其六

大孝備矣，休德昭清，高張四縣，樂充宮廷。芬樹羽林，雲景杳冥，金支秀華，庶旄翠旌。

王侯秉德，其鄰翼翼，顯明昭式，清明鬯矣，皇帝孝德，竟全大功，撫安四極。

大海蕩蕩水所歸，商賢愉愉民所成，太山崔，百卉殖，民何貴？貴有德。

豐草葽，女羅施，善何如？誰能回？大莫大，成敎德，長莫長，被無極。

馮馮翼翼，承天之則，吾易久遠，燭明四極。慈惠所愛，美若休德，杳杳冥冥，克綽永福。

嘉薦芳矣，告靈饗矣。告靈既饗，德音孔臧，惟德之臧，建侯之常，承保天休，令問不忘。

(2)綺麗派　費氏又曰：「陌上桑，董嬌嬈，卽張，王李，韓輕艷之祖也。」今舉其文以見例：

古辭陌上桑

日出東南隅，照我秦氏樓。秦氏有好女，自名爲羅敷。羅敷憙蠶桑，采桑城南隅，青絲爲籠繫，桂枝爲籠鉤，頭上倭墮髻，耳中明月珠，緗綺爲下裙，紫綺爲上襦。行者見羅敷，下擔捋髭鬚；少年見羅敷，脫帽著帩頭；耕者忘其犁，鋤者忘其鋤；來歸相怨怒，但坐觀羅敷。(一解)

使君從南來，五馬立踟躕。使君遣吏問：問是誰家姝？「秦氏有好女，自名爲羅敷。」「羅敷年幾何？」「二十尚不足，十五頗有餘。」使君謝羅敷：「寧可共載否？」羅敷前置辭：「使君一何愚！使君自有婦，羅敷自有夫。」(二解)

東方千餘騎，夫婿居上頭；何用識夫婿，白馬從驪駒。青絲繫馬尾，黃金絡馬頭；

腰中鹿盧劍，可直千萬餘；十五府小吏，二十朝大夫，三十侍中郎，四十專城居。為人潔白晳，鬑鬑頗有鬚；盈盈公府步，冉冉府中趨。坐中數千人，皆言夫婿殊。

(三解)

宋子侯董嬌饒

洛陽城東路，桃李生路傍；花花自相對，葉葉自相當。春風東北起，花葉正低昂。不知誰家子，提籠行采桑？纖手折其枝，花落何飄颻！請謝彼姝子，何為見損傷？高秋八九月，白露變為霜；終年會飄墮，安得久馨香？秋時自零落，春月復芬芳。何時盛年去，懽愛永相忘！吾欲竟此曲，此曲愁人腸，歸來酌美酒，挾瑟上高堂。

餘如羽林郎，東門行，西門行等詩，有情有致，樂府中不可悉數。

(3)悲慨派　費氏又曰，「紅塵蔽天地，十五從軍征」，李杜悲壯之祖也。按「紅塵蔽天地，白日何冥冥，」古文苑止載此二句，下闕。李善文選西都賦注亦載二句，蔽字作塞。已下「微陰盛殺氣」十二句，升庵詩話曰：「出修文御覽。此書久佚，眞僞不可知。」今不錄，錄十五從軍征：

十五從軍征，八十始得歸。道逢鄉里人，「家中有阿誰？」「遙望是君家，松柏冢纍纍！」兎從狗竇入，雉從梁上飛，中庭生旅穀，井上生旅葵：烹穀持作飯，采葵持作羹；羹飯一時熟，不知貽阿誰！出門東向望，淚落沾我衣！

吳競曰：「此詩晉宋人樂奏之首增四句，名紫騮馬。十五從軍行以下，古詩也。」按樂府詩集梁鼓角橫吹曲載「紫騮馬歌辭」曰：

燒火燒野田，野鴨飛上天，童男娶寡婦，壯女笑殺人，高高山頭樹，風吹落葉去；一去數千里，何當還故處。十五從軍征……………（下同前）

古今樂錄曰：「十五從軍征以下是古詩。」此蓋采詩入樂之曲，故增多原句以協樂章也。

(4)勁健派　樂府中出關，入關諸詞，出塞，入塞之曲，多蒼涼悽楚之音；間有壯烈慷慨者，舉以示例：

楊素出塞曲

漠南胡未空，漢將復臨戎，飛狐出塞北，碣石指遼東；冠軍臨瀚海，長平翼大風。

雲橫虎落陣，氣抱龍城虹，橫行萬里外，胡運百年窮，兵寢星芒落，戰解月輪空，巖鐎息夜斗，騂角罷鳴弓；北風嘶朔馬，胡霜切塞鴻，休明大道暨，幽荒日月同，方就長安邸，來謁建章宮。

(5)奥澀派　費曰：「顏謝好蹇澀雅麗，昌黎好捃摭奇字險韻爲詩，然漢郊祀鐃歌，奥衍宏博已開其先。司馬子長所謂：『今上卽位作十九章，通一經之士，不能說其詞。皆會五經家乃能講習讀之多爾雅之文是也。』」按郊祀鐃歌，深晦險怪，顏謝昌黎不過學其用字用韻，盧仝劉乂且取其意境以入詩矣。舉例如左：

漢郊祀歌十九首錄其一

天馬

太一況，天馬下，霑赤汗，沫流赭。志俶儻，精權奇；籋浮雲，晻上馳，體容與，迣萬里，今安匹，龍爲友。

天馬徠，從西極，涉流沙，九夷服。

天馬徠，出泉水，虎脊兩，化若鬼。

天馬徠，歷無草，經千里，循東道。
天馬徠，執徐時，將遙舉，誰與期？
天馬徠，開遠門，竦予身。逝昆崙！
天馬徠，龍之媒，游閶闔，觀玉臺。

漢鐃歌十八曲 錄其一

戰城南

戰城南，死郭北；野死不葬烏可食。爲我謂烏；「且爲客豪，野死諒不葬，腐肉安能去子逃？」水深激激，蒲葦冥冥，梟騎戰鬥死，駑馬裴回鳴！梁築室，何以南，何以北？禾黍不獲君何食？願爲忠臣安可得？思子良臣，良臣誠可思，朝行出攻，莫不夜歸。

(6) 俚質派　費曰：「謠諺等作，詞氣雖古，未免俚質。爲第三派。」今舉數則以示例：

箜篌引

公無渡河，公竟渡河！墮河而死，當奈公何？

崔豹古今注曰：「箜篌引朝鮮津卒霍里子高妻麗玉所作也。子高晨起刺船，有一白首狂夫，披髮提壺，亂流而渡。其妻隨而止之，不及，遂墮河而死。於是援箜篌而鼓之，作公無渡河之曲。聲甚悽愴，曲終，亦投河而死。子高還，以其聲語其妻麗玉，麗玉傷之，乃作箜篌而寫其聲，名曰箜篌引。」按此詩詞句簡質，而歌哭如聞，招魂欲起，故雖寥寥四語，而意自愴人也。

（九）餘論

劉熙載曰：「樂府聲律居最要，而意境次之。尤須意境與聲律相稱，乃爲當行。」（詩概）故今論樂府，詳徵其歌法及其派別焉。沈德潛曰：「樂府之妙，全在繁音促節，其來于于，其去徐徐，往往於廻翔屈折處感人，是卽依永和聲之遺意也。」（說詩晬語）惜樂律失傳，當日之急管繁弦，淸音麗曲，不可復聞，後人僅於其字裏行間，識其廻翔屈折而已。此中國音樂之所以無進步，亦言古代文藝者之大不幸也！

本章參考書

劉勰文心雕龍樂府篇
宋書樂志
隋書樂志
唐書樂志
吳競樂府古題要解
郭茂倩樂府詩集
王灼碧雞漫志
吳訥文章明辨
胡仔苕溪漁隱叢話
費錫璜漢詩總說
黃侃文心雕龍札記
鹽谷温支那文學概論

第六章　論漢魏訖隋唐古詩

（一）引言

中國文學自漢魏以降，訖於隋唐，千餘年來，以詩歌爲特著。稽厥體製，約別二類。其篇有定句，句有定字，字調平仄者，謂之近體；（王闓運八代詩選稱爲新體詩）反是者爲古體。古體出入於樂府，名號繁多；近體復分律絕。茲篇先陳古體，近體於下篇詳之。

（二）古詩體製

摯虞文章流別論曰：「古之詩有三言，四言，五言，六言，七言，九言。古詩率以四言爲體，而時有一句二句雜在四言之間。後間演之，遂以爲篇。」是三百篇中之詩，四言居其泰半，餘均雜言詩也。兩漢之際，其五七言詩句中夾「兮」字者，沿用楚調；餘如劉邦之鴻鵠歌，唐山夫人之安世房中歌，韋孟諷諫詩，東方朔戒子詩，皆屬四言；樂府詩率爲雜言；兩者並雅頌之遺音也。其有於詩騷以外，別創新體，則爲五言七言兩者是矣。今例表明之：

漢魏以來詩分三類

(a)楚辭體

1. 五言句中夾兮字；
2. 七言句中夾兮字；
3. 雜言句中夾兮字。

(b)前期古體詩（出於三百篇）

1. 四言；
2. 雜言。（樂府詩）

(c)後期古體詩（漢魏新製）

1. 五言古詩；
2. 七言古詩。

觀前表所列，知一，二，兩項，時人規撫舊製之篇什；其第三者則漢以後人特創之新製也。夫詩文之道，敝極而變，新體代興，舊調未有不式微者。觀韋孟諷諫，在鄒之作，肅肅穆穆，未離雅正。劉琨答盧諶篇，拙重之中，感激豪蕩，準之變雅，似離而合。逮張華二陸潘岳輩，懨懨欲息矣。（沈德潛說詩晬語）豈不以上二下二之四言，句度局促，音節板滯，不如上二下三之五言及上四下三之七言，足以委宛達意，其音節又較流暢哉？雖李白有「五言不如四言，七言益靡。」之說；然觀白詩，實以七言爲最美，五言次之，四言最下。知其言特尊古之謬見，非平情之通論也。善乎劉勰之說曰：「四言正體，則雅潤爲本；五言流調，則淸麗居宗，華實異用，唯才所安。」鍾嶸亦言：「四言文約義廣，取效風雅，每苦文繁而意少，故世罕習焉。」王闓運更暢論之曰：「四言如琴，五言如笙簫，歌行七言如羌笛琵琶，繁絃雜管，故太白以爲靡。然人不能無哀樂，哀樂不能無偏激感宕；故自五言興而卽有七言，而樂府琴曲，希以贈答。至唐而大盛。凡四言五言所施，皆有以七言代之者。」（王志）誠以人情喜新厭故，舊調已濫，難得新聲，故不得不別闢蹊徑，以闡發其性靈也。茲故置四言不論，析論五七言詩之流變焉。

（三）五古起源

文心雕龍論五言之起源曰：「召南行露，始肇半章；孺子滄浪，亦有全曲；暇豫優歌，遠見春秋；邪徑童謠，近在成世。閱時取證，五言久矣。」（明詩篇）詩品則曰：「夏歌曰『鬱陶乎予心。』楚謠曰：『名余曰正則。』雖詩體未全，然是五言之濫觴也。」按兩家所舉，或屬僞古文尙書，或屬謳謠格言，或爲楚調，即有一二句雜在篇中，如小戴記郊特牲載伊耆氏蜡辭「草木歸其澤」之句，尤在前世；然此僅五言之句，非全體五言詩也。鍾嶸謂：「逮漢李陵，始著五言之目。」後之論者，遂謂蘇李贈答詩實五言之鼻祖。劉勰則曰：「成帝品錄，三百餘篇，朝章國典，亦云周備；而辭人遺翰，莫見五言；所以李陵班婕妤，見疑於後代也。」厥後蘇軾答劉沔書，章樵古文苑注，朱彝尊書玉臺新詠後，並有駁論，以蘇李贈別長安，詩有「俯觀江漢流」及「山海隔中州」等句，兩人離別，何由到此？至陵詩於當日情事，尤多不切，如云：「嘉會難再遇，三載爲千秋。」按蘇李留匈奴，皆在天漢初年，其別則在始元五年，兩人同居匈奴凡十餘年，何得僅言三載？其語意乖韋灼然易見。況蘇四詩之全不與李相涉者乎？（梁章鉅文選旁證引翁氏說）今觀漢書李陵傳，載陵贈蘇武詩，「徑萬里兮渡沙漠」一首五句，猶是楚聲，而非五言，則蘇李詩出於後人擬作，五言詩不起於蘇李明矣。文心雕龍又云：「古詩佳麗，或稱枚叔，其孤竹一篇則傅毅之辭，比采而推，兩漢之作乎？」徐陵玉臺新詠亦著枚乘詩八首，如「青青河畔草」，「西北有高樓」，「涉江采芙蓉」，「庭中有奇樹」，「迢迢牽牛星」，「東城高且長」，「明月何皎皎」，「行行重行行」等篇，皆在十九首中，又有「蘭若生春陽」一首，亦云乘作。李善文選注則云：「古詩蓋不知作者，或云枚乘，疑不能明也。詩云『趨車上東門』，又云『游戲宛與洛』，此則辭兼東都，非盡是乘明矣。」按十九首涵義繁複，自非一人之辭，一時之作。（沈德潛說）劉勰據或說歸之枚乘，疑不能明。昭明以失其姓氏，故編在李陵之上，誠愼之也。至徐氏撰詩，直斷十九首中之九首出於乘手，說無根據，將焉取徵？或驗其時序，明月皎夜光詩云：「玉衡指孟冬」，李注：「北斗七星，弟五曰玉衡。淮南子曰：「孟秋之月，招搖指申。」然上云促織，下云秋蟬，明是漢之孟冬，非夏之孟冬矣。漢書曰：「高祖十月至灞上，故以十月爲歲首。漢之孟冬，今之七月矣。」則此首必武帝未改用夏時前，漢初之作矣。然吾觀其弟十七首又云：「孟冬寒氣至，北風何慘慄。」此詩孟冬，明合夏時，與前迥別。故于光華評注引方氏集成說疑玉衡指孟冬句，冬是秋字之誤。若是則前後時序一致，其非西京之作，可以斷言。故前漢篇什，不見五言。世所傳之蘇李及班婕妤而外，若虞美人答項王歌，卓文君白頭吟，並不足信。益不待論矣。（古詩紀詳辨之）蓋五言古詩，肇始於東都民間之風謠，（十九首）騰踊於建安初文人之倡和，其起原固在炎漢之叔季，非盛世諸辭人所能製作者矣。

（四）七古起原

沈德潛曰：「大風，柏梁，七言權輿也。」（說詩晬語）今按大風用楚調，柏梁爲僞作，兩者並非七言詩之所託始也。若論楚詞，則燕人易水之歌，項籍垓下之曲，同一句度；而孔子臨河歌更在春秋之際矣。至柏梁之不可信，顧炎武詳辨之曰：「漢武柏梁臺詩本出三秦記，云是元封三年作；而考之於史，則多不符。按史記及漢書孝景紀中元年夏四月，梁王薨。諸侯王表，梁孝王武立三十五年薨，孝景後元年，共王買嗣，七年薨。建元五年，平王襄嗣，四十年薨。文三王傳同。又按孝武紀，元鼎二年春，起柏梁臺。是爲梁平王之二十二年，而孝王之薨，至此已二十九年。又七年始爲元封三年。又按平王襄元朔中以爲太母爭樽，公卿請廢爲庶人。天子曰：「梁王襄無良師傅，故陷不義」，乃削梁八城，梁餘尙有十城。又按平王襄之十年，爲元朔二年，來朝。其三十六年，爲太初四年，來朝。皆不當元封時。又按百官公卿表，郎中令，武帝大初元年更名光祿勳。典客，景帝中六年更名大行令，武帝太初元年更名大鴻臚。治粟內史，景帝後元年更名大農令，武帝太初元年更名大司農。中尉，武帝太初元年更名執金吾。內史，景帝二年分置左內史右內史，武帝太初元年更名京兆尹。左內史更名左馮翊。主爵中尉，景帝中六年更名都尉。武帝太初元年更名右扶風。凡此六官，皆太初以後之名，不應預書於元封之時。又按孝武紀，太初元年冬十一月乙酉，柏梁臺災。夏五月正曆，以正月爲歲首，定官名，則是柏梁既災之後，又半歲而始改官名。而大司馬大將軍靑則薨於元封之五年，距此已二年矣。反復考證，無一合者。蓋是後人擬作，剽取武帝以來官名，及梁孝王世家乘輿駟馬之事以合之，而不悟時代之乖舛也。」（日知錄二十一）考其時代，核其官名，均不符合。其為後人擬作，昭然易知。安得謂七言詩權輿於此？逮建安之際，曹丕作燕歌行「秋風蕭瑟天氣涼……」一首，通篇七古，乃為七古詩之所託始。然則五七言古體並東漢末葉建安初期新發生之創作。建安一代，實中古文學上一大嬗變時期也，

（五）古詩之流變

由上所述，五七言古體，胚胎於漢末，流傳於魏晉，歷六代以訖隋唐，其間變革，可得而言。十九首大率逐臣棄婦，朋友闊絕，游子他鄉，死生新故之感，家國亂離之痛。至建安以還，二王，陳思，從轡以騁節；王，徐，應，劉，望路而爭驅，並憐風月，狎池苑，述恩樂，叙酬宴，篇題雖雜，要不外抒情之什而已。此外則蔡琰悲憤詩，歷叙流離，文朴質而意沈痛，開唐人杜甫一派，廬江小吏妻詩，凡千七百四十五言，雜述十數人口脗，聲情畢肖，開唐人白居易一派，兩者為述事之詩。此其初期之篇什也。正始中，王弼，何晏好莊老玄勝之談，而俗遂貴焉。至過江，佛理尤盛，故郭璞五言，始會合道家之說而韵之。許詢及太原孫綽轉相祖尚，自是學者悉體之。（文選注引檀道鸞續晉陽秋說）則一變而為說理。此鍾嶸所謂「永嘉貴黃老，稍尚虛談，於時篇什，理

過其辭，淡乎寡味。爰及江表，微波尙傳，孫綽，許詢，桓，庾諸公，詩皆平典似道德論，」者也。下逮宋初，風致又改。劉勰謂：「莊老告退，而山水方滋，儷采百字之偶，爭價一句之奇，情必極貌以寫物，辭必窮力而追新。」則更變而爲寫景。及梁簡文辭藻豔發，體窮淫靡，哀思之音，遂移風俗。徐摛，庾肩吾尤以側豔著稱。摛子陵及肩吾子信，承其遺緒，其體特爲南北所崇。則三變而爲宮體，開律詩之先聲。此古詩內容之因革也。若言詩式，則五言極盛於建安，餘波及於晉宋，頹靡於齊梁，陳隋，淫豔佻巧之辭，劇而詩之敝極矣，（姜宸英古今詩選敍）梁代北音競奏，鉦鐃鏗鏘，企喩歌，折楊柳歌詞，木蘭詩，及北齊敕勒歌等，伉爽直率，又不免失之粗獷。唐人承之，運剛貞之詞，洗綺靡之習，起衰中立，淳風於以再造。特伯玉雲卿諸公，意不加新，而詞稍直率耳。開元大歷諸家，七言始盛，王，李，高，岑，篇什尤多。太白馳騁筆力，自成一家。嘉州之奇峭，供奉之豪放，更爲創獲。工部集古今之大成，七言大篇，尤爲前所未有，後所莫及。自錢，劉，元，白以來，無能步趨者。（王士禎古今詩選敍例）凡此情變之數，鋪觀列代，跡象昭然。若進而求其嬗變之原因，則章炳麟論列校詳。其國故論衡明詩篇曰：

語曰：「在心爲志。發言爲詩。」此則詠情性，古今所同，而聲律調度異焉。魏文侯聽今樂則不知倦，古樂則臥，故知數極而遷，雖才士弗能以爲美。

三百篇者，四言也。在漢獨有韋孟，已稍淡泊；下逮魏晉，作者抗志欲反古初，其辭安雅，而惰弛無節者衆。若束皙之補亡詩，視韋孟猶登天。嵇應潘陸，亦以楛窳；「悠悠太上，民之厥初；」「於皇時晉，受命既固，」蓋傭下無足觀。非其材劣，固四言之勢盡矣。

漢世郊祀房中之樂，有三言七言者，其辭閎麗詄蕩，不本雅頌，而聲氣若與之呼召。其風獨五言爲善，古者學詩，有大司樂瞽宗之化；在漢則主情性，往者大風之歌，拔山之曲，高祖項王未嘗習文藝也；然其言爲文儒所不能舉。蘇李之徒，結髮爲諸吏騎士，未便諷誦，詩亦爲天下宗。及陸機鮑照，江淹之倫，擬以爲式，終莫能至。由是言之：情性之用長，而問學之助薄也，風與雅頌賦所以異者，三義皆因緣經術，旁涉典記。故相如子雲小學之宗，以其餘緒爲賦，郊祀歌者，頌之流也，通一經之士不能獨知其辭，皆集會五經家相與共講習之。安世房中辭作於唐山夫人，而其辭亦爾雅。獨風有異，憤懣而不得舒，其辭從之，無取一通之書，數言之訓。及其流風所扇，極乎王粲、曹植、阮籍、左思、劉琨、郭璞諸家，其氣可以抗浮雲，其誠可以比金石。終之上念國政，下悲小己，與十五國風同流，其時未有雅也。謝瞻承其末流，張子房詩，本之王風，哀思周道，無章，浸淫於大小雅矣。世言江左遺彥，好語玄虛，孫、許諸篇傳者已寡。陶潛皇皇，欲變其奏，其風力終不逮。玄言之殺，語及田舍，田舍之隆，旁及山川雲物，則謝靈運爲之主。然則風雅道變而詩又幾爲賦。顏延之與謝靈運深淺有異，其歸一也。自是至於沈約、丘遲，景物復窮。自梁簡文帝初爲新體，牀第之言，揚於大庭。訖陳隋爲俗。陳子昂、張九齡、李白之倫，又稍稍以建安爲本，白亦下取謝氏，然終弗能遠至。是時五言之勢又盡。杜甫以下，辟旋以入七言。

七言在周世，大招爲其萌芽；漢則柏梁。劉向亦時爲之，然短促未能成體。唐世張之，以爲新曲。自是五言遂無可以觀者。然七言在陳隋，氣亦宣朗，不雜傳記名物之言。唐世浸變舊貫，其勢則不可久。哀思主文者，獨杜甫爲可與；韓愈孟郊，則急就章之變也；元稹，白居易，則日者瞽師之誦也。自爾千言七言之數以萬，其可諷誦者幾何？重以近體猖狂，篇句塡委，淩雜史傳，不本情性。蓋詩與議奏異狀，無取數典之言，鍾嶸所以起例，雖杜甫猶有媿。訖於宋世，小說，雜傳，禪家，方技之言，莫不徵引，昔孫許高言莊氏，雜以三世之辭，猶「風騷體盡」，況乎辭言友紀，彌以加厲者哉？

宋世詩勢已盡，故其吟詠情性，多在燕樂。今詞又失其聲律，而詩尨奇愈甚。考徵之士，覩一器，說一事，則紀之五言，陳數首尾，比於馬醫歌括。及曾國藩自以爲功，誦法江西諸家，矜其奇詭。天下騖逐，古詩多詰詘不可誦，近體乃與杯珓讖辭相等。江湖之士，豔而稱之，以爲至美。蓋自商頌以來，歌詩失紀，未有如今日者也。

要之，本情性，限辭語，則詩盛；遠情性，熹雜書，則詩衰。

誠以詩貴緣情，不尙數典。故各體之初生也，常人稱情而言，不失風人之致；及至詞客臚陳卷軸，規橅陳篇甚至故尋僻奧，自文淺陋，務爲詰屈，炫惑俗眼；則性情汨沒，風雅之道盡矣。古今升降得失之數，並繫於此，至其句度之改變，字數之遞增，則循文學進化自然之途轍，固不必抑揚於其間也。

（六）古詩之修辭

費錫璜曰：「詩至宋齊，漸以句求；唐賢乃明下字之法。漢人高古天成，意旨方且難窺，何況字句。」按詩至宋齊而淸詞麗句，絡繹奔會。漢魏詩雖不可以字句論，然其修辭亦有可觀，茲略述之。

1. 起句　曹植謝朓工於發端，然皆出於漢人。（費錫璜說）舉例如左：

北方有佳人，絕世而獨立。李延年歌

天上何所有，歷歷種白楡。隴西行

西北有高樓，上與浮雲齊。古詩十九首

紅塵蔽天地，白日何冥冥！擬蘇李詩

驚風飄白日，忽然歸西山。曹植贈徐幹

高臺多悲風，朝日照北林。又雜詩

明月照高樓，流光照徘徊。又七哀詩

朔風吹飛雨，蕭條江上來。謝朓觀朝雨

大江流日夜，客心悲未央。又夜發新林至京邑贈西府同僚

2. 偶句　漢魏詩中亦時有偶句，特不如晉宋人之縷金錯采，窮力追新耳。茲並徵之：

胡馬依北風，越鳥朝南枝。古詩十九首

鷄鳴高樹巔，狗吠深巷中。鷄鳴

皚如山下雪，皎若雲間月。艷歌行

臨源挹清波，陵岡掇丹荑。郭璞遊仙

曉霜楓葉丹，夕曛嵐氣陰。謝靈運晚出西射堂

魚戲新荷動，鳥散餘花落。謝朓遊東田

水光懸蕩壁，山翠下添流。庾肩吾奉和春夜應令

鶯隨入戶樹，花逐下山風。陰鏗開善寺

鳥擊初移樹，魚寒欲隱苔。隋煬帝悲秋

3. 對照句　正負兩言，反復照應，句雖不對，意實偶也。此類在詩中尤多。

去者日以疏，來者日以親。古詩十九首

生年不滿百，常懷千歲憂。同右

上山采蘼蕪，下山逢故夫。古詩

貴者雖自貴，視之若埃塵；賤者雖自賤，重之若千金。左思詠史

新婦初來時，小姑始扶牀；今日被驅遣，小姑如我長。古詩為焦仲卿妻作

不怨秋夜長，恆苦夏日短，謝靈運道路憶山中

寧知安歌日，非君撤瑟晨。任昉哭范僕射

4. 排句　複用對照，連成數排。如：

清音可娛耳；滋味可適口；羅紈可飾軀；華冠可耀首。楊苕華贈蜀僧度

莫止不安寢；晨止不能起。陶潛止酒

西川有杜鵑，東川無杜鵑；涪萬無杜鵑，雲安有杜鵑。杜甫杜鵑

舊犬喜我歸，低徊入衣裾；鄰里喜我歸，沽酒攜胡盧；大官喜我來，遣騎問所須；城郭喜我來，賓客隘村墟。又草堂

或連若相從，或蹙若相鬥；或妥若弭伏，或竦若驚雊；……或前橫若剝；或後斷若姤。韓愈南山詩

按古詩中用排筆，無過二排，四排。惟小雅北山之什多至十二排，然用反對，不覺過繁。若韓愈南山詩連用五十餘排，皆屬正對，斯失之粗獷矣。

5.反復句　費錫璜云：『「行行重行行，」下云：「與君生別離；」又云：「相去萬餘里，」「各在天一涯？」又云：「道路阻且長；」又云：「相去日以遠。」在今人必訝其重複。「照昭素明月，光輝燭我牀。」曰「照昭」又曰「素」又曰「明，」又曰「光輝。」滿歌行亦重疊言之，他詩不可枚舉，漢人皆不以爲病。』按古詩有用復句以增其嫵媚者，舉例如右：

君當作盤石，妾當作蒲葦；蒲葦紉如絲，盤石無轉移。

盤石方且厚，且以卒千年；蒲葦一時紉，便作旦夕間。古詩為焦仲卿妻作

6. 疊句　疊句有僅疊句中數字，有一字疊用者，分述之如左：

羈心積秋晨，晨積展游眺。謝靈運七星瀨

杪秋行遠山，山遠行不近。……汀曲舟已隱，隱汀絕望舟，……憶爾共淹留，淹留昔時歡，……悽悽久念攢，攢念攻別心，……謝靈運登臨河嶠　前有曹植贈白馬王彪詩

傷禽惡弦驚，倦客惡離聲。離聲斷客情，賓御皆涕零。涕零以斷絕，將去復還訣。鮑照代東門行

雲來聚雲色，風度雜風音。隋煬帝古松樹

右句中疊字例。

居止次城邑，逍遙自閒止。坐止高蔭下，步止蓽門裏；好味止園葵，大懽止稚子。平生不止酒，止酒情無喜。……陶潛止酒

去年落一牙，今年落一齒。俄然落六七，落勢殊未已。餘在皆動搖，盡落應始止，

憶初落一時，但念豁可耻；及至落二三，始憂衰及死。韓愈落齒

右一字疊用例。

7. 練字　詩自晉宋以後，不獨名章迥句，處處間起；且綴字屬篇，必須練擇矣。字有表實，表德，表業三者之殊。表實之名字，不外沿襲，非詩人所能獨創也。（如謝朓云：「金波麗鳷鵲，玉繩低建章。」金波見漢書，玉繩見春秋元命苞，均沿用舊名也。）詩人所研練者，則爲表德之狀字及表業之動字耳。如：

神淵「寫」時雨，晨色「奏」景風。陶潛和戴主簿

微雨「洗」高林，清飈「矯」雲翮。又使都經錢溪

原隰「荑」綠柳，墟囿「散」紅桃。謝靈運從遊京口北固應詔

日華川上「動」，風光草際「浮」。謝朓和徐都曹中新亭渚

窗中「列」遠岫，庭際「俯」喬木。又郡內高齋閒望

隨風「飄」岸葉，行雨「暗」江流。何遜送八五城聯

露「浸」山扉月，霜「開」石路烟。江總贈袁朗別

右練動字例。

瓊樹落晨「紅」，瑤塘水初「淥」。王融淥水曲

憮然坐相思，秋風下庭「綠」。又巫山高

送君爲昨日，簷前露已「團」。不惜蕙風「晚」，所恐道路「寒」。江淹古別離

卷簾天自「高」，海水搖空「綠」。梁武帝西洲曲

棠枯絳葉「盡」，蘆涼白花「輕」。陰鏗和傅郎歲莫還湘州

右練狀字例。

（七）古詩之技術

古詩之修詞，略如上述；茲再論描寫，記事，抒情，想像數者，見古詩之價值焉。

（甲）．描寫

1. 寫人

美女妖且閒，采桑歧路間。……攘袖見素手，皓腕約金環；頭上金爵釵，腰佩翠琅玕，明珠交玉體，珊瑚間木難。羅衣何飄飆，輕車隨風還；顧盼遺光采，長嘯氣

若蘭。（曹植美女篇）

右寫美人。

吾家有嬌女，皎皎頗白皙，小字爲紈素，口齒自清歷。鬢髮覆廣額，雙耳似連璧。明朝弄梳臺，黛眉類掃跡；濃朱衍丹唇，黃吻爛漫赤，嬌語若連瑣，忿速乃明㦤。握筆利彤管，篆刻未期益；執書愛綈素，誦習矜所獲。其姊字惠芳，面目粲如畫；輕粧喜樓邊，臨鏡忘紡績；舉觶擬京兆，立的成復易；玩弄眉頰間，劇兼機杼役。從容好趙舞，延袖像飛翮。馳騖翔園林，果下皆生摘；紅葩掇紫蔕，萍實驟抵擲。……止爲茶菽據，吹吁對鼎䥶；脂膩漫白袖，烟薰染阿裼，衣被皆重池，難與次水碧。任其孺子意，羞受長者責，瞥聞當與杖，掩淚俱向壁。（左思嬌女詩）

右寫兒女。

2. 寫景

方宅十餘畝，草屋八九間，楡柳蔭後園，桃李羅堂前，曖曖遠村人，依依墟里烟，狗吠深巷中，鷄鳴桑樹顚。（陶潛歸田園居）

右寫田園。

氣和天惟澄，班坐依遠流。弱湍馳文魴，閒谷矯鳴鷗。迴澤散游目，緬然睇曾丘。
雖微九重秀，顧瞻無匹儔。又遊斜川

石淺水潺湲，日落山照曜，荒林紛沃若，哀禽相叫嘯。謝靈運七里瀨

右寫山水。

叩枻新秋月，臨流別友生，涼風起將夕，夜景湛虛明。又夜行途中

明月照積雪，朔風勁且哀。謝靈運歲莫

右寫夜景。

密林含餘淸，遠峯隱半規。又遊南亭

雲端楚山見，林表吳岫微。謝朓還丹陽道中

江路西南永，歸流東北騖；天際識歸舟，雲中辨江樹。又出新林浦向板橋

江干遠樹浮，天末孤烟起，江天自如合，烟樹還相似。范雲次新亭

右寫遠景。

3. 狀物

雲日相輝映，空水共澄鮮。謝靈運江中孤嶼

猨鳴誠知曙，谷幽光未顯，巖下雲方合，花上露猶泫。又從斤竹澗越嶺溪行

林壑斂暝色，雲霞收夕霏。又石壁還湖中

餘霞散成綺，澄江靜如練。謝朓晚登三山

曉星正寥落，晨光復瀁漭，猶霑餘露團，稍見朝霞上。又京路夜發

右寫雲霞。

芳菊開林耀，青松冠巖列，懷此貞秀姿，卓爲霜下傑。陶潛和郭主簿

白雲抱幽石，綠篠媚清漣。謝靈運始寧墅

池塘生春草，園柳變鳴禽。又登池上樓

遠樹曖阡阡，生烟紛漠漠，魚戲新荷動，鳥散餘花落。謝朓遊東田

日出衆鳥散，山暝孤猿吟。又郡內高齋閑望

紅藥當階翻，蒼苔依砌上。又直中書省

右寫草木鳥獸。

（乙）記事

古詩中紀述事實者約別兩派：一爲蔡琰之悲憤詩，感時傷事，語質實而意沈痛，開唐人杜甫之先聲，是爲悲憤派。一若孔雀東南飛，記述一事，委婉往復，令人發生疑問，爲唐人白居易之所祖，是曰問題派。玆先述其原流，而後論其技術焉。

1. 悲憤派

蔡琰悲憤詩

刺巴郡守詩

王粲七哀詩

庾信詠懷二十七首

杜甫北征　奉先詠懷　新安吏　潼關吏　石壕吏　新婚別　垂老別

無家別

2. 問題派

古詩爲焦仲卿妻作白居易秦中吟（議婚　重賦　傷宅　輕肥　歌舞　買花）新樂府（新豐折臂翁　道州民　紅線毯　繚綾　賣炭翁　鹽商婦　井底引銀瓶）後世如金和之痛定篇初五日卽事出於杜甫王冕之鸜鴿謠，獅猴舞，傷亭戶，江南婦，陌上桑江南民，花驢兒出於白居易。他若文天祥之亂離歌，伯顏子中之七哀詩，李夢陽之甲子初度詩，則出於杜之同谷七歌；吳偉業之永和宮詞，王闓運之圓明園詞，則出於白氏之長恨歌者也。（胡光煒說）茲更述其藝術上之價值而論列之：

1. 長篇　惟情感之變化也速，故抒情詩匙長至千字以上者。五七絕節短音長，用之抒情，尤擅勝場；蓋以其含蓄不盡，有弦外之音也。至紀事詩則孔雀東南飛凡千七百餘字李覯贈祖祕丞凡千六百餘字，其他如杜氏，白氏之作，往往有數百字上者，以事實變化繁多，非反復曲折，不能盡情發揮也。

2.以一節代表一時　紀事詩以批評人生爲其正鵠，人生隨時代改觀，欲將一代社會之優劣完全表見於尺幅之間，殊非易事。詩人以最經濟的手腕，節取片斷言之，足以代表一代風氣矣。如杜甫「三吏篇」僅寫三事，見當時兵力缺乏，乃徵力役；少年不足，及於老人；男子不足，繼及女子。「三別篇」寫家室流離，尤極慘酷之至。

3.質樸而沈痛　紀事詩有直述所見所聞，不加絲毫修飾，而辭語悽楚，令人不忍卒讀者。如蔡琰悲憤詩寫胡人虜婦女西行之狀曰：

馬邊縣男頭，馬後載婦女。長驅西入關，迥路險且阻。還顧邈冥冥，肝脾爲爛腐！所略有萬計，不得令屯聚。或有骨肉聚，欲言不敢語。失意幾微間，輒言「斃降虜，要當以亭刃，我曹不活汝！」豈復惜性命，不堪其詈罵。或便加棰杖，毒痛悽並下。旦則號泣行，夜則悲吟坐。欲死不能得，欲生無一可！

王粲七哀詩寫母子不相顧曰：

路有饑婦人，抱子棄草間。顧聞號泣聲，揮涕獨不還。「未知身死處，何能兩相完。」驅馬棄之去，不忍聽此言。

杜甫石壕吏寫老婦對吏語曰：

老婦前致辭：「三男鄴城戍，一男附書至，二男新戰死，存者且偷生，死者長已矣！室中更無人，惟有乳下孫；孫有母未去，出入無完裙。老嫗力雖衰，請從吏夜歸，急應河陽役，猶得備晨炊。」

惟其質木，故字字眞切，令人讀之，如聞其聲，爲之悽絕。此其所以感人深而收效宏也。

4. 繁複而清晰　紀事詩有內容頭緒極繁，而條理清晰，絲毫不亂者。觀廬江小吏詩，雜述十數人言語性情：如焦母之橫虐，仲卿之懦弱，蘭芝之貞毅，小姑之幼稚，女母之愚闇，女兄之粗魯，媒人之狡儈，府君之昏庸，其聲音顏色性情，無不一一畢肖。故其文雖長，而秩序井然，令人不覺其冗散也。

5. 變化　紀事詩以事實爲主，若平鋪直敍，卽了無意味；故修辭上必有種種變化，方足動人觀念。例如杜甫北征云：

顧慚恩私被，詔許歸蓬蓽，拜辭詣闕下，怵惕久未出。

已辭君還里矣。下忽云：

　揮涕戀行在，道涂猶恍惚。

又流連而不忍去，下又云：

　回首鳳翔縣，旌旗晚明滅。

既去而又回顧，此其感情之變化一也。又敍其涂中所見云：

　靡靡踰阡陌，人烟眇蕭瑟，所遇多號傷，呻吟更流血。

既覺滿目悽涼，下忽云：

　青雲動高興，幽事亦可悅。山果多瑣細，羅生雜橡栗，或紅如丹砂，或黑如點漆。

　雨露之所濡，甘苦齊結實。

則與會淋漓，此其感情之又一變也。及到家見其子女，又曰：

　平生所嬌兒，顏色白勝雪，見耶背面啼，垢膩脚不襪。牀前兩小女，補綻才過膝。

　海圖拆波濤，舊繡移曲折，天吳及紫鳳，顛倒在短褐，老夫情懷惡，數日臥嘔泄。

　那無囊中物，救汝寒凜慄。

此其所言，何等傷慘。而中間「海圖波濤」四語，又極其綺麗。下又云：

粉黛亦解包，衾裯稍羅列，瘦妻面復光，癡女頭自櫛。學母無不爲，曉妝隨手抹，移時施朱鉛，狼藉畫眉闊。生還對童稚，似欲忘饑渴，問事競挽鬚，誰能卽嗔喝？翻思在賊愁，甘受雜亂聒。

寫小兒女情態，又至堪發噱。總之：此詩每至一地，感想一變。能於極慘痛時見興致，極高興中見悲涼，故令人讀之，不覺悲喜之交集也。

6. 問題　讀第二類紀事詩，每令人發生種種疑問。如讀盧江小史妻詩，則有女子問題，婚姻問題，家庭問題。讀白樂天之秦中吟及新樂府，則有階級問題，資本問題，勞動問題，爲其喚起，故號之曰問題派紀事詩也。

7. 史學化　讀紀事詩又可以見當時社會情況，政治情況，故杜甫有詩史之目。白居易與元微之詩曰：「自登朝來，年齒漸長，閱事漸多，每與人言，多詢時務；每讀書史，多求理道。始知文章合爲時而著，歌詩合爲事而作。」故其詩可名之爲史學化的詩也。

8. 散文化　紀事詩中夾有議論，又似散文。其議論多委宛曲折，不失溫柔敦厚之旨。如杜北征云：

憶昨狼狽初事與古先別，姦臣竟葅醢，同惡隨蕩析。不聞夏殷衰，中自誅褒妲，周室獲再興，宣光果明哲。

其對於本朝，愈迴護，愈見責備。至新安吏云：

況乃王師順，撫養甚分明。送行勿泣血，僕射如父兄。

則諷刺尤深，故可目之爲散文化的詩也。

（丙）抒情

詩歌以抒情爲本恉，寫景，述事，特借之以表情耳。故情卽寓於景中，傳於事內，無勞複述。茲更於前兩例外，界述其表情之詞句焉。

1. 哀傷　蕭選於哀傷詩中，著嵇康，曹植，王粲，張載，潘岳，謝靈運，顏延之，謝朓，任昉九家之作。茲舉潘氏悼亡一則爲例。

荏苒冬春謝，寒暑忽流易，之子歸重泉，重壤永幽隔。私懷誰克從？淹留亦何益？

黽勉恭朝命，迴心反初役。望廬思其人，入室想所歷，帷屏無髣髴，翰墨有餘跡。流芳未及歇，遺挂猶在壁。悵怳如或存，周惶忡驚惕，如彼翰飛鳥，雙棲一朝隔；如彼遊川魚，比目中路折。春風緣隟來，晨霤承簷滴。寢息何時忘？沉憂日盈積。庶幾有時衰，莊缶猶可擊。

2. 愁怨　哀傷者，痛喪亂之已逝；愁怨者，懼禍患之方來，其情緒近似，而爲用各殊，茲舉阮籍詠懷詩一則，以例其餘。

夜中不能寐，起坐彈鳴琴；薄帷鑑明月，清風吹我衿；孤鴻號外野，朔鳥鳴北林。徘徊將何見，憂思獨傷心。

3. 慚感　貧士失意，凍餒誰憐？一飯之恩，銜戢無旣。不覺慚感交並，見諸詠歌者，如陶潛乞食詩云：

飢來驅我去，不知意何之？行行至斯里，叩門拙言詞；主人解余意，遺贈副虛期；談話終日夕，觴至輒傾巵。情欣新知懽，言詠遂賦詩。感子漂母惠，愧我非韓才。銜戢知何謝，冥報以相貽。

4. 憤激　不平之氣，流露行間；憤激之詞，緣是以著。如陶潛責子詩曰：

白髮被兩鬢，飢膚不復實；雖有五男兒，總不好紙筆。阿舒已二八，懶惰故無匹；阿宣行志學，而不愛文術；雍端年十三，不識六與七；通子垂九齡，但覓梨與栗。天運苟如此，且進杯中物。

5. 壯烈　金石之聲，風雲之色，高氣蓋世，激烈逼人，魏武陳思而後，當推內幹太冲。茲舉太冲詠史一則以見例。

浩天舒白日，靈景耀神州，列宅紫宮裏，飛宇若雲浮；峨峨高門內，藹藹皆王侯。自非攀龍客，何爲欻來游？被褐出閶闔，高步追許由；振衣千仞岡，濯足萬里流。

6. 委宛　温厚和平，怨而不怒，如古詩十九首之行行重行行云：

行行重行行，與君生別離，相去萬餘里，各在天一涯。道路阻且長，會面安可知？胡馬依北風，越鳥巢南枝，相去日以遠，衣帶日以緩。浮雲蔽白日，游子不顧返。思君令人老，歲月忽已晚；棄捐勿復道，努力加餐飯。

7. 希冀　所求莫遂，飢渴情殷，如古詩云：

錦衾遺洛浦，同袍與我違；獨宿累長夜，夢想見容輝。良人惟古歡，枉駕惠前綏。願得常巧笑，攜手同車歸！

（丁）想像

詩人想像之詞，無家蔑有。如陶淵明之桃花園，李太白之夢游天姥，其尤著者也。茲舉郭景純游仙詩爲例：

青谿千餘仞，中有一道士，雲生梁棟間，風出窗戶裏。借問此爲誰？云是鬼谷子。翹迹企頴陽，臨河思洗耳。閶闔西南來，潛波渙鱗起。靈妃顧我笑，粲然啟玉齒，蹇修時不存，要之將誰使？

翡翠戲蘭苕，容色更相鮮，綠蘿結高林，蒙籠蓋一山，中有冥寂士，靜嘯於淸絃；放情陵霄外，嚼蘂挹飛泉；赤松臨上游，駕鴻乘紫烟，左挹浮邱袖，右拍洪崖肩。借問蜉蝣輩，寧知龜鶴年。

此其所表之境，所寫之人，並屬創造的想像，及聯想的想像也，若蔡琰悲憤詩言：「馬爲立踟躕，車爲不轉轍。」杜甫北征言：「慟哭松聲迴，悲泉共幽咽。」則悲傷之極，天地爲之興哀，風雲爲之變色。此修詞學上所謂「情暈」則又可謂爲解釋的想像焉。

本章參考書

馮維訥詩紀

馮舒詩紀匡謬

丁福保兩漢三國晉南北朝詩

以上總集

徐陵玉臺新詠

紀容舒玉臺新詠考異

王世禎古今詩選

沈德潛古詩原

曾國藩十八家詩鈔

又三十家詩鈔（王安定增輯）

王闓運八代詩選

陳沆詩比興箋

以上選本

劉勰文心雕龍明詩編

鍾嶸詩品

釋皎然詩式

姜夔白石道人詩說

嚴羽滄浪詩話

徐禎卿談藝錄

王世懋藝圃擷餘

王世貞藝苑卮言

陸世雍詩鏡總論

王士禎師友詩傳錄　又續錄

費錫璜漢詩總說

以上詩平

趙執信聲調譜

翟翬聲調譜拾遺

王文簡古詩平仄論翁方綱小石帆亭著錄

趙秋谷所傳聲調譜同前

翁方綱五言詩平仄舉隅

又七言詩平仄舉隅

又七言詩三昧舉隅

以上詩律

第七章　論唐人近體詩

(一)　近體詩之起原

詩貴詠歌，本宜諧協；然晉宋以前，聲病之說未明，偶儷之法未工，其時詩僅有韻而已，無所謂律也。自士衡尙綺靡之旨，休文倡聲律之論，由是偶儷精切，聲調妍美，歷六代以訖初唐，乃有律詩之目。論者以其別於古詩也，因以「近體」稱之。茲溯其源流，分律詩、絕句兩者述之。

1.五七律　馬位秋窗隨筆曰：「聲律雖起於沈約，而以前粗已見之，陸雲相謔之詞，所謂『日下荀鳴鶴，雲間陸士龍。』是五言律聯。江淹別賦『春宮閟此青苔色，秋帳含茲明月光，』是七言律聯。此近體之發端。」錢木庵唐音審體曰：「律詩始於初唐，至沈宋而其格始備。律者六律也，謂其聲之協律也。如用兵之紀律，用刑之法律，嚴不可犯也。齊梁體二句一聯，四句一絕，律詩因之。加以平仄相儷，用韻必雙，不用單韻。」按近體之製，權輿於梁陳；諧協於初唐；精切於沈宋。（陳懋仁續文章緣起說）兩家一溯其原，一推其變，合而觀之，其說始備。至偶詞儷句，導原益遠。詩藪曰：「晉宋之交，古今詩道之大限乎？魏承漢後，雖浸尙華靡，而淳樸餘風，隱約尙在。……士衡、安仁一變而排偶開矣。靈運、延年再變而排偶盛矣。玄暉三變而排偶愈工，淳朴愈散，漢道盡矣。」則謂其發端於晉宋之際焉。近人黃節又自換韻觀之，遞數其變遷之跡曰：「五言古詩既興，於是有五言詩之變體，其原則始自六朝。如梁沈約擬青青河畔草詩，則五言兩句換韻變古詩之體而爲之者也。又如柳惲南曲，則五言四句換韻變古詩之體而爲之者也。顧由五言兩句換韻，再變而爲八句同韻，如同時范雲巫山高中四句相對，一如柳惲南曲，則已爲五律之濫觴矣。……七言詩既興，於是有七言之變體，其原流亦始自六朝。如晉謝道韞詠雪詩，則七言三句同韻變古詩之體而爲之者也。又如蕭子顯烏棲曲，則七言兩句換韻變古詩之體而爲之者也。顧由七言三句同韻，一變而爲兩句換韻，再變而爲四句三同韻，如梁簡文春別詩，亦變古詩之體而爲之者也，然已爲七絕之濫觴矣。簡文既開茲體，又爲春情曲，蓋本春別詩之體而少變之，已駸駸乎具七律之形矣。至庾信烏夜啼，則已爲七律之濫觴矣。」（詩學）統觀諸說，自聲律，對偶，用韻三者言之，律詩之遞次嬗變，其迹象固易明也。

2. 五七絕　論絕句之起原者，古有二說：一謂律先於絕，絕句猶言截句，蓋截律詩之半而成。五言絕句截五言律詩之半也。有截前四句者，如『移舟泊烟渚』云云，是也。有截後四句者，如「功蓋三分國」云云是，也。有截中四句者如，「白日依山盡」云云，是也。有截前後四句者，如「山中相送罷」云云，是也。七絕亦然。（峴傭說詩）一謂絕先於律。五言絕句自五言古詩來，七言絕句自歌行來。此二體本在律詩之前，律詩從此出，演令充暢耳。（薑齋詩話）今按第一說王士禛譏其迂拘，（師友詩傳續錄）四庫提要文平類亦謂漢人已有絕句，起於律詩之前，非先有律詩截爲絕句，則第二說較爲近理。試觀古詩之「采葵莫傷根」，古歌之「高田種小麥」並肇五絕之端，且「藁砧今何在」四語，則逕稱「古絕句」。南史稱：「宋晉熙王昶奔魏，在道慷慨爲斷句詩」。則又絕句之名之見諸宋代者也。他如晉孫綽碧玉歌，王獻之桃葉歌，子夜四時歌，皆在律詩之前。至齊謝眺玉階怨，梁簡文雜詠，范雲別詩，何遜相送，格調與唐人益近。至高棅唐詩品彙謂：「挾瑟歌，烏棲曲，怨歌行爲絕句之祖」。詩藪則謂：「烏棲曲四篇篇用二韵，正項王垓下格，唐人亦多學此。江總怨詩卒章，俱作對結，非絕句正體」。今按魏收挾瑟歌平仄諧適，梁簡文烏棲曲，湯惠休歌思引，蕭子顯春別，均七言四句，三句用韵，並七絕之先聲。逮隋人無名氏之「楊柳青青著地垂，」則絕類唐詩，特七絕較五絕差後耳。總之：絕句濫觴於漢魏，歷六代至隋唐而大成，其語簡節促，而意味深長，非律詩所可比擬，亦絕非截律詩而爲之也。

3. 排律　唐音審體云：「自高棅唐詩品彙出，創『排律』之名。古人所謂『排比聲律』者，排偶櫛比，聲和律整也，乃於四字中摘取二字，呼爲排律，於義何居？古人初無此名，今人竟以此爲定格。」按陳懋仁續文章緣起謂：「排律因於顏延之，謝瞻諸人，唐興始爲專體。」王阮亭答古夫于亭詩問，則謂：「唐人省試，皆用排律，本只六韻而止，至杜始爲長律，中唐元，白，又蔓延至百韻，非古也，其法則『首尾開闔，波瀾頓挫』八字，約略盡之，七言排律，唐人作者亦少，近唯見彭羨門賦至百韻。」按五言排律，富於杜集，後人多用之，稱述公卿，褒功頌德，則文藝之末流，不足與之言詩道矣。

(二) 近體詩之聲律

近體詩之形成，基於聲病之說：蔡寬夫詩話：「聲韻之興，自謝莊，沈約以來，其變日多。四聲中又別其清濁，以為雙聲；一韻者以為疊韻。蓋以輕重為清濁耳。所謂前有浮聲，後須切響也。」魏慶之詩人玉屑載沈約八病之說：「一曰，平頭，第一第二字不得與第六第七字同聲。如『今日良宴會，歡樂難具陳。』今歡皆平聲，日樂皆入聲。二曰，上尾。第五字不得與第十字同聲，如『青青河畔草，鬱鬱園中柳；』草柳皆上聲。三曰，蜂腰。第二字不得與第五字同聲，如『聞君愛我甘，竊欲自修飾』君甘皆平聲，欲飾皆入聲。四曰，鶴膝。第五字不得與第十五字同聲，如『客從遠方來，遺我一書札。上言長相思，下言久離別。』來思皆平聲。五曰，大韻。如聲鳴為韻，上九字不得用驚傾平榮字。六曰，小韻。除第十一字外，九字中不得有兩字同韻，如遙條不同。七曰，旁紐。八曰，正紐。十字內兩字疊韻為正紐。若不共一紐而有雙聲為旁紐。如流久為正紐，流柳為旁紐。八種惟上尾，鶴膝最忌，餘病亦皆通。」王世貞藝苑卮言曰：「休文所載八病，以上尾，鶴膝為最忌。休文之拘滯，正與古體相反，惟與近體差有關耳。然亦不免商君之酷。平頭為第一字不得與第六字同平聲。律詩如『風勁角弓鳴，將軍獵渭城。』風之類，將何損其美？上尾謂第五字不得與第十字同聲，如古詩『西北有高樓，上與浮雲齊。』雖隔韻何害？律固無是。使同韻如前詩，鳴之與城，又何妨也？蜂腰謂第二字與第五字同上去入韻，如老杜『望盡似猶見』江淹『遠與君別者』之類，近體宜少避之，亦無妨。鶴膝謂第五字不得與第十五字同，如老杜『水色含羣動，朝光接太虛。年來頻悵望』之類，八句俱如是則不宜，一字犯亦無妨。五大韻謂重疊相犯，如『胡姬年十五，春日獨當爐』又『端坐苦愁思，攬衣起西游。』胡與爐，愁與游犯。六小韻十字中自有韻，如『薄帷鑒明月，清風吹我襟』明與清犯。七旁紐，十字中已有田字，不得著寅延字。八正紐，十字中已有壬字，不得著衽任字。後四病尤無謂，不足道也。」按自八病之說興。作詩者乃貴平仄整齊。徐陵庾信體製日工，實近體之前驅。至唐人聲律對偶之法益嚴，沈佺期，宋之問力求研練精切，聲勢穩順，遂定五七言八句之程式，號爲律詩。世因以沈，宋爲律詩之祖焉。茲揭五言詩式如次：——

1. 正格（仄起）

仄仄平平仄

平平仄仄平（韵）
平平平仄仄
仄仄仄平平（韵）
仄仄平平仄
平平仄仄平（韵）
平平平仄仄
仄仄仄平平（韵）

2. 偏格（平起）

平平平仄仄
仄仄仄平平（韵）
仄仄平平仄
平平仄仄平（韵）
平平平仄仄

仄仄仄平平（韻）
仄仄平平仄
平平仄仄平（韻）

右式中第一句第二字用仄聲則以仄起，用平聲則以平起。五言以仄起爲正格，平起爲偏格七言反是，則以平起爲正格，仄起爲偏格也。更著七言詩式如次：——

1. 正格（平起）

平平仄仄仄平平（韻）
仄仄平平仄仄平（韻）
仄仄平平平仄仄
平平仄仄仄平平（韻）
平平仄仄平平仄
仄仄平平仄仄平（韻）
仄仄平平平仄仄

平平仄仄仄平平（韻）

2. 偏格（仄起）

仄仄平平仄仄平（韻）
平平仄仄仄平平（韻）
平平仄仄平平仄
仄仄平平仄仄平（韻）
仄仄平平平仄仄
平平仄仄仄平平（韻）
平平仄仄平平仄
仄仄平平仄仄平（韻）

七律押韻與五律異，概以第一句押韻爲通則，落韻爲變調也。論其規律，何世璂，王夫之並注意一三五平仄之辨焉。何氏然燈紀聞曰：「律句只要辨一三五。俗云一三五不論，怪誕之極，決其終身必無通理。」王氏薑齋詩話亦曰：「一三五不論，二四六分明，不可恃爲典要。『昔聞洞庭語』，聞庭二字俱平，正爾振起。若『今上岳陽樓』，易第三字爲平聲，云『今上巴陵樓』，則語實而戾於聽矣。『八月湖水平，』月水二字皆仄，自可。若『涵虛混太清』，易作『混虛涵太清』，泥磬土鼓而已。又如『太清上初日』，音律自可，若云『太清初上日』，以是合於黏，則情文索然，不能復成佳句。又如楊用修佳句云『誰起東山謝安石，爲君談笑淨烽烟』。若謂安之失黏，更云：『誰起東山謝太傅』，拖沓便不成響。足見凡言法者，皆非法也。」蓋律詩規則雖嚴，亦有變格，所謂「折腰體」，「拗體」是也。述之如次：——

1. 折腰體　滄浪詩話：「有絕句折腰者，有八句折腰者，謂中失黏而意不斷。」蓋謂絕詩之第三句，律詩之第三句，第七句失黏也。如孟浩然絕句：「山頭禪室掛僧衣，窗外無人溪鳥飛，黃昏半在下山路，却聽泉聲戀翠微。」第三句失黏。又王維律詩：「桃原一向絕風塵，柳市南頭訪阮淪，到門不敢題凡鳥，看竹何須問主人？城上青山如屋裏，東家流水入西鄰，閉戶箸書多歲月，種松皆作老龍鱗。」第三句第七句失黏，若二三聯對調則順矣。

2. 拗體　有一聯拗者，如「孤鳥背秋色，遠帆開浦煙」「殘星幾點雁橫塞，長笛一聲人倚樓」。是拗體祇一句失一字，如前聯之背開二字，後聯之雁人二字，與折腰之全句失黏者不同。有全首拗者，如王維酌酒與裴迪詩，則全不合黏格也。

律詩之格律，略如上述，茲更舉絕句之聲律言之：——

1. 五絕

甲、平起順黏格

平平仄仄平，仄仄仄平平，仄仄平平仄，平平仄仄平。

乙、仄起順黏格

仄仄仄平平，平平仄仄平，平平平仄仄，仄仄仄平平。

丙、平起偏格

平平平仄仄，仄仄仄平平，仄仄平平仄，平平仄仄平。

丁、仄起偏格

仄仄平平仄，平平仄仄平，平平平仄仄，仄仄仄平平。

2. 七絕

甲、平起順黏格

平平仄仄仄平平，仄仄平平仄仄平，仄仄平平平仄仄，平平仄仄仄平平。

乙、仄起順黏格

仄仄平平仄仄平，平平仄仄仄平平，平平仄仄平平仄，仄仄平平仄仄平。

丙、平起偏格

平平仄仄平平仄，仄仄平平仄仄平，仄仄平平平仄仄，平平仄仄仄平平。

丁、仄起偏格

仄仄平平平仄仄，平平仄仄仄平平，平平仄仄平平仄，仄仄平平仄仄平。

王維陽關三疊爲絕句中之折腰體，李白山中問答爲拗體，至杜甫江畔獨步尋花七絕句，拗體尤多，黃直魯最喜學之。則絕句之變體也。

(三) 近體詩之修詞及其技術

律絕詩文詞簡約，寄興深微，非精於修詞者，不易爲功。茲分論其字法，句法，章法及隸事數者，見近體詩技術之工妙焉。

(1)字法　洪邁容齋續筆云：「一首五律詩，如四十位賢人，著一屠沽兒不得。」言近體詩節短音長，一字失當，足累通篇，故研練所最尙焉。薛雪一瓢詩話：「篇中鍊句，句中鍊字，練得篇中之意工到，則氣韵淸高深渺，格律雅健雄豪，無所不有，能事畢矣。」今徵古人鍊字之例，以供參稽。陵陽室中語：「賦詩十首，不如改詩一首。少陵有『新詩改罷自長吟』之句，雖少陵之才，亦須改定。」漫叟詩話：「桃花細逐楊花落，黃鳥時兼白鳥飛。」李商老云：『嘗見徐師川說，一士大夫家有老杜墨迹，其初云：「桃花欲共楊花語」，自以淡墨改三字。』乃知古人不厭改也。容齋續筆又云：「王荆公絕句，『春風又綠江南岸』。原藁綠作到，圈去，注曰：『不好。』改過字，復圈去，改爲入，旋改滿，凡如是十許字，始定爲綠。」黃魯直詩，『高蟬正用一枝鳴。』用字初作抱，又改曰占，曰在，曰帶，曰要，至用字始定。」蓋作詩不能便好，善改則瑕可爲瑜，瓦礫可爲珠玉。昔人謂「作詩如食胡桃，宣栗，剝三層皮，方有佳味。作而不改，是食有刺栗，與靑皮胡桃也。」（李沂秋星閣詩話語）是以張詠有一字之師，賈島作推敲之勢，皆求點石成金，不惜嘔心刻肝也。

夫詞性分歧，近世凡分八品，古人略別虛實兩類。詩人鍊字，兩者皆所加意者也。峴傭說詩云：「五律須講字法，荊公所謂『詩眼』也。『泉聲咽危石，日色冷青松。遠水兼天淨，孤城隱霧深』此練實字。『古墻猶竹色，虛閣自松聲。蟻浮仍蠟味，鷗泛已春聲。江山有巴蜀，棟宇自齊梁。入天猶石色，穿水忽雲根。』此鍊虛字。鍊實字有力易，鍊虛字有力難。七律下字鍊句，須解高亮二字，不高不亮，詩雖好，亦減色。講求高亮，尤須辨虛響實響。凡聲有餘意不足；或意雖足氣不沈，光太露者，皆謂之虛響」以上所言單詞也，試更言聯詞。石林詩話：「詩下雙字極難，須使七言五言之間，除去五字三字外，精神興致，全見於兩言，方為工妙。唐人記『水田飛白鷺，夏木囀黃鸝』為嘉祐詩，摩詰竊取之，非也。此兩句好處，正在添漠漠陰陰四字。此乃摩詰為于嘉祐點化，以自見其妙。如李光弼將郭子儀軍，一號令之，精采數倍。不然，嘉祐本但是詠景耳，人皆可到。要之當令如老杜『無邊落木蕭蕭下，不盡長江滾滾來』與『江天漠漠鳥雙去，風雨時時龍一吟』」近世王荊公『新霜浦溆綿綿白，薄晚林巒往往青。』與蘇子瞻『浥浥爐香初冷夜，離離花影欲搖春。』此可以追配前作。」更有一句中鍊二字者，如「石出倒聽松葉下，櫓搖背指菊花開。」鍊字不如鍊意者。（師友詩傳續錄載王士禎說，以安頓章法，慘淡經營爲鍊意。）若夫太白之「牛渚西江夜，」「蜀僧抱綠綺，」襄陽之「挂席幾千里，」摩詰之「中歲頗好道，」論者謂之「羚羊挂角無迹可求，」斯一氣清空不可以鍊句鍊字推求者也。（峴傭說詩）

(2)句法　律詩句法，莫要於對偶。文心麗詞，有言對，事對，正對，反對四者之說，非爲詩言。詩中對偶，固莫能外此也。至唐上官儀則立六對，八對之別。六對者：一曰，正名對，天地對日月是也。二曰，同類對，花葉對草芽是也。三曰，連珠對，蕭蕭赫赫是也。四曰，雙聲對，黃槐綠柳是也。五曰，疊韻對，彷徨放曠是也。六曰，雙擬對，春樹秋池是也。八對者：一曰，的名對，送酒東南去，迎琴西北來是也。二曰，異類對，風織池邊樹，蟲穿草上文是也。三曰，雙聲對，秋露香佳菊，春風馥麗蘭是也。四曰，疊韻對，放蕩千般意，遷延一介心是也。五曰，聯綿對，殘河若帶，秋月如蘭是也。六曰，雙擬對，議月眉歟月，論花頗勝花是也。七曰，回文對。情新因意得，意得逐情新是也。八曰，隔句對，相思復相憶，夜夜淚沾衣；空歎復空泣，朝朝君未歸是也。（詩苑類格）嚴羽於隔句對（扇對）外，又立「就句對」之目，如少陵「小院迴廊春寂寂，浴鳧飛鷺晚悠悠」李嘉祐「孤雲獨鳥川光暮，萬景千山海氣秋」是也。（滄浪詩話）嚴氏又謂：「律詩有徹首尾對者，少陵多此體，不可概舉。有徹首尾不對者，如孟浩然『掛席東西望，青山水國遙，軸艫爭利涉，來往接風潮。問我今何適?天台訪石橋，坐看霞色晚，疑是赤城標』。李太白『牛渚西江夜』之篇，文從字順，音韻鏗鏘，八句皆無對偶」峴傭說詩：「五言律有中二語不對者，如『倚杖柴門外，臨風聽暮蟬』是也。有全首不對者，如『掛席幾千里』『牛渚西江夜』是也。須一氣揮灑，妙極自然。」說詩晬語：「溫李擅長，固在屬對精工，然或工而無意，譬之翦綵爲花，全無生韻，弗尚也。義山『此日六軍同駐馬，當時七夕笑牽牛』，飛卿『回日樓臺非甲帳，去時冠劍是丁年』，對句用逆挽法，詩中得此一聯，便化板爲活。」說詩管蒯：「詩之屬對，固在工確，然間有自然成對處，雖字句稍借，正不害其爲佳，試觀老杜句，如

『晚涼看洗馬，森木亂鳴蟬。且食雙魚美，誰看異味重？貫看賓客兒童喜，得食階除鳥雀馴。老去詩篇渾漫興，春來花鳥莫深愁。』以今人論之，必以爲欠工確矣。」按詩中對偶，不工則失之麤，過工又或失之俗，江西詩社乃避而不用，則屬一偏之見。要在板中求活，重自然而不拘於跡象耳。

(3) 隸事　昔鍾嶸品詩，深以用事爲病。然詩由古體降至近體，有不能不以隸事爲修詞之一助者。觀王世懋藝圃擷餘曰：「今人作詩，必入故事。有持清虛之說者，謂盛唐詩卽景造意，何嘗有此？是則然矣，然未盡古人之變也。兩漢以來，曹子建出而始爲宏肆，多主情態，此一變也。自此作者多入史語。謝靈運出，而易辭莊語無所不爲用矣，又一變也。杜子美出，而百家稗官，都作雅言，馬勃牛溲，咸成鬱致。於是詩之變極矣。子美而後，而欲令人毀靚妝，張空拳，以當市肆萬人之觀，必不能也。然則古詩雖白描，自六朝間已多用典實；至唐而用事之風尤盛。居今日而言詩，專主清空一派，太羹玄酒，鮮不厭其寡味矣。」李沂秋星閣詩話亦曰：「讀書非爲詩也，而學詩不可不讀書。詩須識高，非讀書則識不高；詩須力厚，非讀書則力不厚；詩須學富，非讀書則學不富。昔人謂子美詩無一字無來處，由讀書多也。苟以精神用之於讀書，則識見日益高，力量日益厚，學問日益富，詩之神理乃日益出，詩之精采乃日益煥。何患不能樹幟於騷壇，蜚聲於後世乎？」二家論用事之道甚備。然有故尋僻奧，自炫醜博者，則黃子雲野鴻詩的病之，曰：「自漢以迄中唐，詩家引用典故，多本之於經傳史漢，事事灼然易曉。下逮温李，力不能運淸眞之氣，又度無以取勝，專搜漢魏諸秘書，括其事之冷寂而罕見者，不論其義之當與否，擒剝塡綴於詩中，以誇耀己之學問淵博，俗眼被其炫惑，皆爲之卷舌申眉，咄咄嗟賞，師承惟恐或後。二人志慮若此，又安用考厥平生而後知其邪僻哉？」蓋善使故事，必能不見痕迹，方見運用自如。若徒臚陳卷軸，如前人所譏爲點鬼簿者，翻不若羌無故實之自高也。

(4)章法　嚴羽滄浪詩話：「有頷聯，有頸聯，有發端，有落句。（卽結句。）」此言律詩之章法也。元楊載詩法家數，易「發端」爲「破題」，又分爲起承轉合。後人有恪守此說者，徐增而庵詩話曰：「解數及起承轉合，今人看得甚易，似不足學；若欲精於此法，則累十年不能盡。詩法雖多，而總歸於解數及起承轉合。正法眼藏，畢竟在此。」有主變通之說者，王世禎答劉大勤曰：「起承轉合，章法皆如此，不必拘定弟幾聯，弟幾句也。」王夫之起而駁正之。其薑齋詩話曰：「起承轉收之法，試取初盛唐律之，誰必株守此法者。法莫要於成章，立此四法，則不成章矣。且道盧家少婦一詩，作何解，是何章法？又如火樹銀花合，渾然一氣。亦知成不返，曲折無端。其他或平鋪六句以二語括之：或六七句意已無餘，末句用飛白法颺開，義趣超遠。起不必起，收不必收，乃使生氣靈通，成章而達。至若『故國平居有所思』，有所二字，虛籠喝起；以下曲江，蓬萊，昆明，紫閣，皆所思者。此自大雅來，謝客五言長篇用爲章法。杜更藏鋒不露，轉合無垠，何起何收，何承何轉？陋人之法，烏足展騏驥之足哉？」至沈德潛則主折衷之說，說詩晬語曰：「詩貴性情，亦須論法。亂雜無章，非詩也。然所謂法者，行所不得不行，止所不得不止，而起伏照應，承接轉換，自神明變化於其中。若泥定此處應如何，彼處應如何，不以意運法，轉以意從法，則死法矣。試看天地間，水流雲在，月到風來，何處着得死法？然則詩之章法，初學不可不知；然亦不得固執不化，所謂神而明之，存乎其人也。」其說較爲圓通。蓋起承轉結之說，以八比文作法論詩，僅可以悟初學，絕不足語宏達也。

(5)絕句詩之章法　絕句詩言簡意長，其詞句表見之方式，至爲繁複，茲分數類言之。

(a)關於設譬者

一、直喻例　借物喻人，用「勝」或「不及」字，以相比較。如：

皇甫曾送王司直：「西塞雲山遠，東風道路長；人心勝潮水，相送過潯陽。」

王昌齡長信怨：「奉帚平明金殿開，且將團扇共徘徊；玉顏不及寒鴉色，猶帶昭陽日景來。」

李白贈汪倫：「李白乘舟將欲行，忽聞岸上踏歌聲；桃花潭水深千尺，不及汪倫送我情。」

二、隱喻例　卽事寫景，自寓深意。如王昌齡殿前曲，言無寵者獨寒。韓翃寒食，言君恩不及他處。（王志說）溫柔敦厚，婉而多諷，非得其弦外之音者，不知其微旨也。茲錄數首以見例：

王昌齡殿前曲：「昨夜風開露井桃，未央前殿月輪高；平陽歌舞新承寵，簾外春寒賜錦袍。」

韓翃寒食：「春城無處不飛花，寒食東風御柳斜；日莫漢宮傳蠟燭，輕煙散入五侯家。」

(b)關於空間者

一、遙憶例　用遙字或應字，推想遠地情況。如：

岑參九日思長安故園「強欲登高去，無人送酒來；遙憐故園菊，應傍戰場開。」

韋應物秋夜寄丘員外：「懷君屬秋夜，散步詠涼天，山空松子落，幽人應未眠。」

王維九日：「獨在異鄉爲異客，每逢佳節倍思親；遙知兄弟登高處，徧插茱萸少一人。」

王昌齡送別魏二：「醉別江樓橘柚香，江風引雨入船涼；憶君遙在湘山月，愁聽清猿夢裏長」

二、特著例　以獨字惟字只字特著一事，使感情集中。如：

李白敬亭山：「衆鳥高飛盡，孤雲獨去閒；相看兩不厭，只有敬亭山。」

施肩吾湘竹詞：「萬古湘江竹，無窮奈怨何；年年長春筍，只是淚痕多。」

朱放亂後經淮陰：「荒村古岸誰家在，野水浮雲處處愁；惟有河邊衰柳樹，蟬聲相送到揚州。」

(c)關於時間者

一、推進例　以更字進一層寫，使兩事比較，益增人感。如：

韋應物送王校書：「同宿高齋換時節，共看移石復栽杉；送君江浦已惆悵，更上高樓看遠帆。」

陳羽戲題山居：「雖有柴門長不關，片雲高木共身閒；猶嫌久住人知處，見欲移居更上山。」

二、重題例　用又字，重提舊事。如：

張祜江南逢故人：「河洛多塵事，江南半舊游；春風故人夜，又醉白蘋洲。」

杜甫江南逢李龜年「岐王宅裏尋常見，崔九堂前幾度聞；正是江南好風景，落花時節又逢君！」

三、追憶例　此例或就見時之淒涼，追憶當年之盛況；或言昔時之希望，慨今日之已非。如：

李白越中懷古：「越王勾踐破吳歸，戰士還家盡錦衣；宮女如花滿春殿，祇今惟有鷓鴣飛。」

陳陶隴西行：「誓掃匈奴不顧身，五千貂錦喪胡塵；可憐無定河邊骨，猶是春閨夢裏人。」

(d)對照

一、時間對照例　以春秋或新舊對照言之。如：

崔國輔怨辭：「妾有羅衣裳，秦王在時作；為舞春風多，秋來不堪作。」

王昌齡從軍行：「琵琶起舞換新聲，總是關山舊別情；撩亂邊愁聽不得，高高秋月照長城。」

二、空間對照例　以東西或南北對照言之。如：

韋承慶南行別弟：「萬里人南去，三春雁北飛；未知何歲月，得與爾同歸。」

劉方平代春怨：「朝日殘鶯伴妾啼，開簾只見草萋萋；庭前似有東風入，楊柳千條盡向西。」

(e)問答

一、喚起例　此例或以第三句作喚起勢，第四句敍原因，以見鈎勒。如王翰葡萄美酒，王之渙涼州詞是也。或第三句先作假設，第四句作喚起勢，以見婉轉。如戎昱途中寄李三，張仲素塞下曲是也。錄以見例：

王翰涼州曲：「葡萄美酒夜光杯，欲飲琵琶馬上催；醉臥沙場君莫笑，古來征戰幾人回？」

王之渙涼州詞：「黃河遠上白雲間，一片孤城萬仞山；羌笛何須怨楊柳？春風不度玉門關。」

戎昱途中寄李三：「楊柳煙含灞岸春，年年攀折爲行人；好風若借低枝便，莫遣青絲掃路塵。」

張仲素塞下曲：「三戍漁陽再度遼，騂弓在臂劍橫腰；匈奴似欲知名姓，休傍陰山更射雕。」

二、餘韻例　結句用何處，不知，幾等字，作疑問式，而不解答，以見餘韻。唯五言多在句末而七言則或在末句或在第三句也。如：

王維山中送別：「山中相送罷，日莫掩柴扉；春草明年綠，王孫歸不歸？」

李益鷓鴣詞：「湘江斑竹怨，錦翅鷓鴣飛；處處湘雲合，郎從何處歸？」

李益受降城聞笛：「回樂峯前沙似雪，受降城外月如霜；不知何處吹蘆管？一夜征人盡望鄉。」

王建十五夜望月：「中庭地白樹棲鴉，冷露無聲溼桂花；今夜月明人盡望，不知秋思在誰家？」

三、答問例

李商隱漫成：「霧久詠芙蕖，何郎得意初；此時誰最賞？沈范兩尙書。」
賀知章綠柳：「碧玉妝成一樹高，萬條垂下綠絲縧；不知細葉誰裁出？二月春風似翦刀。」

(f)句調　絕詩中有對結格，有疊字格，有兼此兩格者。如：

李白宣城見杜鵑花：「蜀國曾聞子規鳥，宣城還見杜鵑花；一叫一回腸一斷，三春三月復三巴。」

一、對結例　絕詩末二句對結，本非正格，惟流水對，則仍可法。如：

杜審言贈蘇書記：「知君書記本翩翩，爲許從戎赴朔邊；紅粉樓中應計日，燕支山下莫經年。」

張敬忠邊詞：「五原春色舊來遲，二月垂楊未掛絲；即今河畔冰開日，正是長安花落時。」

二、疊字例

許渾寄湘江隱者：「潮去潮來洲渚春，山花如繡草如茵；嚴陵台下湘江水，

解釣鱸魚有幾人」（第一句疊）

趙嘏江樓懷舊：「獨上江樓思渺然，月光如水水如天；同來望月人何處？風景依稀似去年。」（第二句疊）

李商隱杜司勳：「高樓風雨感斯文，短翼差池不及羣，刻意傷春復傷別，人間惟有杜司勳。」（第三句疊）

裴交泰長門怨：「自閉長門經幾秋，羅衣溼盡淚還流；一種峨眉明月夜，南宮歌管北宮愁。」（第四句疊）

(6)描寫　魏慶之論唐人寫景狀物之句，分典重，清新，奇偉，綺麗，刻琢，自然，豪壯……諸端，茲摘其要者以示例：

氣蒸雲夢澤，波撼岳陽樓。孟浩然洞庭

天勢圍平野，河流入斷山。暢當登鸛雀樓

右典重句。

小桃初謝後，雙燕恰來時。鄭谷杏花

野色寒來淺，人家亂後稀。羅隱秋浦

右清新句。

壁壘依寒草，旌旗動夕陽。郎士元早春登城

殘星數點雁橫塞，長笛一聲人倚樓。趙嘏句

右奇偉句。

風暖鳥聲碎，日高花景重。杜荀鶴春宮怨

柳塘春水慢，花塢夕陽遲。嚴維句

右綺麗句。

雲迎出塞馬，風卷渡河旗。沈佺期送人北征

雀聲花外暝，客思柳邊春。溫庭筠江岸

右刻琢句。

飛來南浦水，半是華山雲。于武陵贈王隱人

却從城裏攜琴去，許到山中寄藥來。賈島送胡道士右自然句。

莫隨江鳥宿，寒共嶺猿愁。許渾送客歸南溪

冰橫曉渡胡兵合，雪滿窮沙漢騎迷。趙嘏平戎

右寒苦句。

吳楚東南拆，乾坤日夜浮。杜甫洞庭湖

帆飛楚國風濤闊，馬渡藍關雨雪多。杜荀鶴辭員外入關赴舉

右豪壯句。

木落山城出，湖生海棹歸。喻坦之晚泊富春

古樹老連石，急泉清露沙。溫庭筠處士盧岵山居

右工巧句。

雪侵帆景落，風逼雁行斜。趙嘏江行

楊柳風多潮未落，蒹葭霜在雁初飛。趙嘏長安與友生話舊

右精絕句。

閑花半落猶游蝶，白鳥雙飛不避人。方干題睦州環溪亭
蒼苔濁酒林中靜，碧水春風野外昏。杜甫漫興
右閒逍句。
雁斷知風急，湖平得月多。白居易松江亭
樹隔朝雲合，猿窺曉月啼。李嘉祐送人
右警策句。

(7)想像　律絕詩每依情託事，創爲幻境，以抒其襟抱者。約分數例：

甲、擬人例　詩人視一切無識之品同具感情。如：
王縉別輞川詩：「山月曉仍在，林風涼不絕，殷勤如有情，惆悵令人別。」
楊巨源折楊枝：「水邊楊柳麴塵絲，立馬煩君折一枝；惟有東風最相惜，殷勤更向手中吹。」

乙、設想例　如：
王昌齡出塞云：「秦時明月漢時關，萬里長征人未還，但使龍城飛將在，不教

胡馬渡陰山」

來鵠鷺鷥云「𡡉絲翹足傍澄瀾，消盡年光佇思閒；若使見魚無羨意，向人姿態更應閒」。

丙、想像例　如：

王翰春日思歸：「楊柳青青杏花發，年光誤客轉思家；不知湖上菱歌女，幾個春舟在若耶？」

權德輿清明日次弋陽：「自歎清明在遠鄉，桐花覆水葛溪長；家人定是將新火，點作孤燈照洞房。」

四　近體詩之派別

自嚴羽以禪論詩，有初唐，盛唐，大歷，元和，及晚唐之別，後之品藻唐詩者，莫不以初盛中晚概論一代詩人也。明高棅曰：

有唐三百年詩，衆體備矣。故有往體，近體，長短篇，五七言律，絕句等製。莫不興於始，成於中，流於變，而移之於終。至於聲律，興象，文詞，理致，各有品格高下之不同。略而言之：則有初唐，盛唐，中唐，晚唐之殊。詳而分之：貞觀，永徽之時，虞，魏諸公，稍離舊習；王，楊，盧，駱，因加美麗。劉希夷有閨帷之作，上官儀有婉媚之體。此初唐之始製也。神龍以還，洎開元初，陳子昂古風雅正；李巨山文章老宿；沈，宋之新聲；蘇，張之大手筆，此初唐之漸盛也。開元，天寶間，則有李翰林之飄逸；杜工部之沈鬱；孟襄陽之清雅；王右丞之精緻；儲光羲之眞率；王昌齡之聳俊；高適，岑參之悲壯；李頎，常建之超凡。此盛唐之盛者也。大歷，貞元中，則有韋蘇州之雅澹；劉隨州之閑曠；錢起之清贍；皇甫之冲秀；秦公緒之山林；李從一之臺閣。此中唐之再盛也。下暨元和之際，則有柳愚溪之超然復古；韓昌黎之博大其詞；張，王樂府，得其故實；元，白敍事，務在分明。與夫李賀，盧仝之鬼怪；孟郊，賈島之飢寒。此晚唐之變也。降而開成以後，則有杜牧之之豪從；溫飛卿之綺靡；李義山之隱僻；許用晦之偶對。他若劉滄，馬戴，李羣玉，李頻輩，尙能黽勉氣格，埒邁時流。此晚唐變態之極，而遺風餘韻，猶有存者焉。

茲徵列唐世詩人，分述各家平語於其下，以見當世派別之繁盛焉。

(a)初唐派　由高祖武德初至玄宗開元初，凡一百年。王勃，楊炯，盧照鄰，駱賓王，時稱四傑。蘇味道，李嶠，崔融，杜審言時稱四友。張九齡，陳子昂，沈佺期，宋之問諸家，並屬此。茲擇其著者，表而出之：——

1. 四傑——王，楊，盧，駱。　杜甫戲爲六絕句云：「王，楊，盧，駱當時體，輕薄爲文哂未休，爾曹身與名俱滅，不廢江河萬古流。」又云：「從使盧王操翰墨，劣於漢魏近風騷；龍文虎脊皆君馭，歷塊過都見爾曹。」錢謙益箋：「輕薄爲文指當時之人也。盧王之文，卽劣於漢魏，而能江河萬古者，以其近於風騷也。況其上薄風騷，而又不劣於漢魏者乎？」峴傭說詩：「王，楊，盧，駱四家體詞意婉麗，音節鏗鏘，猶紹六朝遺派，蒼深渾厚之氣，固未有也。」按近體自四家而成立，故首列之。

2. 沈佺期，宋之問。　尤袤全唐詩話云：「建安後，訖江左，詩律屢變。至沈約，庾信以音韻相婉附，屬對精密。及宋之問，沈佺期又加靡麗，回忌聲病，約句準篇，如錦繡成文，學者宗之，號爲沈宋。語曰『蘇李居前，沈宋比肩。』謂蘇武，李陵也。」按近體至兩氏而愈工，故次及之。

3. 陳子昂，張九齡。峴傭說詩：「唐宋五言古，猶紹六朝綺麗之習，惟陳子昂，張九齡直接漢魏，骨峻神竦，思深力遒，復古之功大矣。」沈德潛說詩晬語：「射洪，曲江，起衰中立，此爲勝廣。」劉熙載藝概：「唐初四子紹陳隋之舊，故雖才力迥絕，不免致人異議。陳射洪，張曲江獨能超出一格，爲李杜開先。人文所肇，豈天韻使然邪？」又曰：「曲江之感遇出於騷，射洪之感遇出於莊，纏綿超曠，各有獨至。」按二家爲近體之反動派。

(b)盛唐派　由開元間至代宗大歷初，凡五十餘年。李白，杜甫齊名。王維，李頎，高適，岑參時稱四子。又崖灝，王灣，常建，賈至，儲光義，孟浩然，王之渙，王昌齡諸人並屬之。茲表其著者：——

1. 杜甫　趙翼甌北詩話：「少陵眞本領，仍在少陵詩中『語不驚人死不休』一語。蓋其筆力豪勁，足以副其才思之所至，故深人無淺語。」微之謂其『薄風雅，該沈宋，奪蘇李，吞曹劉，掩顏謝，綜徐庾。』則似專以學力集大成，此耳食之論也。」王士禎古詩選敍錄：「詩至工部，集古今之大成；三代而下，無異詞者。七言大篇，尤爲前此所未有，後此莫及。蓋天地元氣之奧，至杜而始發之。」按工部材力傑舉，各體並工，歌行尤造極詣，惟七絕求避舊式，故以變調著稱焉。

2. 李白 甌北詩話：「青蓮集中古詩多，律詩少，蓋才氣豪邁，全以神運，自不屑束縛於格律對偶，與雕繪者爭長。然有對偶處，仍自工麗，如『洗兵條支海上波，放馬天山雪中草。』（戰城南）『邊月隨弓景，胡霜揚劍花。』（塞上曲）何嘗不研鍊，何嘗不精采邪？』王士禎曰：「七言絕句，少伯與太白爭勝毫釐，俱是神品。」按太白五七言古最稱閎肆；七絕亦妙絕當時。七言律則鮮爲之矣。

附李杜優劣論 宋魏泰臨漢隱居詩話：「元稹作李杜優劣論，先杜而後李。韓退之不以爲然，詩曰：『李杜文章在，光燄萬丈長；不知羣兒愚，那用故謗傷！蚍蜉撼大樹，可笑不自量！』爲微之發也。」甌北詩話：「韓昌黎調張籍云：『李杜文章在。』石鼓歌云：『少陵無人謫仙死。』辭留東野云：『昔年曾讀杜甫李白詩，嘗恨二人不相從。』是於二公固未嘗有軒輊，至元，白漸申杜抑李，北宋諸公皆奉杜爲正宗，而杜之名遂獨有千古。然李之名，終不因此稍減。」黃子雲野鴻詩的：「太白以天資勝，下筆敏速，時有神來之句；而麤劣淺率處亦在此。少陵以學力勝，下筆精詳，無非情摯之詞，晦翁稱其詩聖亦在此。學少陵不成者，不失爲伯高之謹飭；學太白不成者，不免爲季良之畫虎。當時稱譽，李加乎上者，太白天潢貴胄，加之先達；子美杜陵布衣，矧夫後起。若究二公優劣，李不逮多矣。然其歌行樂府，俊逸絕羣，未肯向少陵北面。」按太白詩以韻勝，少陵以意勝。太白主張復古，少陵詞貴獨創。兩人之天才學力，各不相謀，似未可强分優劣。嚴羽云：「子美不能爲太白之飄逸；太白不能爲子美之沈鬱。」信乎各有趣尚，未容高下於其間也。

3. 王，李，高，岑四子 葉燮原詩：「盛唐大家稱高，岑，王，孟。高，岑相似，而高爲稍優，孟則大不如王矣。高七古爲勝，時見沈雄，時見沖澹，不一色。其沈雄直不減杜甫。王維五律最出色，七古最無味。孟浩然諸體似乎澹遠；然無縹渺幽深思致，如畫家寫意，墨氣都無。」說詩晬語：「高，岑，王，李四家，每段頓挫處，略作對偶，於局勢散漫中求整飭也。」詩概曰：「王摩詰詩好處在無世俗之病。世俗之病，如恃才騁學，做身分，好攀引，皆是。」高適詩兩唐書本傳並稱其『以氣質自高，』今卽以七古論之，體或近似唐初，而魄力雄毅，自不可及。高常侍，岑嘉州兩家詩皆可亞匹杜陵。至岑超高實，則趣尙各有近焉。」按王，李，高，岑並稱四子，而孟浩然與王齊名，或稱王孟，諸人各自名家，爲近體律絕之正宗。

(c)中唐派　由大歷初至文宗太和九年，凡七十餘歲。若盧綸，吉中孚，韓翃，錢起，司空曙，苗發，崔峒，耿湋，夏侯審，李端，時稱十子。又韋應物，劉長卿，柳宗元，韓愈，李如珪，孟郊，賈島，劉叉，盧仝，皇甫冉，戴叔倫，李益，劉禹錫，元稹，白居易，張籍，王建，諸家並屬之。

1. 大歷十子　詩概云：「王孟及大歷十子詩皆尙淸雅，惟格止於此，而不能變，故猶未足籠罩一切。」

2. 韓愈　甌北詩話：「昌黎本色，仍在文從字順中，自然雄厚博大，不可捉摸。不專以奇險見長。」峴傭說詩：「退之五古，橫空硬語，妥帖排奡，開張處過於少陵，而變化不及。中唐以後，漸近薄弱，得退之而中興。」按劉熙載謂：「昌黎詩頗以雄怪自喜。」「昌黎詩往往以醜爲美。」兩言最爲精到。韓當時頗心折孟郊，時又並稱韓孟云。

3. 韋應物，柳宗元　峴傭說詩：「韋公古澹，勝於右丞，故與陶爲獨近。如『貴賤雖異等，出力皆有營。微雨夜來過，不知春草生。甯知風雨夜，復對此牀眠。不覺朝已晏，起來望青天。』如出五柳先生口也。柳子厚幽怨有得騷旨，而不甚似陶公。蓋怡曠氣少，沈摯語多也。」按韋學淵明，柳近康樂，唐之稱韋柳，猶晉宋之稱陶謝也。

4. 儲光羲　峴傭說詩：「儲光羲田家諸作，眞樸處勝於摩詰。」陳兆奎曰：「儲獨得陶詩之骨；柳襲陶之丰姿；宋蘇子瞻和陶，乃得其皮膚耳。惟白香亭晚年學陶，頗見精采；而以今事擬古題，動輒掣肘，尙非大雅。」（見王志注）按唐人學陶，儲氏得其神似，非韋柳所能抗手。沈德潛謂：「王右丞得其清腴，孟山人得其閒遠，儲太祝得其眞朴，韋蘇州得其冲和，柳柳州得其峻潔。」猶皮相之談也。

5. 孟郊，賈島　峴傭說詩：「孟郊，賈島並稱，謂之郊寒島瘦。然賈萬不及孟。孟堅賈脆，孟深賈淺也。」按東野，閬仙才識雖偏，而刻意孤吟，其苦澀之趣，有相同焉。

6. 元稹，白居易　甌北詩話：「中唐詩以韓，孟，元，白爲最。韓，孟尙奇警，元，白尙坦易。詩以性情爲主，奇警者弟在字句間爭難鬥險，而意味或少；坦易者多觸景生情，因事起意。眼前景，口頭語，自能沁人心脾，耐人咀嚼；此元，白較勝於韓，孟。世徒以輕俗訿之，此不知詩者也。元白二人，才力本相敵；然香山自歸洛後，益覺老幹無枝，稱心而出，視少年時與微之各以才情工力競勝者，更進一籌；故白自成大家，而元稍次。」葉燮原詩：「白居易詩，傳爲老嫗可曉，此言亦未盡然。今觀其集，矢口而出者固多；然如重賦，致仕，傷友，傷宅等篇，言淺而深，意微而顯，此風人之能事也。至五言排律，屬對精緊，使事嚴切，章法變化中，條理井然，讀之使人惟恐其盡。人亦易視白，則失之矣。元稹作意勝於白，不及白從容暇豫。白俚俗處而雅亦在其中，終非庸近可擬。二人同時得盛名，必有其實，未可輕議。」按微之，香山並以常語眞情，爲斯世斯民呻吟疾苦，直如痌瘝之在厥躬，實小雅之哀音也。惟詞怡淺易，氣弱音微，風骨不勁耳。

7. 李賀 杜牧之敍賀文，謂其「爲騷之苗裔，理雖不及，詞或過之。」其詞意瑰詭，世目之爲鬼才云。」陳兆奎曰：「昌谷五言不如七言；義山七言不如五言。一以澀鍊爲奇；一以纖綺爲巧。均思自樹一幟，然皆原宮體。宮體倡於豔歌，隴西諸篇；子建，繁欽大其波瀾；梁代父子始成格律。相沿彌永久而愈新。以其寄意閨闥，感發易明，故獨優於諸格。後之學者已莫揣其本矣。」（王志注）以長吉與商隱並稱，謂其同原宮體說雖新而甚確。

8. 盧仝，劉乂 盧仝爲月蝕詩，以譏切元和逆黨。詩豪怪奇挺，退之深所歎服，作詩和之。劉乂爲冰柱詩，亦有名。兩家詩格奇恣，皆不類于時人云。陳兆奎曰：「盧仝月蝕，劉乂冰柱，皆濫觴樂府，運以時事，自成格調。參衡李杜，俛視韓張矣。」謂其豪放險怪之習出於漢謠也。

9. 張籍，王建 白樂天讀籍詩云：「張公何爲者？業文三十春；尤工樂府詞，舉代少其人！」姚合讀籍詩云：「妙絕江南曲，凄涼怨女詩；古風無敵手，新語是人知。」王建所作宮詞，委折深婉，曲道人情，天下傳誦，與籍並以樂府得名云。

(d) 晚唐派 文宗開成初至昭宗天祐三年，凡八十餘年。若李商隱，溫庭筠，韓渥，杜牧，羅隱，許渾，馬戴，李頻，趙蝦，朱慶餘，司空圖，方千，皮日休，陸龜蒙諸人並屬之。

三十六體　段成式，李商隱，溫庭筠皆行十六，合稱三十六體。茲取諸家對於義山，飛卿之論述之。峴傭說詩：「義山七律，得於少陵者深，故穠麗之中，時常沉鬱。如重有感，籌筆驛等篇，氣足神定，直登其堂入其室矣。飛卿華而不實，牧之俊而不雄，皆非此公敵手。」野鴻詩的：「飛卿古詩，與義山近體相埒，題既無味，詩亦荒謬。若不論義理，而僅取姿態，則可矣。」按詩至晚唐，非無佳什，特情盡句中，神韻索然，不足以言風致。惟玉谿生得少陵之遺韻耳。

(e)結論　嚴氏三唐，高氏四唐之說，錢謙益嘗駁之曰：「燕公，曲江，亦初亦盛。孟浩然亦盛亦初。錢起，皇甫冉亦中亦盛。夫詩不可以若是論也。」蓋細覈當時作詩之歲月，則初盛中晚，實不易截盡畫分也。即嚴羽亦云：「盛唐人詩，亦有一二濫觴晚唐者，晚唐人詩，亦有一二可入盛唐者。」王世懋曰：「唐律由初而盛，由盛而中，由中而晚，時代聲調，故自必不可同；然亦有初而逗盛，盛而逗中，中而逗晚者。何則？逗者變之漸也，非逗故無由變。唐某之由初而盛中，極是盛衰之界。然王維，錢起，實相唱酬。子美全集，半是大歷而後，其間逗漏，亦有可言。如王右丞明到衡山篇，嘉州函谷磻溪句，隱隱錢劉，盧李間矣。至於大歷十才子，其間豈無盛唐之句？蓋聲氣猶未相隔也。學者固當嚴於格調；然必謂盛唐人無一語落中，中唐人無一語入盛，則亦固哉其言詩矣。」則三唐，四唐之說，特就大體論之耳。葉燮曰：「盛唐之詩春花也。桃李之穠華，牡丹芍藥之妍艷，其品華美貴重，略無寒瘦賤薄之態，固足美也。晚唐之詩秋花也。江上之芙蓉，籬邊之叢菊，極幽艷晚香之韻，可不爲美乎？」亦可見各期氣象，實有不同，非諸家强爲辭說也。

（五）各體之品藻

品藻藝文，人持異說，蓋主觀異趣，勢難强同。然諸家品隲唐人各體，所見不甚逕庭。茲錄王闓運論唐詩之言以示例：

三唐風尚，人工篇什，各思自見，故不復摹古。陳隋靡習，太宗已以清麗振之矣。陳子昂，張九齡以公幹之體，自抒懷抱，李白所宗也。元結，蘇渙加以排宕，斯五言之善者乎？劉希夷學梁簡文，而超豔絕倫，居然青出。王維繼之以煙霞，唐詩之逸，遂成芳秀。張若虛春江花月，用西洲格調，孤篇橫絕，竟爲大家！李賀，商隱揚其鮮潤，宋詞，元曲盡其支流，宮體之巨瀾也。杜甫歌行，自稱鮑，庾，加以時事，大作波瀾，咫尺萬里，非虛誇矣。五言維北征學蔡女，足稱雄傑；他蓋平平，無異時賢。韓愈並推李，杜，而實專於杜。但襲粗迹，故成枯獷。盧仝，劉叉得漢謠之恢奇。孟郊瘦刻，趙臺程曉之支派。白居易謌行，純似彈詞，焦仲卿妻詩所濫觴也。五言純用白描，近於高彪，應璩，多令人厭，無文故也。儲光羲學陶，屈俠氣於田間後人妄以柳，韋配之，殊非其類。應物郡齋憶山中詩，淡遠淺妙，亦從陶出，他不稱，是非名家也。讀唐詩宜博以充其氣，唯五言不須用功，汎覽而已。歌行律體，是其擅長，雖各有本原，當觀其變化爾。

按王氏之說，至爲宏通，今更析論各體，歷徵諸家之說而權論之。

1. 五律　宋犖漫堂說詩：「律詩盛於唐，而五言律尤盛。神龍以後，陳，杜，沈，宋開其先，高，岑，王，孟諸家繼起，卓然名家。子美變化尤高，在牝牡驪黃之外。降而錢，劉，韋，柳，清辭妙句，令人一唱一歎。卽晚唐刻畫景物之作，亦足怡閒情而發幽思。始信十子爲唐人絕調。」沈德潛唐詩別裁集凡例：「五言律陰鏗，何遜，庾信，徐陵已開其體；唐初人研揣聲音，穩順體勢，其製大備，神龍之世，陳，杜，沈，宋如渾金璞玉，不須追琢自饒名貴；開寶以來，李太白之穠麗，王摩詰孟浩然之自得，分道揚鑣，並推極勝。杜少陵獨開生面，寓從橫顛倒於整密中，故應超然拔萃。終唐之世，變態雖多，無有越諸家之範圍者矣。」姚鼐今體詩鈔敍曰：「陳拾遺，杜修文，沈，宋，曲江，此爲開元以前之傑。盛唐人詩固無體不妙，而尤以五言律爲最；此體中又當以王，孟爲最，以禪家妙悟論詩者正在此耳。盛唐人禪也，太白則仙也，於律體中以飛動票姚之勢，運曠遠奇逸之思，此獨成一境者。杜公今體四十字中，包函萬象，不可謂少；數十韻百韻中，運掉變化，如龍蛇穿貫，往復如一綫，不覺其多，讀五言至此，始無餘憾。中唐大歷諸賢，尤刻意於五律，其體實宗王，孟，氣則弱矣，而韻猶存。貞元以下，又失其韻。其有警拔，蓋亦希矣。晚唐之才固愈衰，然五律有望見前人妙境者，轉賢於長慶諸公，此不可以時代限也。元微之首推子美長律，然與香山皆以多爲貴，精警缺焉，余盡不取；惟玉谿生乃略有杜公遺響耳。」綜觀諸說，並以陳，杜，沈，宋啟初唐之新聲；太白，少陵集諸家之大成；王，孟，高，岑各自名家；錢，劉，韋，柳工力悉敵；義山獨步晚世，工部遺風猶有存焉者矣。

2. 七律　沈德潛曰：「七言律平敍易於徑直，雕鏤失之佻巧，比五言更難。初唐英華乍啟，門戶未開，不用意而自勝。後此，摩詰，東川春容大雅。時，崔司勳，高散騎，岑補闕諸公，實爲同調；而大歷十才子及劉賓客，柳柳州其紹述也。少陵胸次閎闊，議論開闢，一時盡掩諸家，而義山詠史其餘響也。外是，曲徑旁門，雅非正軌。」姚鼐曰：「初唐諸君正以能變六朝爲佳，至盧家少婦一章，高振唐音，遠包古韻，此是神到之作，贈送諸篇當取冠一朝矣！右丞七律能備三十二相，而意興超遠；有雖對榮觀，燕處超然之意。宜獨冠盛唐諸子。于鱗以東川配之，此一人私好，非公論也。杜公七律含天地之元氣，包古今之正變，不可以律縛，不可以盛唐限者。大歷十才子以隨州爲最，其餘諸賢亦各有風調，至於長慶，香山以流易之體，極富贍之思，非獨俗士奪魄，亦使勝流傾心。然滑俗之病，遂至濫惡，後皆以太傅爲藉口矣，非愼取之，何以維雅正哉？玉谿生雖晚出，而才力實爲卓絕。七律佳者，幾欲遠追拾遺；其次者，猶足近掩劉，白。弟以矯敝滑易，用思太過，而僻晦之敝又生。要不可不謂之詩中豪傑士矣。唐末詩人，才力既異於前，而習俗所移，又難振拔，故傑出益少，然亦未嘗無佳句也。」兩家並以工部渾成揮霍冠絕一時。其餘王維，李頎，崔曙，張渭，高適，岑參諸人，品高韻遠，各有雅致。大歷十才子後，夢得，隨州骨幹開張，韻致較遜，香山用常得奇，柳州哀怨有節。樊南深情緜邈，其綺密瓌妍，非晚唐雕繪者所可比擬。明嘉靖諸子，推崇東川，不減少陵，姚氏闢之，皆一家之偏見也

3. 五言長律　沈德潛曰：「五言長律貴嚴整；貴勻稱；貴屬對工切；貴血脈動盪。唐初應制贈送諸篇，王，楊，盧，駱；陳，杜，沈，宋，燕，許，曲江，並皆佳妙。少陵出而瑰奇宏麗，變動開合，後此無能爲役。元，白長律滔滔百韻，使事亦復工穩；但流易有餘，變化不足，故寧舍旃。」所見視五律無殊。

4. 七言歌行　王闓運曰：「自五言興而卽有七言，而樂府琴曲希以贈答。至唐而大盛。凡四言五言所施，皆有以七言代之者，而體製殊焉。初唐猶沿六朝，多宮觀閨情之作；未久而用以贈答，送別分題，或拈一物一事爲興，篇末乃致其意；高岑，王維諸篇其式也。李白始爲敍情長篇，杜甫亟稱之，而更擴之；然猶不入議論；韓愈

入議論矣苦無才思，不足運動；又往往湊韻，取姸鈎奇，其品益卑，駸駸乎蘇，黃矣。元，白歌行，全是彈詞；微之頗能開合，樂天不如也。今有一壯夫擊缶喧呼，口言忠孝；有一盲女調弦曼聲，搬演傳奇，人將喜喧叫而屏弦索耶？抑姑退壯夫而引盲女也？韓，白之分，亦猶此矣。張籍，王建因元，白諷諫之意而述民風；盧仝，李賀去韓之粗獷而加恢詭；鄭嵎，陸龜蒙等爲之而木訥纖俗；李商隱之流又嫌晦澀；其中如敘事抒情諸篇不免辭費，猶不及元，白自然也。李東川詩歌十數篇，實兼諸家之長而無其短；參之以高岑，王李之澤，運之以杜，元之意，則幾之矣。元次山又自一派，亦小而雅。」（王志）蓋以歌行一體，或破空而起，或層疊以進，其結局或戛然而止，或悠然不盡，中間要必離合斷續，曲折洄漩，於蒼莽雄直之中，不失其嚴整警飭之致，斯盡長篇之能事。李，杜才高氣盛，於此各造其極；元，白趨於淺易，盧，李力求恢奇，並稱作者。至謂「昌黎粗獷，義山晦澀，東川兼諸氏之長」，則王氏洞微之言，信乎其不可易也。

5. 五絕七絕　沈德潛曰：「五言絕句，右丞之自然，太白之高妙，蘇州之古澹，並入化機。而三家中太白近樂府，右丞，蘇州近古詩，又各擅勝場也。他如崔顥長干曲，金昌緒春怨，王建新嫁娘，張祜宮詞等篇，雖非專家，亦稱絕調。七言絕句以語近情遙，含吐不露爲主。只眼前景口頭語，而有弦外音，味外味，使人神遠，太白有焉。王龍標絕句深情幽思，意旨微茫」（說詩晬語）王士禎曰：「五言：初唐王勃獨爲擅場，盛唐王，裴，輞川唱和，工力悉敵，劉須溪有意抑裴，謬論也。李白氣體高妙；崔國輔原本齊梁，韋應物本出右丞，加以古澹。七言：初唐風調未諧，開元，天寶諸名家無美不備；李白王昌齡尤爲擅場。」兩家並以右丞，太白，蘇州最工五絕；太白，龍標工於七絕。蓋以太白寫景入神，龍標言情造極。李之覽勝紀行，王不能尙；王之宮詞樂府，李不能加。此王李之別也。右丞五言，澹而能濃；龍標七言，似濃實淡。則又二王之別也。至求「壓卷之作」，亦以好尙不同，各持殊說。李攀龍推王昌齡秦時明月，王世貞推王翰葡萄美酒，則主乎氣。王士禎推王維之渭城，李白之白帝，王昌齡之奉帚平明，王之渙之黃河遠上，則主乎神。沈德潛推李益之回樂峯前，柳宗元之破額山前，劉禹錫之山圍故國，杜牧之之烟籠寒水，鄭鄌谷之揚子江頭，則以興爲主矣。

（說詩晬語）

（六）五七言之比較

劉熙載藝槩曰：「五言上二字下三字，足當四言兩句；如『終日不成章』之於『終日七襄，不成報章』是也。七言上四字下三字，足當五言兩句；如『明月皎皎照我牀』之於『明月何皎皎，照我羅牀幃』是也。是則五言乃四言之約，七言乃五言之約矣。太白嘗有『寄興深微五言不如四言，七言又其靡也』之說，此特意在尊古耳，豈可不達其意而忘增閒字以爲五七哉？」按五言雍容，較四言之渾朴爲優，七言委宛，又較五言之平澹者爲進；故四言終於晉代之嵇康，（王闓運說）七言盛於三唐以後。惟五言一體，鍾嶸謂爲居文詞之要，故至今仍與七言並存而不廢也。蓋以言情境，則平澹天眞，宜於五言；豪蕩感激，宜於七言。五言尚安恬，七言尚揮霍。以言難易，則五言無閒字易，有餘味難；七言有餘味易，無閒字難。（並劉氏藝概說）既各有難易，又各有所宜，故當相提並論，無庸妄分優劣，強作解人也。

本章參考書

全唐詩

徐焯全唐詩錄

席啟庸唐詩百名家全集

以上總集

洪邁唐人萬首絕句選

王士禎唐人萬首絕句選

元好問唐詩鼓吹

高棅唐詩品彙

王士禎唐賢三昧集

沈德潛唐詩別裁集

姚鼐五七言今體詩鈔

以上選本

孟棨本事詩

計有功唐詩記事

嚴羽滄浪詩話

張戒歲寒堂詩話

楊愼升庵詩話

王世貞藝苑巵言

李東陽懷麓堂詩話

王夫之薑齋詩話

王士禛師友詩傳錄　又續錄　又漁洋詩話

宋犖漫堂說詩

徐增而庵詩說

沈德潛說詩晬語

葉燮原詩

錢木庵唐音審體

馬位秋窗隨筆

黃子雲野鴻詩的
李沂秋星閣詩話
李重華貞一齋詩話
峴傭說詩
趙翼甌比詩話
陳兆奎王志（論詩）
顧震福詩學
黃節詩學
以上詩平

第八章　論唐五代及兩宋詞

（一）詞之起原

詞之爲訓，意內言外（說文解字），本屬表意之言詞；後人以調有定格，句有定言，韻有定聲之文謂之爲詞；蓋引申借用，以示區別於古今體詩也。溯詞之起原，為說不一，約分兩派：

1. 詩餘說　文體明辨曰：「詩餘謂之塡詞。」此所謂詩，又有異說：

(A) 三百篇之餘　徐釚詞苑叢談引藥園閒話曰：

詞者詩之餘也。然則詞果有合於詩乎？曰按其調而知之也。殷雷之詩曰：「殷其雷在南山之陽」此三五言調也。魚麗之詩曰：「魚麗於罶，鱨鯊。」此二四言調也。還之詩曰：「遭我乎猺之間兮，並趨從兩肩兮。」此六七言調也。江汜之詩曰：「不我以，不我以。」此疊句調也。東山之詩曰：「我來自東，零雨其濛，鸛鳴於垤，婦歎於室。」此換韻調也。行露之詩曰：「厭浥行露。」其二章曰：「誰謂雀無角？」此換頭調也，凡此煩促相宣，短長互用，以啟後人協律之原，豈非三百篇實祖禰哉？

(B) 樂府之餘　困學紀聞曰：

古樂府者，詩之旁行也。詞曲者，古樂府之末造也。

又汪森詞綜敘曰：

自古詩變而爲近體，而五七言絕句，傳於伶官；樂部長短句無所依，不得不變爲詞。

(C)絕句之餘　方成培香研居詞麈曰：

自五言變爲近體，樂府之學幾絕。唐人所歌多五七言絕句，必雜以散聲，然後可被之筦弦。如陽關必至三疊而後成音，此自然之理也。後來遂譜其散聲，以字句實之，而長短句興焉。故詞者所以濟近體之窮，而上承樂府之變也。

2. 新聲說　成肇麐唐五代詞選敍曰：

十五國風息而樂府興，樂府微而歌詞作，其始也皆非有一成之律以爲範也。抑揚抗隊之音，短修之節，運轉於不自已，以蘄適歌者之吻；而終乃上躋於雅頌，下衍爲文章之流別。詩餘名詞，蓋非其朔也。唐人之詩未能胥被弦筦，而詞無不可歌者。

按前舉兩說，似彼此相反，而實無牽牾。蓋詞之初生，有增改舊調以塡新詞，有沿用舊調塡詞，亦有特創新調以製詞者。前兩者並詩餘說所持之理論，後者則新。

聲說之根據也。至謂詞原於三百篇，或古樂府，則時代相去太遠，實難傅會。三百篇中雖多一二言至八九言之長短句，究於詞中長短句之平仄有定格者不同；固不得以其疊句，換韻，換頭等式，偶爾同符，遂謂彼此相翕應也。若夫詞皆可歌，誠樂府之流別；然一代有一代之樂，唐宋樂府與漢魏樂府不相沿襲，詞與樂府詩更不容混爲一談也。今定詞由唐詩嬗變，及當代特製新聲兩類，試詳考之：——

3. 由五七言絕詩變爲詞者。

朱子語類言其嬗變之理，由於泛聲。其說曰：

古樂府只是詩中泛聲，後人怕失却那泛聲，逐一添個實字，遂成長短句，今曲子便是。

此其所謂「泛聲」，沈括謂之「和聲」。夢溪筆談曰：

詩之外又有和聲，則所謂曲也。古樂府皆有聲有詞，連屬書之。如曰「賀賀賀」「何何何」之類，皆和聲也。今筦絃之中纏聲亦其遺法也。唐人乃以詞塡入曲中，不復用和聲。

與朱子語類說相符。全唐詩附錄亦曰：

唐人樂府原用律絕等詩，雜和聲歌之。其並和聲歌作實字，長短其句以就曲拍者爲塡詞。

上舉三說，明詩流爲詞，由於塡實泛聲，遂變五七言爲長短句，其理昭著。故胡仔苕溪漁隱叢話謂：「唐初歌詞，多是五七言詩，初無長短句，自中葉以後至五代，漸變成長短句，及本朝則盡爲此體。今所存者止瑞鷓鴣，小秦王二闋，並七言絕句而已。瑞鷓鴣猶依字可歌，小秦王必須雜以虛聲乃可歌耳。」王灼碧雞漫志亦曰：「唐時古意，亦未全喪，竹枝，浪淘沙，抛毬樂，楊柳枝，乃詩中絕句而定爲歌曲。故李太白清平調詞三章皆絕句。」是瑞鷓鴣，小秦王，竹枝，浪淘沙等調，後世爲詞，唐人逕歌絕句詩，中加泛聲而已。試更徵其嬗變之迹，著之於篇。

(A)詞式之同於五言詩者　李端拜新月詞曰：

開簾見新月，便卽下階拜；細語人不聞，北風吹裙帶。

杜文瀾詞律補遺曰：「此卽唐仄韵五言絕句，而語氣微拗。塡此者平仄當從之，調見詞譜。」他若紇那曲，羅貢曲，一片子，何滿子，三臺令，楊柳枝，醉公子，長命女，長相思等，皆同於五絕詩也。又無名氏醉公子詞曰：

門外猧兒吠，知是蕭郎至，剗襪下香階，寃家今夜醉。 扶得入羅幃，不肯解羅衣，醉則從他醉，還勝獨睡時。

懷古錄謂此爲唐人詞，其前半協仄韻，後半協平韻，與怨回紇，生查子，四換頭同爲五言八句之律詩，而韻調不同。

(B)詞式之同於七言詩者。 王麗眞字字雙詞曰：

牀頭錦衾斑復斑，架上朱衣殷復殷，空庭明月閒復閒，夜長路遠山復山。

按此七言絕詩也。特每句協韻耳。又徐昌圖木蘭詩詞曰：

沈檀烟起盤紅霧，一箭霜風吹繡戶。漢宮花面學梅妝，謝女雪詩裁柳絮。 長垂夾幕孤鸞舞，旋炙銀笙雙鳳語，紅窗酒病嚼寒冰，冰損相思無夢處。

則形式同於七言律詩，而變其韻律耳。

(C)離合五七言詩而爲詞者。 馮延己拋毬樂曰：

逐勝歸來雨未晴，樓前風重草烟輕，谷鶯語軟花邊過，水調聲長醉裏聽；款舉金觥勸，誰是當筵最有情？

此詞由七言五句與五言一句相合，卽離合五七言而成之詞也。又白居易憶江南詞曰：

江南憶，最憶是杭州。山寺月中尋桂子，郡亭枕上看潮頭。何日更重游？

此詞第一句爲獨立之三言；餘則爲五七言詩句。

(D)增減五七言詩而爲詞者。 張志和漁歌子曰：

西塞山前白鷺飛，桃花流水鱖魚肥，青篛笠，綠簑衣，斜風細雨不須歸。

此詞本七絕詩每句成於「上四」「下三」之句調；惟第三句減一字而爲「上三」「下三」兩句，其嬗變之跡，仍易見也。又韓翃章臺柳詞曰：

章臺柳，章臺柳，昔日青青今在否？從使長條如舊垂，也應攀折他人手。

此詞變七言之第一句，餘同絕詩。又白居易花非花詞曰：

花非花，霧非霧，夜半來，天明去。來如春夢不多時，去似朝雲無覓處。

此變七言之第二句者。又鄭符閒中好詞曰：

閒中好，盡日松爲侶，此趣人不知，輕風度僧語。

此減五絕中之首句爲三言也。

(E)塡泛聲和聲於五七言詩而爲詞者。

唐玄宗好時光詞曰：

寶髻「偏」宜宮樣，「蓮」臉嫩，體紅香，眉黛不須「張敞」畫，天教入鬢長，莫倚傾國貌，嫁取「箇」有情郎，彼此當年少，莫負好時光。

此詞本五言八句之詩，中間「偏」「蓮」「張敞」「箇」等字，劉毓盤疑其「本屬和聲，後人改作實字」者，可信也。又顧夐楊柳枝詞曰：

秋夜香閨思寂寥，「漏迢迢」；鴛幃羅幌麝煙消，「燭光搖」；正憶玉郎游蕩去，「無尋處」；更聞簾外雨瀟瀟，「滴芭蕉」。

此詞本七言四句詩，中插三言四句，皆屬和聲；猶竹枝詞中之「竹枝」「女兒」，采蓮子中之「舉棹」「年少」等插句也。又白居易長相思詞曰：

深畫眉，「淺畫眉，」蟬鬢鬅鬙雲滿衣，陽臺行雨時。
巫山高，「巫山低，」莫雨瀟瀟郎不歸，空房獨守時。

此詞第一句三言，第二句七言，第三句五言。其「淺畫眉」及「巫山低」兩句則並插入之和聲也。

(F)由六言詩嬗變之詞。無名氏塞姑詞曰：

昨日盧梅塞口，整見諸人鎮守，都護三年不歸，折盡江邊楊柳。

此詞成於六言詩。又王建調笑詞曰：

「團扇團扇，」美人病來遮面，玉顏憔悴三年，誰復商量管弦？「絃管絃管，」春草昭陽路斷。

此亦六言四句詩中插「團扇團扇，」「絃管絃管」兩句和聲。又白居易宴桃原詞曰：

前度小花靜院，不比尋常時見，見了又還休，愁卻等間分散。斷腸斷腸，記取釵橫鬢亂。

此六言四句詩中插「見了又還休」五言一句及「斷腸斷腸」四字泛聲也。

4. 由新聲譜詞者　前述由詩嬗變諸詞外，亦有當代新聲，與五七言詩絕不相蒙者。此其原因，(一)由音樂關係。隋唐以降，所傳讌樂，惟清商一部，猶是華夏正聲。餘則西涼，天竺，高麗，龜茲……等域外之音，流傳中土。(詳見前平樂府詩第四節引樂府詩集(10)近代曲詞中) 雖唐人悉用律詩絕句，譜入樂章；然其短長曲折，未必盡符；於是或增加泛聲，或延長音讀，牽強傅會，補苴彌縫；終不如順其自然，案譜塡字。由是詩變爲詞，此其原因一也。(二)由文學趨勢。自東漢以降，五七言依次發生，律絕體浸以形成，格律既定，變化無聞，舉凡樂工所歌，詩人所詠，莫能自製異曲，別譜新詞。積久弊生，窮則反始，後由定言之五七言詩，變爲不定言之長短句，此文學自然之趨勢，嬗變之原因又其一也。原是兩因，中唐之詞，與律絕詩形式大氐近似；至晚唐人詞，則長言短韻，儀態萬方，與律絕詩形式相去日遠，乃獨立而成一新文體矣。試取温庭筠諸作證之。河傳詞曰：

江畔，相喚，曉妝鮮，仙景箇女采蓮；請君莫向那岸邊，少年，好花新滿船。　紅袖搖曳逐風輭，垂玉腕，腸向柳絲斷；浦南歸，浦北歸，莫知，晚來人已稀。

此詞二言三言，五言，六言七言俱備，與律絕詩有別。又其蕃女怨曰：

萬枝香雪開已遍，細雨雙燕，鈿蟬箏，金雀扇，畫梁相見，鴈門消息不歸來，又飛回。

亦備具三言，四言，七言，與近體詩迥不侔也。

總上所述，知詞由詩餘及新聲兩部成立，故兩說似相矛盾而實無章牾。固不必如徐釚上溯原於梁武帝江南弄，沈約六憶詩，而後知詞之由來也。

（二）詞之體製

自草堂詩餘有小令，中調，長調之別，後人因之；毛先舒塡詞名解遂謂：「五十八字以內爲小令；自五十九字始至九十字止爲中調；九十一字以外者俱長調。此古人定例也。」萬樹駁之曰：「此就草堂所分而拘執之。所謂定例，有何所據？若以少一字爲短，多一字爲長，必無是理。如七娘子有五十八字者，有六十字者，將名之曰小令乎？抑中調乎？如雪獅兒有八十九字者，有九十二字者，將名之曰中調乎？抑長調乎?」按樂家名令，引，近，慢曰小令，中調，長調，僅渾括之辭，取便流俗，初非定論，不足以概論一切詞體也。言詞之體製者，以張炎之論爲較詳。詞原曰：

自隋唐以來，聲詩間爲長短句，至唐人則有尊前花間集。訖於崇寧，立大晟府，命周美成諸人，討論古音，審定古調，淪落之後，少得存者；由是八十四調之聲稍傳，而美成諸人，又復增慢曲，引，近，或移宮換羽，爲三犯，四犯之曲，按月律爲之，其曲遂繁。

此言詞之起，初有小令。其後引長小令，謂之引詞，又曰近詞。更引而愈長則爲慢詞。慢者曼也，謂曼聲而歌者也。唐五代作家，無以慢詞著者。（草堂錄陳後主秋霽詞，凡一百四十字，詞律辨爲僞託。）慢詞蓋興於宋世，至大晟府中乃益增盛。此其繁衍之次第也。詞原又論音譜曰：

有法曲，有五十四大曲，有慢曲。若曰法曲，則以倍四頭管品之，（卽篳篥也）其聲新越。大曲則以倍六頭管品之，其聲流美，卽歌者所謂曲破。如望瀛，如獻仙音，乃法曲，其原自唐來。如六么，如降黃龍，乃大曲，唐時鮮有聞。

則於令，引，近，慢之外，又有法曲，大曲兩者，茲列舉而詳釋之：

1. 令　宋翔鳳樂府餘論曰「詩之餘先有小令。」又曰：「詞自南唐以後，但有小令。」

2. 引，近　樂府餘論曰：「以小令微引而長之，於是有陽關引，千秋歲引，江城梅花引之類。又謂之近，如訴衷情近，祝英臺近之類，以音調相近，從而引之也。

3. 慢曲　樂府餘論曰「引而愈長者則爲慢。慢與曼通；曼之訓，引也，長也。如木蘭花慢，長亭怨慢，拜新月慢之類；其始皆令也。亦有以小令曲變無存，遂去慢字，亦有別製名目者。」又曰：「慢詞蓋起宋仁宗朝。中原息兵，汴京繁庶，歌臺舞席，競賭新聲。耆卿失意無俚，流連坊曲，遂盡收俚俗語言，編入詞中，以便使人傳習。一時動聽，散播四方。其後東坡，少游，山谷輩，相繼有作，慢詞遂盛。」按碧雞漫志云：「今大石調念奴嬌，世以爲天寶間所製曲，予固疑之；然唐中葉漸有今體曲子。」是中唐已有慢詞，至宋世乃益盛耳。

4. 犯調　詞原曰「或移宮換羽，爲三犯，四犯者。」則言慢曲成因之一種，由於八十四調中移此換彼，使之變化也。姜夔曰：「凡曲言犯者，謂以宮犯商，商犯宮之類。如道宮上字住，雙調亦上字住，所住字同，故道曲中犯雙調，或雙調曲中犯道調。其他準此。」又曰：「十二宮所住之字各不同，不容相犯。」按三犯，四犯者，謂一曲中犯他曲之腔至於三種四種也。凡曲必須住字相同（一宮調中各曲發收之聲爲住字）方能相犯，否則不容紊亂也。（詳說見後）

5. 法曲　郭茂倩樂府詩集曰：「法曲起於唐，謂之法部。其曲之妙者，有破陣樂，一戎大定樂，長生樂，赤白桃李花；餘曲有堂堂，望瀛，霓裳羽衣，獻仙音，獻天花之類，總名法曲。」按唐書禮樂志云：「初隋有法曲，其音清而近雅。」則法曲起原隋世，故其音近古也。

6. 大曲　碧雞漫志曰：「凡大曲有散序，靸，排遍，攧，入破，虛催，實催，衮遍，歇拍，殺衮，始成一曲，此謂大遍。而涼州排遍，余曾見一本有二十四段。後世就大曲製詞者，類從簡省，而管弦家又不肯從首至尾吹彈，甚者學不能盡。」按大曲排遍至多，謂之大遍；後世所傳大曲，有不及十遍者，則以詞家樂家率從簡省耳。又蔡寬夫詩話曰：「近時樂家，多爲新聲，其音譜暫移，類以新奇相勝，故古曲多不存。頃見一教坊老工言惟大曲不敢增損，往往猶是唐本，而弦索家守之尤嚴。」洪邁容齋隨筆亦曰：「今世所傳大曲，皆出於唐。」則大曲亦起於唐世不得謂爲無聞也。

7. 曲破　王國維曰：「宋時舞曲，尙有曲破。宋史樂志：『太宗洞曉音律，製曲破二十九。』此在唐五代已有之，至宋時又藉以演故事。史浩鄮峯眞隱漫錄之劍舞卽是也。……其樂有聲無詞，且於舞蹈之中，寓以故事，頗與唐之歌舞戲相似。而其曲中有破，有徹，蓋截大曲入破以後用之也。（宋元戲曲史）

8. 傳踏　王氏又曰：「其歌舞相兼者，則謂之傳踏。（曾慥樂府雅詞上）亦謂之轉踏。（王灼碧雞漫志三）亦謂之纏達。（夢粱錄二十）北宋之轉踏，恒以一曲連續歌之。每一首詠一事者，共若干首，則詠若干事。然亦有合若干首而詠一事者，碧雞漫志謂：『石曼卿作拂霓裳轉踏，述開元天寶遺事』是也。其曲調惟調笑一調用之最多。

9. 鼓吹曲　王氏又曰：「傳踏僅以一曲反復歌之。曲破與大曲，則曲之遍數雖多，然仍限於一曲至合數曲而成一樂者，惟宋鼓吹曲中有之。宋大駕鼓吹，恒用導引，六州，十二時，三曲。梓宮發引，則加祔陵歌。虞主回京，則加虞主歌，各爲四曲。南渡後郊祀，則於導引，六州，十二時三曲外，又加奉禋歌，降仙臺二曲，共爲五曲。合曲之體例，始於鼓吹見之。」

10. 諸宮調　王氏又曰：「求之通常樂曲中，合諸曲以成全體者，則自諸宮調始。諸宮調者，小說之支流而被之以樂曲者也。碧雞漫志：『熙寧，元豐間，澤州孔三傳始創諸宮調古傳，士大夫皆能誦之。』夢粱錄云：『說唱諸宮調，昨汴京有孔三傳，編成傳奇靈怪，入曲說唱。』東京夢華錄紀崇觀以來瓦舍伎藝，有孔傳三耍秀才諸宮調。武林舊事所載諸色伎藝人，諸宮調傳奇有高郎婦等四人，則南北宋均有之，今其詞尚存者，惟金董解元之西廂耳。」又曰：「董解元西廂，沈德符野獲編妄以爲金大院本，以余考之，確爲諸宮調無疑。……其所以名諸宮調者，則由宋人所用大曲傳踏，不過一曲，其在同一宮調中甚明。惟此編每宮調中多或十餘曲，少或一二曲，卽易他宮調，合若干宮調以詠一事，故謂之諸宮調也。

11. 賺詞　王氏又曰「賺詞者，取一宮調之曲若干，合之以成一全體，此體久爲世人所不知。案夢粱錄：『紹興年間有張五牛大夫因聽動鼓板中有太平令或賺鼓詞，卽今拍板大節抑揚處是也。遂撰爲賺。賺者，誤賺之義，正堪美聽中不覺已至尾聲，是不宜爲片序也。又有覆賺，其中變花前月下之情及鐵騎之類』云云。是唱賺之中，亦有敷演故事者，今已不傳。其常用賺詞，余始於事林廣記中發見之。」

12. 雜劇詞　王氏又曰：「武林舊事所載宮本雜劇段數，多至二百八十本。就此精密考之，則其用大曲者一百有三，用法曲者四，用諸宮調者二，用普通調者三十有五。」

上舉十二體，由令引近以至各種曲詞，其由簡趨繁，嬗變之迹，可以概見。亦有從各類曲詞中，摘取其一段而塡詞者，則爲摘遍。

13. 摘遍　任訥曰：「詞中摘遍一體，乃宋人從大曲或法曲內，摘取其一遍，單譜而單唱之，遂離原來之大遍，而爲尋常之散詞矣。此種較其他散詞之來原固然不同；卽與大曲就本宮調所製之引，慢，近，令，亦略有異。蓋摘遍乃摘取大曲中之一原遍，句法不更。如趙以夫虛齋樂府中之薄媚摘遍，乃摘取薄媚大曲中入破第一之一遍，句法全與入破第一相合。若就大曲本宮調所制之引，慢，令，近，則所以制者，或僅取大曲中某遍爲本，從而增損變化之，所有句法，不必即同原遍也。」（詞曲研究法）更有所謂序子者，世多未明。

14.序子　詞原下曰：「外有序子，與法曲散序中序不同。法曲之序一片，正合均拍；俗傳序子四片，其拍破碎，故纏令多用之。繩以慢曲八均之拍不可，又非漫二急三拍，與三臺相類也。」任訥曰：「此乃慢詞中最長之一體，實與普通之慢曲長調不同，張氏明白言之，而自來詞家鮮注意者，其例則今日尚有鶯啼序一詞可驗也。」（詞原法斠）更就詞之組織觀之，有疊韻聯章諸歌法，試依次述之。

15.疊韻詞　任訥曰：「疊韻一體，乃將尋常雙調之體，用原韻再疊一倍，成爲四疊也。例如晁無咎琴趣外篇卷一有梁州令疊韻，四疊一百字。疊韻句法，與令之句法大同小異，分明是疊梁州令而成梁州令疊韻也。此種組織，與他種散詞情形不同，與不換頭之雙調，方法頗類。」（詞曲研究法）

16. 聯章詞　任訥曰：「多詞詠一題者，如樂府雅詞卷上之九張機，九首相聯，而祇詠一題。分題聯章，指用一調而詠四時八景或作十二月鼓子詞等，各首分題，而又以系統相聯者。其演故事者，如宋人之八首十二首調笑轉踏，每首演一美人事迹，是爲每詞演一事者。如宋趙令畤之十首蝶戀花，僅演一崔張故事，是爲多詞演一事者。」按此卽前述之傳踏也。任氏又作詞體表，錄之如次：

1. 散詞
   - 令……引，近……慢……犯調……摘遍……序子
   - 單調……雙調……三疊……四疊……疊韻
   - 不換頭……換頭……雙拽頭
2. 聯章詞
   - 一題聯章……分題聯章
   - 演故事者——每詞演一事者……多詞演一事者（傳踏）
3. 大遍——法曲……大曲……曲破
4. 成套詞——鼓吹詞……諸宮調……賺詞
5. 雜劇詞——用尋常詞調者……用法曲者……用大曲者……用諸宮調者

（三）詞之聲律

詞原下云：「詞以協音爲先。音者何？譜是也。古人按律製譜，以詞定聲，此正聲依永，律和聲之遺意。」按前人製詞，先隨宮以造格，後遵調以塡詞。故必先知音律，次明詞譜，次辨字音。茲分述之。

1. 音律　詞麈云：「腔出於律，律不調者，其腔不能工。然必熟於音理，然後能製新腔。」按古人言音律之書，莫詳於詞原。其上卷凡十四章，一曰：「五音相生」，二曰：「陽律陰呂合聲圖」；三曰：「律呂隔八相生圖」；四曰：「律呂隔八相生」；五曰：「律生八十四調」；六曰：「古今譜字」；七曰：「四宮淸聲」；八曰：「五音宮調配屬圖」；九曰：「十二律呂」；十曰：「管色應指字譜」；十一曰：「宮調應指譜」；十二曰：「律呂四犯」；十三曰：「結聲正譌」；十四曰：「謳曲指要」。鄭文焯詞原斠律，擧其說校而正之，於音律原理思過半矣。特自宋訖今，舊譜零落，詞遂不復可歌。求如楊纘論詞，首嚴協律者，竟不可得耳。爰就宮調，犯調言之。

(A) 宮調　毛奇齡西河詞話：「古者以宮，商，角，徵，羽，變宮，變徵之七聲，乘十二律，得八十四調。後人以宮，商，羽，角之四聲，乘十二律，得四十八調云。徵聲與二變不用。四十八調，宋人詞猶分隸之。其調不拘長短，有屬黃鐘宮者，有屬黃鐘商者，皆不相出入」按古法宮調，凡八十有四。蓋以七音乘十二律而得之數也。後之樂工，舍繁趨簡，於七音之中，去其徵聲及變宮，變徵，僅存四音，以四音乘十二律，則得四十八調也。（八十四調之目，詳於詞原，茲不備列。）其組織法，以調之首尾二音為「主調音」，如用黃鐘宮以宮主調者，謂之黃鐘宮。以商主調者，謂之黃鐘商。推之：黃鐘角，黃鐘變（即清角），黃鐘徵，黃鐘羽，黃鐘閏（即變宮）其調凡七，推之：用大呂，太簇，夾鐘，姑洗，仲呂，蕤賓，林鐘，夷則，南呂，無射，應鐘諸宮，各得七調。都凡八十四調。雅俗常用者僅七宮十二調而已。七宮之目為：

黃鐘宮㈧　仙呂宮(フ)　正宮△　高宮(マ)

南呂宮八　中呂宮㈠　道宮ㄣ

十二調為：

大石調ム　小石調八　般涉調フ　歇指調フ

越調ㄠ　仙呂調ㄣ　中呂調△　正平調マ

高平調一　雙調ㄣ　黃鐘羽ㄟ　商調㈧（据斠律是正）

(B)犯調　詞原引姜白石云：「凡曲言犯者，謂以宮犯商，商犯宮之類。如道調宮上字住，雙調亦上字住，所住字同，故道調曲中犯雙調，或雙調曲中犯道調。其他準此。唐人樂書云：『犯有正，旁，偏，側。宮犯宮爲正，宮犯商爲旁，宮犯角爲偏，宮犯羽爲側宮。』此說非也。十二宮所住之字不同，不容相犯。十二宮特可犯商角羽耳。」張氏又曰：「以宮犯宮爲正犯，以宮犯商爲側犯，以宮犯羽爲偏犯，以宮犯角爲旁犯，以角犯宮爲歸宮，周而復始。」按樂府諸曲自昔不用犯聲。自宋以來，有正犯，側犯，偏犯，旁犯諸名。周邦彥之三犯渡江雲，史達祖之玲瓏四犯，當卽出此。若仇遠之八犯玉交枝，則不知何義也。

2. 詞譜　杜文瀾詞律校勘記敍曰：「詞學始於唐，盛於宋。有一定不移之律，亦有通行共習之書。南宋時修內司所刋樂府混成集，巨帙百餘，周草窗齊東野語稱其『古今歌詞之譜，靡不備具而有譜無詞者，實居其半。故當日塡詞家雖自製之腔，亦能協律，由於宮調之備也。元明以來，宮譜失傳，作者腔每自度，音不求諧；於是詞之體漸卑，詞之學漸廢，而詞之律則更鮮有言之者。……萬氏書爲卷二十，爲調六百四十，爲體一千一百八十有奇，凡格調之分合，句逗之長短，四聲之參差，一字之同異，莫不援名家之傳作，據以論定是非，俾學者按律諧聲，不背古人之成法，其有功於詞學也大矣。」按詞譜之作，張綖詩餘圖譜載調太略，且以黑白及半白半黑圈分別平仄，亦多譌失，程明善嘯餘圖譜舛誤尤甚，賴以邠塡詞圖譜，亦復鮮漏百出，諸書之謬，萬氏並加駁正。卽欽定詞譜所列，凡八百二十六調，二千三百六體，較萬書增體一倍，然較定爲譜者僅居其半，餘皆列以備體而已。萬氏誠有功於詞學，杜氏校勘記又爲萬之功臣，特其書應名之曰「譜」，不當名「律」。且知聲而不知音（江順詒說），爲其一弊，然後之言詞者，舍此別無可遵之譜矣。

塡詞者就古人已傳之腔，辨其平上去入之韵，審其喉牙舌齒脣之聲，依仿舊譜，字字恪遵，致謹於煞尾兩字，卽無不合律。若求自度新腔，則必深明音律，應於下列四事，加之意焉。

(A)製腔　詞麈云：「製腔之法，必吹竹以定之，或管，或笛，或簫，皆可。惟吾意而吹焉，卽以筆試其工尺於紙，然後酌其句讀，劃定版眼，而後吹之，聽其腔調不美，音律不調之處，再三增改，務必使其抗隊抑揚圓美如珠而後巳。再看其起韵之處，前後兩節是何字眼，而知其爲某宮某調也。（如是六字起調，六爲黃鐘清而第一拍轉至起韵用高五字，爲太簇黃鐘均，以太簇爲商，則此屬太簇淸商也。在燕樂爲大石調。餘仿此。若兩結不用高五字，則爲出調，凌犯他宮，非復大石調矣。）」按楊誠齋論作詞五要，（或謂係楊守齋續語）第一要擇腔，腔不韵則不美，故必先以管色定其音節，次審起畢定其宮調，方能命名以實之。若後人不解音律，動造新曲，曰自度腔。試問其所度者，曲隸何律？律隸何聲？聲隸何宮何調？則毛奇齡所斥爲儞然妄作者也。

(B)結聲　戈順卿云：「詞之爲道，最忌落腔，卽所謂落韵也。姜白石云：『十二宮住字不同，不容相犯。』」沈存中補筆談載燕樂二十八調殺聲。張玉田詞原論結聲正訛，不可轉入別腔。住字，殺聲，結聲，名異而實同，全賴乎韵以歸之。然此第言收韻也，而用韻之吃緊處，則在乎起調畢曲。蓋一調有一調之起，有一調之畢。某調當用何字起，何字畢，起是始韻，畢是末韻，有一定不易之則。而住字殺聲結聲，卽是以別焉。詞之諧不諧，視乎韻之合不合，有其類亦各有其音，用之不紊，始能融入本音耳。」按詞原各宮調下所列符號，謂之住調。每詞以何字起音，卽謂何調。如白石自度暗香疏景二詞，皆用ㄋ字起音，卽入仙呂宮（卽夷則宮）也。畢韻仍用始起之音，其調始協。如用他音，則爲過腔矣。

(C)過腔　詞塵云：「姜堯章湘月詞自注，『卽念奴嬌鬲指聲，於雙調中吹之。』鬲指亦謂過腔，見晁無咎集。凡能吹竹者便能過腔也。後人多不解鬲指過腔之義，培思索久之而悟其說。蓋念奴嬌本大石調，卽太簇商，雙調爲仲呂雙，律雖異而同是商音，故其腔可過。太簇當用四字，仲呂當用上字，今姜詞不用四字住，而用上字住，籥管四上字中間祗鬲一孔，笛四上字兩孔相聯，只在鬲指之間。又此兩調畢曲當用一字，尺字，亦鬲指之間，故曰鬲指聲也。吹竹便能過腔，正此之謂。」按念奴嬌與湘月，字句悉同，特住字變易，舍太簇之四字，而用仲呂之上字，卽不得並爲一曲。此過腔之說也。

3. 塡詞　楊誠齋作詞五要，「第三要塡詞。按譜自古作，詞能依句者少；依譜用字，百無一二。若歌韵不協，奚取哉?或謂善歌者能融化其字則無疵，殊不知製作轉折，或不當則失律正，旁，偏，側，淩犯他宮，非復本調矣。」按古代樂府先有文字，從而宛轉其聲，以調就詞者也。(吳顏芳說) 後人則先製譜而後塡詞，辨其宮商，準音塡字，謂之塡詞。宋代作者，述者莫不知音，故其度曲製詞，不必依照前調，或易變前詞之平仄，或增損字句之多寡，要於音律無礙，自能協於歌喉，故不必盡依舊譜。若夫今日歌法久已失傳，音律之原莫識，變易增損，勢不可能。惟有遵前人詞調之字格，平仄陰陽，逐字恪遵，尺寸不易而已。故於下列數事，必當加意及之。

(A)平仄四聲　藝概曰：「詞中平仄，體有一定。古人或有平作仄，仄作平者，必合句上句下句內之字，權衡律之所宜，互爲更換，斯得。如銅山靈鐘，東西相應。故效古者當專效一體，不可挹彼注茲，致譏聲病」　按塡詞宜辨平仄，而仄聲中又分上去入三者，又未容混視也。」沈義父云：「上聲字最不可用去聲字替。」蓋以去聲當高唱，上聲當低唱，（沈璟詞隱說）聲響迥殊也。次言去聲：沈氏指迷又云：「句中用去聲字最爲緊要」萬樹詞律云：「名詞轉折跌蕩處，多用去聲」蓋三仄之中，入可作平，上界平仄之間，去則獨異。其聲由低而高，最宜緩唱。凡牌名中應用高音者皆宜用此。如堯章揚州慢「過春風十里……自湖馬窺江去後……漸黃昏清角吹寒」凡協韻後轉折處皆用去聲也。（吳梅詞學通論說）次言入聲。上入可以代平，詞原言之。然周濟言：「其作上者可以代平，作去者斷不可以代平。平去是兩端，上由平而之去，入由去而之平」。（四家詞選敍論）今按用入聲協韻，其分隸三聲，中原音韻及菉斐軒詞林韻釋二書已有定例。若用諸句中，協作三聲，實無定法，既可作平，亦可上去，但須辨其陰陽而已。（吳梅說）然有必須用入聲處，不可代以上去者。說自鄭文焯發之。如高陽臺，掃花游之類，入聲尙少；秋思耗，浪淘沙慢等詞入聲尤多，並不得通融。蓋其聲重濁而斷，與他音絕異也。

(B)陰陽　藝概云：「詞家既審平仄，當辨聲之陰陽，又當辨收音之口法。取聲取音，以能協爲尙。玉田稱惜花詞『鎖窗深』而深字不協，改幽字，又不協，改明字。

此非審於陰陽者乎？又深爲閉口音，幽爲斂脣音，明爲穿鼻音，消息亦別。」按字音有收喉，收鼻之異，其收喉之音，謂之陰聲；收鼻之音，謂之陽聲。陽聲中之收Ng者，謂之穿鼻音；收N者，謂之斂脣音；收M者，謂之閉口音。周濟謂：「陽聲字多則沉頓，陰聲字多則激昂。重陽間一陰，則柔而不靡；重陰間一陽，則高而不危。」吳梅謂：「協律之法，先分工尺之高下，然後配合字聲之陰陽。以工字爲界，工以上如凡六五凡之類爲高部；工以下如尺上一四之類爲低部。陰聲之字，宜用高部；陽聲之字，宜用低部。先陰後陽者，調宜下行；先陽後陰者，調宜上行。千變萬化，不外乎此。再審其詞意之哀樂，以定節奏之緩急，而協律之能事畢矣。」足與周說相參證云。

(C)韻　戈載云：「詞始於唐，別無詞韻之書；宋朱希眞擬應制詞韻十六條，外列入聲韻四部。其後張輯釋之，馮取洽增之，元陶宗儀譏其混淆，欲爲改定，今其書久佚，目亦無考矣。厲鶚詩云：『欲呼南渡諸公起，韻本重雕菉斐軒。』注云：『曾見紹興二年刊菉斐軒詞韻一册，分東紅邦陽十九韻，亦有上去入三聲作平聲者。』」於是人皆知有菉斐軒詞韻，而又未之見。近秦敦夫取阮氏家藏詞林韻釋，一名詞林要韻，重爲開雕，題曰：『宋藁斐軒刊本。』而跋中疑爲『元明之季，謬託此書，爲北曲而設。』誠哉是言也。觀其所分十九韻，且無入聲，則斷爲曲韻，樊榭偶未深究耳。是欲輯詞韻前無可考，而此書又不可據以爲本。沈謙箸詞韻略一編，……舛錯之譏，實所難免。同時有趙鑰曹亮武均撰詞韻，與去矜大同小異。若李漁之詞韻……妄自分析，尤爲不經，胡文煥之文會培詞韻，……癡人說夢，不足道。今塡詞家所奉爲圭臬者，則莫如吳烺程名世之學宋齋詞韻。其書以學宋爲名，乃所學者皆宋人誤處。……復有鄭春波綠漪亭詞韻以附會之，羽翼之，而詞韻遂因之大紊矣。……因作詞林正韻一書，列平上去爲十四部，入聲爲五部，共十九部，皆取古人之名詞，參酌而審定之，盡去諸弊。』按詞韻之今存者，以藁斐軒爲最古，以其不列入聲，故人疑爲曲韻。嗣是沈，趙，李，胡諸作，悉難依據；自戈氏書出，學者奉爲準繩。其韻目分合，雖有小疵，而論列古今原流得失，至詳且確。足供尋研。夫詞韻上去雖可通用，而平聲入聲必當獨押，不能與他聲混淆，此詞律之所以異於曲韻者也。

夫詞嚴聲律，本以求協歌喉。然沈義父云：「前輩好詞甚多，往往不協律腔，所以無人歌。」是宋世名詞，已多背律。矧去古益遠，舍按前人陳式，分寸推求，通體恪遵，一音不易，焉有不失其矩矱者哉？然束縛文思，亦已太甚；由是言詞，不亦苦乎？

（四）詞之修詞

詞苑叢談引袁籜庵曰：「詞有三法：章法，句法，字法。有此三者，方可稱詞。」今言修詞，即分此三字論之：

1. 字法　詞原曰：「句法中有字面，蓋詞中一個生硬字用不得，便是深加鍛鍊，字字敲打響，歌誦妥溜，方爲本色。如賀方回，吳夢窗皆善於鍊字面，多於溫庭筠，李長吉詩句來。字面亦詞中之起眼處，不可不留意也。」按沈義父樂府指迷亦言：「下字欲其雅，不雅則近乎纏令之體。用字不可太露，露則直突而無深長之味。」又曰：「要求字面，當看溫飛卿，李長吉，李商隱及唐人諸家詩句中字面，好而不俗者，采摘用之。如花間集之小詞，亦多好句。」兩氏並謂詞中用字，宜取材於唐詩。鄭文焯與人論詞書，亦謂：「觀美成，白石諸家，嘉藻紛縟，靡不取材於飛卿，玉溪，而於長爪郎奇雋語，尤多裁制。嘗究心於此，覺玉田言不我欺。因暇熟讀長吉詩，剌其文字之驚采絕艷，一一彙錄，擇之務精。或爲妃儷，頗獲巧對，溫八叉本工倚聲，其詩中典要，與玉溪獺祭稍別，亦自可綷以藻詠，助我辭華。必不可肊造纖靡之詞，自落輕俗之習。務使無一字無來歷，熟讀諸家名製，思過半矣。」按塡詞之道，旣限之長短，拘以聲律，復忌自鑄新詞，務擇唐人綺語，其爲後之作者所留餘地，尙有幾何？束縛不已甚乎？三家之說，雖雷同相從，未免持之過當，試就文字之詞性析論之：——

(A)名字　樂府指迷論詞中用名字云：「鍊字下語，最是緊要，如說桃不可直說破桃，須用紅雨，劉郎等字。如詠柳不可直說破柳，須用章臺，灞岸等字。又用事如曰銀鈎空滿，便是書字了，不必更說書字。玉筯雙垂，便是淚了，不必更說淚。如綠雲繚繞，隱然髻髮；困便湘竹，分明是簟。正不必分曉，如敎初學小兒說破這是甚物事，方見妙處。往往淺學流俗，多不曉此妙用，指爲不分曉，乃欲直拔說破，卻是賺人與要曲矣。」按沈氏主詞中悉用代字，不說本名，信爾，則捃摭類書，何取屬詞？此四庫提要所以斥其「欲避鄙俗，轉成塗飾」也。昔少游之「小樓連苑，繡轂雕鞍，」見譏於東坡。美成解語花之「桂華流瓦，」境界極妙，人亦惜其以桂華二字代月。夢窗以下，用代字愈多，張炎所以稱其「如七寶樓臺，炫人眼目，拆碎下來，不成片段」也。

(B)動字　詞句警策，有繫乎動字者。如云：

雲破月來花弄影。張先天仙子

紅杏枝頭春意鬧。宋祁玉樓春

七頌堂詞繹云：「一鬧字卓絕千古」今按張詞「弄」字，尤生動有致。

高樹鵲啣巢，斜月明寒草。馮延己醉花間

王國維人間詞話云：「韋蘇州之流螢渡高閣，孟襄陽之疏雨滴梧桐，不能過此。」

柳外秋千出畫墻。馮延己上行杯

綠陽樓外出秋千。歐陽修浣溪沙

晁補之云：「只一出字，自是後人道不到處。」徐釚云：「王摩詰詩，秋千競出垂楊裏，歐陽公詞意本此。」然歐詞較兩家特工也。

此外如姜夔暗香「千樹壓西湖寒碧」之壓字，揚州慢「波心蕩冷月無聲」之蕩字，秦觀踏莎行「霧失樓頭月迷津渡」之失字迷字，滿庭芳「山抹微雲天黏衰草」之抹字黏字，非「燕嬌鶯姹翠顰紅妬」諸句所可比擬也！

(C)狀字　王士禎花草蒙拾曰：「前輩謂史梅溪之句法，吳夢窗之字面，固是確論，尤須雕組而不失天然。如『綠肥紅瘦』『寵柳嬌花』人工天巧，可稱絕唱；若『柳腴花瘦』『蝶悽蜂慘』，卽工亦巧匠琢山骨矣。」按詞人所用狀字必須雕組不失自然，方稱精艷。否則以塗飾爲工，不足珍也。

愁無際，武陵凝睇人遠波空翠。韓錡點絳脣

平林漠漠烟如織，寒山一帶傷心碧。李白菩薩蠻

波底夕陽紅溼。趙彥端謁金門

驚起半牀幽夢，小窗淡月啼鴉。劉小山清平樂

今宵酒醒何處？楊柳岸曉風殘月。柳永雨淋鈴

莫道不消魂，簾捲西風，人比黃花瘦！李淸照醉花陰

詞苑叢談引王世貞云：「康與之『人瘦也比梅花瘦幾分。』又『天還知道，和天也瘦。』又『簾捲西風，人比黃花瘦。』又『應是綠肥紅瘦。』又『人共博山烟瘦。』瘦字俱妙。」按「人比黃花瘦」句，李清照醉花陰詞。「應是綠肥紅瘦」句，李如夢令詞，皆非康詞也。

(D)疊字　劉熙載云：「詞中用雙聲疊韻之字，自兩字外不可多用。」按詞中偶句，有雙聲字，對以疊韻字者，其例間有。若夫連用雙疊，如夢窗甲稿探芳新云：「歎年端連環轉，爛漫游人如繡。」歎至漫八字連疊，則爲創見。疊字聲韻並同，然在詞中有不妨連用至兩字以上者，舉例如次：——

庭院深深深幾許？楊柳堆烟，簾幙無重數。歐陽修蝶戀花

一懷愁緒，幾年離索，錯錯錯！陸游釵頭鳳

山盟雖在，錦書難託，莫莫莫！同右

楊愼云：「一句中連用三字者，如『夜夜夜深聞子規，』又『日日日斜空醉歸，』又『更更更漏月明中，』又『樹樹樹梢啼曉鶯，』

皆善用疊字也。」

到如今，始惜月滿花滿酒滿。宋祁浪淘沙

倚蘭橈，望水遠天遠人遠。同右

一室秋燈，一庭秋雨，更一聲秋雁。王沂孫醉蓬萊

(E)虛字　詞原曰：「詞與詩不同，詞之句語，有二字，三字，四字至六字，七八字者，若堆垛實字，讀且不通，況雪兒乎？合用虛字呼喚。單字如正，但，甚，任之類；兩字如莫是，還又，那堪之類；三字如更能消，最無端，又卻是之類。此類虛字卻要用之得其所，若能盡用虛字，句語自活，必不質實。」劉熙載釋之曰：「玉田謂詞與詩不同，合用虛字呼喚。余謂用虛字正樂家歌詩之法也。朱子云：『古樂府祇是詩中間卻添出許多泛聲，後人怕失了那泛聲，逐一聲添個實字，遂成長短句，今曲子便是。』案朱子所謂實字，謂實有個字，雖虛字亦有用也。」按詞中有襯字，猶樂府詩中之泛聲也。襯字多屬虛字，而虛字未必皆襯字也。蓋句中用字，必虛實襯貼，乃見迂徐委宛。然亦應加斟酌，不宜多用。故沈義父云：「腔子多有句上合用虛字，如嗟字，奈字，

況字，更字，又字，料字，想字，正字，甚字，用之不妨。如一詞兩三用之，便不好，謂之空頭字。不若徑用一靜字頂上道下來，句法又健，然不可多用。」以塡疊實字則音調崛強；多用虛字，則文句靡弱。必以虛綴實，乃宛轉有致也。

(F)襯字　賴以邠塡詞圖譜凡例云：「詞有襯字者，因此句限於字數，不能達意，偶增一字，後人竟可不用。如繫裾腰末句『問』字之類。」徐氏叢談亦曰：「詞有定名，卽有定格，其字數多寡，平仄韵脚較然，中有參差不同者，一曰襯字。文義偶不聯暢，用一二字襯之，密按其音節虛實，正文自在，如南北劇這字，那字，正字，個字，卻字之類。從來詞本卽無分別。」按兩氏言詞有襯字，與曲無殊，其說可信。萬樹詞律力攻圖譜，竟謂：「不可立襯字一說，以混詞格。」（詞律唐多令注）偶見詞之調同而字數有增減者，則列爲數體，或斷爲衍文。不知詞塵論繁聲曰：「黃鐘醉花陰本五句，並換頭祗五十二字，又加襯八十餘字，繁聲太多，音節太密，去古益遠矣。」蓋始作此曲者，或四言，或五言，必有襯字以贊助之，通爲五十二字。後人撰詞，並其襯字亦以詞塡實，工師不知於定腔五十二字之外，又加襯八十餘字之多，皆淫哇之聲也。必刪去始爲近古。按繁聲唐宋人謂之纏聲，太眞傳：『明皇吹玉笛，遲其聲以媚之。』卽纏聲多也。今人譜工尺，多用贈板，音方旖旎悅耳。卽淫哇之謂，古靡靡之音也。」江順詒曰：「在音則爲襯聲，在樂則爲散聲，贈板在調曲則爲加襯字，爲旁行增字。曲之增字寫於旁行，故易知。詞之增字則知之者鮮矣。凡詞之調一而體二三至十餘者，皆增字之旁行並入正行也。故一調而同時之人共塡體各小異，實襯字任人增減，無戾於音，又何損於詞？」（詞學集成）蓋歌有纏聲，曲有增字。詞本可歌，體無異曲，故凡調同而字句多寡殊者，皆襯字也。舉其例證，賴氏引夢窗唐多令之『縱芭蕉不雨也颼颼』句，應上三下四，「也」字當爲襯字。江氏謂「縱」字爲襯字。外此則例證甚少，故後人於此多昧昧也。

2. 句法　詞原云：「詞中句法，要平妥精粹。一曲之中，安能句句爲妙，只要拍搭襯副得去。於好發揮筆力處，極力用工，不可輕易放過，讀之使人擊節可也。」今就各類句法析論之：

(A) 起句　陸韶詞旨云「對句好可得，起句好難得，收拾全藉出場」此最重起句也。劉熙載曰：「大抵起句非漸引，卽頓入，其妙在筆未到而氣已吞。」蓋謂起句宜照管全篇，不可空泛無當。故沈義父謂「大抵起句便見所詠之意，不可汎入閒事，方入主意。詠物尤不可汎。」按前人詞起句寫景句最多，如：

一葉落，褰珠箔，此時景物正蕭索。李存勗一葉落

菡萏香消翠葉殘，西風愁起綠波閒。李景山花子

簾外雨潺潺，春意闌珊。李煜浪淘沙

碧雲天，紅葉地，秋色連波，波上寒烟翠。范仲淹蘇幕遮

柳外輕雷池上雨，雨聲滴碎荷聲。歐陽修臨江仙

山抹微雲，天粘衰草，畫角聲斷譙門。秦觀滿庭芳

起句言情者次之，如：

春花秋月何時了，往事知多少！李煜虞美人

如何，遣情情更多！孫光憲思帝鄉

以敍事起者最少。如：

四月七日，正是去年今日，別君時。韋莊女冠子

蓋敘事每苦於生澀，言情又流於寬易，均不若寫景之易工也。至其句法，則於敘述句外，有疑問式，及感歎式二者。如：

大江東去，浪淘盡千古風流人物！蘇軾念奴嬌

明月幾時有？把酒問青天。蘇軾水調歌頭

更能消幾番風雨？怱怱春又歸去。辛棄疾摸魚兒

較常語尤覺警策也。

(B)結句　沈氏指迷曰：「結句須要放開，含有餘不盡之意。以景結情最好，如清眞之『斷腸院落，一簾風絮，又掩重關，徧城鐘鼓。』之類是也。或以情結尾亦好。往往淸而露。如淸眞之『天便教人霎時厮見何妨？』又云：『夢魂凝想鴛侶』之類，更無意思。亦是詞家病，却不可學也。」劉體仁詞繹曰：「詞起結最難，而結尤難於起，蓋不欲轉入別調也。『呼翠袖爲君舞，』『倩盈盈翠袖揾英雄淚』正是一法。然又須結得有『不愁明月盡，自有夜珠來』之妙，乃得。」按沈說主放，劉說主

束，至藝概則曰：「收句非繞回，卽宕開。其妙在言雖止而意無盡。」實能綜合兩說。夫放開如流泉歸海，要收得盡，結束如奔馬收韁，須勒得住。若夫如住而未住，盡而不盡，尤稱雋永。沈謙曰：「塡詞結句或以動蕩見奇，或以迷離稱雋，著一實語敗矣。康伯可『正是消魂時候也，撩亂花飛。』晏叔原『紫騮認得舊游蹤，嘶過畫橋東畔路。』秦少游『落花無語對斜暉，此恨誰知。』深得此法。」則尤結句之有深致者也。

(C)轉換句　劉氏詞繹曰：「中調長調轉換處不欲全脫，不欲明粘，如畫家開合之法，須一氣呵成，則神味自足，以意求之不得也。」周濟曰：「古人名換頭爲過變，或藕斷絲連，或異軍特起，皆須令讀者耳目振動，方成佳製。」（宋四家詞選敍）藝概曰：「詞中承接轉換，大抵不外紆徐斗健，交相爲用，所貴融會章法，按脈理節拍而出之。」又曰：「詞有過變，隱本於詩。宋書謝靈運傳論云『前有浮聲，則後須切響』，蓋言詩當前後變化也。而雙調換頭之消息，卽此已寓。」按詞繹及詞選敍並就意言，藝概專就筆言。前後雖有變化，而意必不粘不脫，筆則或健或徐，乃見抑揚開合之勢焉。

(D)對句　詞繹云：「詞中對句，正是難處，莫認作襯句。至五言對句，七言對句，使觀者不作對句，尤妙。」藝概曰：「對句非四字六字，即五字七字，其妙在不類於賦與詩。」按詞中四字對句最要凝鍊，如史達祖綺羅香云：「做冷欺花，將烟困柳。」只八字已將春雨畫出。七字對貴流走，如吳文英倦尋芳云：「珠珞香消空念往，紗窗人老羞相見。」令人讀之忘其爲對，乃稱妙詞。(孫麟趾詞逕說)若李煜之三臺令云：「月寒秋竹冷，風切夜窗聲。」無名氏之長命女云：「孤燈然客夢，寒杵擣鄉愁。」滕潛之鳳歸雲云：「金井闌邊見羽儀，梧桐樹上宿寒枝。」同屬五七言對句，終不能以詩句而亂詞調也。又沈雄柳塘詞話云：「對句易於言景，難於言情。且放開則中多迂濫，收整則結無意緒。對句要非死句也。牛嶠之望江南，『不是鳥中偏愛爾，爲緣交頸睡南塘』。其下可直接『全勝薄情郎』，此即救尾對也。」蓋對句刻畫則流於板滯，流利又恐其浮滑，必求超脫而有蘊藉，乃臻上乘，信乎其未易言也。

(E)疊句　柳塘詞話又曰：「兩句一樣爲疊句，一促拍；一曼聲。瀟湘神，法駕導引，一氣流注，促拍也。東坡引『雄心消一半，雄心消一半。』不爲申明上意，而兩意全該者，曼聲也。體如是也。若呂居仁之『恨君不如江樓月，南北東西，只有相隨無別離。』是承上接下，偶然戲爲之耳。」按沈氏論疊句關係音調，言至精覈。然疊句不必兩句全同也。今舉其式，凡別數類。如：

吳山青，越山青，兩岸青山相送迎。林和靖長相思

晴則個，陰則個，餖飣得天氣有許多般。王通叟春遊

解鞍芳草岸，花無人戴，酒無人勸，醉也無人管。無名字青玉案

去年元夜時，花市燈如晝。……今年元夜時，月與燈依舊。朱淑眞生查子

右四則並疊句之變式也。

(F)衍詞　柳塘詞話曰：「衍詞有三種，賀方回衍秋盡江南葉木凋，陳子高衍李夫人病已經秋，全用舊詩而爲添聲者也。花非花，張子野衍之爲御街行。水鼓子，范希文衍之爲漁家傲。此以短句而衍爲長言也。至溫飛卿詩云：『合歡桃核眞堪

恨，裏許原來別有人。』山谷衍爲詞云：『似合歡桃核，眞堪人恨，心兒裏有兩個人人。』古詩云『夜闌更秉燭，相對如夢寐。』叔原衍爲詞云『今宵剩把銀缸照，猶恐相逢是夢中。』以此見爲詩之餘也。』按詞人每翻詩意入詞，或竟用陳句，益見工緻者。如：

無端嫁得金龜婿，辜負香衾事早朝。李商隱詩

不待宿醒消，馬嘶催早朝。賀鑄詞

此翻詩意入詞者。

曲終人不見，江上數峯青。錢起詩

獨倚桅檣情悄悄，遙聞妃瑟冷冷新聲，含盡古今情。曲終人不見，江上數峯青。秦觀臨江仙

此逕用詩句者。

斷送一生惟有酒，破除萬事無過酒。韓愈詩

斷送一生惟有，破除萬事無過。黃魯直西江月

此僅去其一字者。

無憑諳鵲語，猶得暫心寬。韓偓詩

終日望君君不至，舉頭聞鵲喜。馮延已謁金門

此衍其意而語加蘊藉者。

換我心，爲你心，始知相憶深。顧夐訴衷情

妾心移得在君心，方知人恨深。徐山民阮郎歸

此翻詞句入詞者。他如兪仲茅小詞云：「輪到相思沒處辭，眉間露一絲。」語本李易安之「才下眉頭，却上心頭。」其前更有范希文「都來此事，眉間心上，無計相迴避。」數語。李句特工耳。（王士禎說）

(G)用事　彭孫遹金粟詞話曰：「作詞必先選料，大約用古人之事，則取其新穎而去其陳因；用古人之語，則取其清雋而去其平實；用古人之字則取其鮮麗而去其淺俗，不可不知也。」用字，用語既論之於前矣，茲就用事一例言之。

詞原云：「調中用事最難，要體認著題，融化不澀。如東坡永遇樂云：『燕子樓

空，佳人何在？空鎖樓中燕。』用張建封事。白石疎影云：『猶記深宮舊事，那人正睡裏，飛近蛾綠。』用壽陽事。又云：『昭君不慣胡沙遠，但暗憶江南江北，想環佩月下歸來，化作此花幽獨。』用少陵詩。此皆用事不爲所使。」按隸事貴融化無跡。僻事則熟用之，熟事則虛用之，方免晦澀，膚淺，板滯之弊。鄒祇謨云：「詞品曰：『塡詞於文爲末，而非自選詩，樂府詩來，不能入妙。李易安詞，「清露晨流，新桐初引。」乃全用世說語。』愚按詞至稼軒，經子百家，行間筆下，驅策如意。近則婁東善用南北史。江左風流，惟有安石，詞家妙境，重見桃源矣。」（引見詞苑叢談）按稼軒作永遇樂詞，序北府事。時人卽誚其用事太多。惟前後二警語，差相似新作。至其踏莎行云：「長沮桀溺耦而耕，某何爲是棲棲者。」龍洲西江月云：「天時地利與人和，燕可伐與曰可。」直用經語，未免淺露。後村清平樂云：「除用無身方了，有身定有閒愁。」用楞嚴「因我有身，所以有患」句，均未足以言第一義也。

(丑)拗句　頻伽詞話云：「有拗調，有拗句。須渾然脫口，若不可不用此平仄者，方爲作手。如未能極工，無難取成語之合者以副之，斯不覺其聱牙耳。」按拗句必須純熟，方不病其聱牙。故張砥中云：「調中通首皆拗者，遇順句必須精警；通首皆順者，遇拗句必須純熟。此爲句法之要。」蓋拗句貴乎圓熟，方不致蹇澀而滯音；順句貴能振動，斯不至浮滑而傷格。此言句法者之所不可不辨者也。試觀周邦彥之憶舊游云「東風竟日吹露桃。」花犯云：「今年對花太匆匆。」吳文英之西子妝云「箭流光，又趁寒食去。」善夔之滿江紅云「正一望千頃翠瀾。」並屬拗調，而其詞意何嘗不順適也。

3. 章法　藝概曰：「詞眼二字，見陸輔之詞旨。其實輔之所謂眼者，仍不過某字工，某句警耳。余謂眼乃神光所聚，故有通體之眼，有數句之眼。前前後後，無不待眼光照映。若舍章法而專求字句，縱爭奇競巧，豈能開闔變化，一動萬隨邪？」按詞之好處有繫於片言隻字，有繫於上下文者；故言鍊字造句後，必知詞之章法。茲略舉數例言之：——

(A) 呼應法。　詞句有用疑問式，下作解釋以見宛轉者，如李煜虞美人云：

問君能有幾多愁？恰似一江春水向東流。

又賀鑄青玉案云：

試問閒愁都幾許？一川烟草，滿城風絮，梅子黃時雨。

藝概云：「其末句好處，全在試問句呼起，及與上一川二句並用耳。或以方回有『賀梅子』之稱，專賞此句，誤矣。且此句原本寇萊公『梅子黃時雨如霧』詩句，然則何不目萊公爲寇梅子邪？」

(B)映帶法。詞句有須上下文映帶，其聲情乃見者。如文天祥滿江紅和王夫人云：

世態便如翻覆雨，妾身原是分明月。

又酹江月和友人驛中言別云：

鏡裏朱顏都變盡，只有丹心難滅。

藝概云：「每二句若非上句則下句之聲不出矣。」

更有以前後際映帶者，陳去非臨江仙云：

杏花疎景裏，吹笛到天明。

藝概云：「此因仰承憶昔俯注一夢，故此二句不覺豪酣，轉成悵悒，所謂好在句外者也。倘謂見在如此，則駿甚矣。」

(C)點染法　詞句有點明境界，更加以渲染者。如柳永雨淋鈴云：

多情自古傷離別，更那堪冷落清秋節！今宵酒醒何處？楊柳岸曉風殘月。

藝概云：「上二句點出離別冷落，今宵二句乃就上二句意染之。點染之間，不得有他句相隔，隔則警句亦成死灰矣。」

(D)推進法　句中有用推進一層說，以見極致者。如：

離恨恰如春草，更行更遠還生。李煜清平樂

樓高莫近危欄倚，平蕪盡處是春山，行人更在春山外。歐陽修踏莎行

更有翻舊句而推進一層言之者。例如：

夢裏不知身是客，一晌貪歡。李煜浪淘沙

無據，和夢也有時不做。宋徽宗燕山亭

此推舊意而情更慘者。賀裳云：「周清眞滿路花後半云：『愁如春後絮，來相

接，知他那裏，爭信人心切。除共天公說，不成也還，似伊無個分別。』酷盡無聊賴之致。至陸放翁一叢花則云：『從今判了十分憔悴，圖要個人知。』其情加切矣。至孫夫人風中柳則更云『別離情緒，待歸來都告，怕傷郎又還休道。』則又進一層。然總此一意也，正如剝蕉者轉入轉深耳。」（綗水軒詞筌）

(E)離合法。詞句有以離合見致者，如：

只有夢魂能再遇，堪嗟夢不由人做。陸游蝶戀花

春未透，花枝瘦，正是愁時候。黃魯直驀山溪

拚一醉留春，留春不住，醉裏春歸。梁貢父詞

上下兩句互為開合，以見動蕩之致。

(F)層深法。詞中有語似渾成而意實層層深入者，如歐陽修蝶戀花云：

淚眼問花花不語，亂紅飛過秋千去。

毛先舒云：『此可謂層深而渾成。何也？因花而有淚，此一層意也。因淚而問花，此一層意也。不但不語，且又亂落飛過秋千，此一層意也。人愈傷心，花愈惱人，

語愈淺而意愈入，又絕無刻畫費力之迹，謂非層深而渾成邪？」

藝概曰：「詞之章法，不外相摩相盪，如奇正，空實，抑揚，開合，工易，寬緊之類是矣。」

以上略述其章法之梗概，茲更論其藝術，分描寫，抒情，想像三者言之。

（五）詞之藝術

1. 描寫

(a)寫人　賀裳云：「詞家須使讀者如身履其地，親見其人，方爲蓬山頂上。如和魯公『幾度試香纖手暖，一回嘗酒絳脣光。』賀方回『略約整鬟釵景動，遲回顧步佩聲微。』歐陽公『弄筆偎人久，描花試手初。』無名氏『照人無奈月華明，潛身卻恨花陰淺。』孫光憲『翠袂半將遮粉臆，寶釵長欲墜香房。』晏幾道『濺酒滴殘羅扇子，弄花熏得舞衣香。』眞覺儼然如在目前，疑於化工之筆。」按詞筌所列諸詞，舍形態而舉神情，固覺生動多姿。更有繪聲法，如周邦彥少年游云：

低聲問：「向誰行宿，城上已三更。馬滑霜濃，不如休去，直是少人行。」

此詞前闋「吳鹽」，「新橙」，「錦幄」，「獸香」數語，並屬寫境，惟「纖手破橙」及「對坐調笙」寫其動作，後闋僅以「低聲問」三字貫徹到底，蘊藉婀娜，無限情景，都自破橙人口中說出，更不別著一語，純用寫聲法也。

此外又有象徵法，如黃魯直浣溪沙云：

新婦磯頭眉黛愁，女兒浦口眼波秋，驚魚錯認月沉鈎，青箬笠前無限事，綠簑衣底一時休，斜風細雨轉船頭。

蘇軾云：「此詞清麗新婉，其最得意處，以山光水色，贊花貌，眞得漁父家風。」

(b)詠物　彭孫遹曰：「詠物詞極不易工，要須字字刻畫，字字天然，方爲上乘。」（金粟詞話）鄒祇謨曰：「詠物固不可不似，尤忌刻意太似，取形不如取神，用事不若用意。」（遠志齋詞衷）王士禛曰：「張玉田謂『詠物最難，體認稍眞則拘而不暢，摹擬差遠則晦而不明』而以史梅溪之詠春雪，詠燕，姜白石之詠促織爲絕唱」（花草拾蒙）按史達祖詠燕詞云：

差池欲住，試入舊巢相並，還相雕梁藻井，又軟語商量不定。

此詞妙極形容，神情畢肖，姜堯章不稱其「軟語商量」而賞其「柳昏花暝」，豈眞能見其妙？歐陽修愛王君玉燕詞云：「烟逕掠花飛遠遠，曉窗驚夢語匆匆。」梅聖俞則以爲不若李堯夫燕詩云：「花前語澀春猶冷，江上高飛雨乍晴」也。又姜氏蟋蟀詞云：

露溼銅鋪，苔侵石井，都是曾聽伊處。哀音似訴，正思婦無眠，起尋機杼。

又云：

西窗又吹暗雨，爲誰頻斷續，相和砧杵。

賀裳謂：「蟋蟀無可言，而言聽蟋蟀者，正姚鉉所謂：『賦水不當僅言水，而言水之前後左右也。』然尚不如張功甫『月洗高梧，露溥幽草，寶釵樓外秋深。土花沿翠，螢火隊墻陰；靜聽寒聲斷續，微韵轉淒咽悲沈；爭求侶，慇勤勸織，促破曉機心。兒時曾記得，呼燈灌穴，斂步隨音，任滿身花景，猶自追尋。攜向華堂戲鬬，亭臺小，籠巧妝金。今休說，從渠牀下，涼夜聽孤吟。』不惟曼聲勝其高調，兼形容處心細如絲髮，皆姜詞之所未發。」此詠蟲鳥者也。其詠花木者，如林和靖之點絳唇，梅聖俞之蘇幕遮，歐陽永叔之少年游，並爲詠春草之絕調。而馮正中之「細雨溼流光」五字，尤能攝春草之魂也。

周濟曰：「詠物最爭託意，隸事處以意貫串，渾化無痕，碧山勝場也。」又曰：「詞非寄託不入，專託不出，一事一物引而申之，觸類多通。」（四家詞選敍）又曰：「白石暗香疎景二詞，寄意題外，包蘊無窮，可與稼軒伯仲。」（介存齋論詞）按碧山齊天樂詞雖通首詠蟬，而指陳時事，寄慨遙深。如此立意，詞境方高。白石之暗香疎景二首，詞旨較晦，至稼軒「斜陽煙柳」之句，痛心君國，情見乎辭，尤足動人觀聽。詞必有所寄託，方能觸類旁通，言近旨遠，不拘執於一物一事也。

(c)寫景　王國維曰：「詞以境界爲最上。有境界則自成高格，自有名句，北宋之詞所以獨絕者在此。有造境，有寫境，此理想與寫實二派之所由分……有有我之境，有無我之境。『淚眼問花花不語，亂紅飛過秋千去』有我之境也。『寒波澹澹起，白鳥悠悠下』無我之境也。」（人間詞話）按王氏以摹擬景色，不雜主觀情感者，爲寫實派之詞。假設境界，借抒胸臆者，爲理想派之詞。然吾觀五代北宋詞人，多感物造耑，託物寓志，故其所寫實境中，卽寓其心境，兩者實不易辨也。試觀南唐中主李景之山花子云：

菡萏香消翠葉殘，西風愁起綠波間。

王氏亦謂「其有衆芳蕪穢，美人遲暮之感」將屬之何派乎？至晏殊蝶戀花詞云：

昨夜西風凋碧樹，獨上高樓，望盡天涯路。

則與「我瞻四方，蹙蹙靡所騁」二語同其悲壯。又馮正中蝶戀花云：

百草千花寒食路，香車繫在誰家樹？

視「終日馳車走，不見所問津」之句，同其憂憤也。又秦觀踏沙行云：

可堪孤館閉春寒，杜鵑聲裏斜陽莫。

詞旨尤覺淒厲，視「風雨如晦，鷄鳴不已」氣象無殊也。至白石寫景之作，如：

二十四橋仍在，波心蕩，冷月無聲。揚州慢

數峯青苦，商略，黃昏雨。點絳唇

高樹晚蟬，說西風消息。惜紅衣

格韻雖高，然如霧裏看花，終隔一層。梅溪、夢窗諸家寫景之病，皆在一隔字。北宋風

流，渡江遂絕矣。（用王氏說）

2. 抒情　詞人觸景生情，融情入景，多淒涼幽怨之言，於前節述其概略矣。亦有辭旨高澹，轉見情深，氣象恢宏，不同婉約者。述之如次：

(a)高澹語　詞貴精艷，亦有語淡而意長者。如：

斜陽景裏寒烟明處，雙槳去悠悠。查荎透碧霄

兩槳不知消息，遠汀時起鸂鶒。孫光憲河瀆神

醉中扶上木蘭舟，醒來忘却桃源路。洪叔璵踏莎行

賀裳謂查詞「令人不能爲懷，然尙不如孫洪兩君專以澹語入情也。」

(b)壯烈語　詞多委婉，有以氣象勝者。如：

西風殘照，漢家陵闕。李白憶秦娥

寥寥八字，氣象雄闊。後惟范希文之漁家傲，夏英公之喜遷鶯，差足繼武。又趙秉文和東坡赤壁詞，亦雄壯震動，有渴驥怒猊之勢。視「大江東去」在伯仲之間也。

(c)迷離語　某氏玉樓春云：

小窗斜日到芭蕉，半牀斜月疎鐘後。

賀氏謂其「寫迷離之況，止須述景，不言愁而愁自見。因思韓致光『空樓雁一聲，遠屛燈半滅。』已足悲涼，何必又贅『眉山愁正絕』耶？」

(d)決絕語　小詞以含蓄爲佳，亦有作決絕語者。如

誰家年少足風流？妾擬將身嫁與一生休。縱被無情棄，不能羞。韋莊思帝鄉

衣帶漸寬終不悔，爲伊消得人憔悴。柳永詞

(e)險麗語　詞貴險麗，須泯其鏤劃之痕。如王通叟春游云：

晴則個，陰則個，餖飣得天氣有許多般。須教撩花撥柳，爭要先看，不道吳綾繡襪。香泥斜沁幾行斑。東風巧，盡綠，吹在眉山。

賀氏謂其「痕跡都無，眞猶石尉香塵，漢皇掌上也。」

(f)本色語　詞以險麗爲工，實不及本色語之妙。如：

眼波才動被人猜。李清照詞

去也不教知，怕人留戀伊。（蕭淑蘭詞）

留不得，留得也應無益。（孫光憲詞）

3. 想像

(a) 擬人例　詞中，多以草木鳥獸擬人者。如：

把酒祝東風，且莫恁匆匆去！（王安石傷春怨）

揚杯邀勸天邊月，願月圓無缺。（蘇軾虞美人）

不如桃杏，猶解嫁東風。（張先一叢花）

(b) 設譬例　用直喻者，如：

鑪邊人似月，皓腕凝霜雪。（韋端己菩薩蠻）

簾捲西風，人比黃花瘦。（李清照醉花陰）

右單句喻法。

問君能有幾多愁，恰似一江春水向東流。（李煜虞美人）

右複句喻法。

春慵恰似春塘水，一片縠紋愁，溶溶洩洩，東風無力，欲皺還休。范成大眼兒媚

右全章喻法。

用隱喻者，如：

水晶簾下斂「羞蛾」。孫光憲思帝鄉

愁勻紅粉淚，眉剪「春山」翠。牛嶠菩薩蠻

右名詞隱喻。

凌波不過橫塘路，但目送「芳」塵去。賀鑄青玉案

右狀詞隱喻。

黃昏獨倚朱闌，西南新月「眉」彎。馮正中清平樂

右名詞用如狀詞。

一樣綠陰庭院，「瑣」斜暉。田不伐南柯子

籠街細柳「嬌」無力。陳克菩薩蠻

右動詞喻。

用提喻，或轉喻者。如：

騎馬倚斜橋，滿樓「紅袖」招。韋莊菩薩蠻

以紅袖代美人，是部分代全體。

「玉勒雕鞍」游冶處，樓高不見章臺路。歐陽修蝶戀花

以鞍勒代馬，例同前。

唬到春歸無唬處，苦恨「芳菲」都歇。辛棄疾賀新郎

右以玄名代察名。

芳草「王孫」知何處？李玉賀新郎

右以專名代公名。

(c)聯想例

遺蹤何在，一池萍碎。春色三分，二分塵土，一分流水。細看來不是楊花，點點是離人淚。蘇軾水龍吟

明月樓高休獨倚，酒入愁腸，化作相思淚。范仲淹蘇幕遮

(d)想像例

明月幾時有？把酒問靑天。不知天上宮闕，今夕是何年？我欲乘風歸去，又恐瓊樓玉宇，高處不勝寒。（蘇軾水調歌頭）

（六）詞家之派別

詞家者流，濫觴於齊梁，成立於隋世，至五季而體製日盛。溫潤綺麗，後鮮其倫。至兩宋而派別分歧。或以氣盛，或以情盛，或以格勝，要皆異曲同工，各臻極詣。張惠言嘗從論古今詞人曰：「自唐之詞人，李白爲首。其後韋應物，王建，韓翃，白居易，劉禹錫，皇甫淞，司空圖，韓偓，並有述造，而溫庭筠最高，其言深美閎約。五代之際，孟氏，李氏，君臣爲謔，競作新調。詞之雜流，由此起矣。至其工者，往往絕倫。亦如齊梁五言，依託魏晉，近古然也。宋之詞家，號爲極盛。然張先，蘇軾，秦觀，周邦彥，辛棄疾，姜夔，王沂孫，張炎，淵淵乎文有其質焉。其盪而不反，傲而不理，枝而不物，柳永，黃庭堅，劉過，吳文英之倫，亦各引一端，以取重於當世。而前數子者，又不免有一時放浪通脫之言出於其間。後進彌以馳逐，不務原其指意，破折乖刺，擾亂而不可紀。故自宋之亡而正聲絕，元之末而規矩隳。以至於今，四百餘年，作者十數，諒其所是，互有繁變，皆可謂安蔽乖方，迷不知門戶者也。」（詞選敘） 按張氏論詞，首舉太白，以隋世所傳諸詞，眞贋無從究詰。（詳見後） 初唐諸家，泝造出入五七言詩，至太白而詞式始定也。茲廣徵衆說，見各派之正變得失焉。

(a)隋唐 韓偓海山記曰：「隋煬帝起西苑，鑿五湖，作湖上八曲，曰望江南令，宮中美人歌之。」段安節樂府雜錄辨煬帝詞爲僞託，望江南實李德裕作。然朱弁曲洧舊聞又載煬帝有夜飲朝眠二曲。韓偓迷樓記又載侯夫人有看梅二曲。杜佑通典載煬帝將征遼，樂人王令言聞琵琶新翻安公子曲，調在太簇角。是詞中小令，確起原於隋世，至唐人一點春，回紇曲而後，其製益繁。特與五七言詩相出入，究未能特創一體也。逮李白出而詩詞之界畫始明，溫庭筠始有專集。故今言詞人派別，自太白，飛卿始。

1. 李白 黃昇花菴詞選謂：「李氏菩薩蠻，憶秦娥二詞，爲百代詞曲之祖。」劉熙載曰：「太白菩薩蠻，憶秦娥兩闋，足抵少陵秋興八首，想其情境，殆作於明皇西幸後乎?」按世傳白詞，後人每多致疑。清平樂令，黃昇以其「無清逸氣韻，疑非太白所作。」王世貞謂「清平調本三絕句，不應復有詞。」（四部稾）桂殿秋，許彥周詩話謂是李衞公作。連理枝則疑宋人小桃紅之半。即菩薩蠻，憶秦娥二首，莊嶽委談亦斷其僞託；然吾觀菩薩蠻詞之繁情促節，憶秦娥詞之遠慕長吟，要屬大家之詞。而「西風殘照，漢家陵闕」之句，氣象閎闊，迥在范仲淹漁家傲，夏英公喜鶯遷之上，尤非太白不克有此吐屬也。

2. 温庭筠　北夢瑣言謂：「飛卿才思艷麗。」張惠言云：「飛卿之詞，深美閎約。」周濟極然其言，且謂：「飛卿醞釀最深，故其言不怒不懾，備剛柔之氣。鍼縷之密，南宋人始露痕迹，花間極有渾厚氣象。如飛卿則神理超越，不復可以迹象求矣。然細繹之，正字字有脈絡。」（介存齋論詞）劉熙載曰：「温飛卿詞精妙絕人，然類不出乎綺怨。」王國維則謂：「深美閎約四字，惟馮正中足以當之。劉融齋謂飛卿精艷絕人，差近之耳。」（人間詞話）按趙崇祚花間集錄温詞六十六首，以菩薩蠻弁冕全集。張氏謂爲感士不遇之作，篇法與長門賦彷彿。胡仔尤推更漏子，意與菩薩蠻近似。信乎旨存哀怨，寄託遙深，非後人纂組所能幾及。故張炎詞原曰：「詞之難於令曲，如詩之難於絕句，不過數十句，一字一句閒不得。末句最當留意，有有餘不盡之意始佳。溫氏得之矣。」其推崇之者甚至。令曲中之有溫韋，逮猶絕句之稱龍標供奉乎？

(b)五代　陸游曰：「詩至晚唐，五季，氣格卑陋，千人一律，而長短句獨精巧高麗，後世莫及。」（花間集跋）王士禎亦曰：「五季文運萎薾，他無可稱，獨所作小詞，濃艷穠秀，蹙金結繡而無痕跡。」蓋其時君臣爲謔，務裁綺語，競作新聲，遂以小詞著於一代。其見於花間集者，有韋莊，薛昭蘊，牛嶠，毛文錫，牛希濟，歐陽炯，顧敻，魏承班，鹿虔扆，閻選，尹鶚，毛熙震，李珣，諸家，多西蜀人。晉漢之間，則有和凝。南平有孫光憲。南唐諸詞，箸於尊前集者都凡八家。茲擇其尤著者權而論之。

1.韋莊　古今詞話：「韋莊作荷葉杯，小重山調，情意悽怨，人相傳播，盛行於世。」按張炎詞原，謂「令曲當以花間集中韋莊，溫飛卿爲則。」劉熙載謂：「飛卿詞精妙絕人，韋端已，馮正中詞，留連光景，惆悵自憐，蓋亦易飄颺於風雨者。」以韋詞清麗，與飛卿之穠豔者不同。故周濟曰：「端己詞清艷絕倫，初日芙蓉春月柳，使人想見風度。」（介存齋論詞）王國維曰：「畫屏金鷓鴣，飛卿語也，其詞品似之。弦上黃鶯語，端己語也，其詞品亦似之。」（人間詞話）蓋以韋之弁冕五季，亦如温之崛起晚唐，故雖風格縣殊，世每相提並論也。

2. 馮延己　陳世修曰：「馮公樂府思深詞麗，韻律調新，眞清奇飄逸之才。」（陽春集序）張惠言曰：「延己爲人專蔽固嫉，而其言忠愛纏綿，此其君所以深信而不疑也。」（介存齋論詞引詞選註）馮煦曰：「公頫卬身世，所懷萬端，繆悠其辭，若顯若晦，揆之六義，比興爲多。若三臺令，歸國謠，蝶戀花諸作，其旨隱，其辭微，類勞人思婦羈臣屏子鬱伊惝怳之所爲。」（陽春集敍）按世修爲延己外甥，煦系出文昌左相，故於延己多恕詞。要其辭典雅豐容，視五季諸家堂廡特大，啓北宋一代風氣之先，故能於花間範圍以外，獨樹一幟也。

3. 南唐二主　中主李璟有山花子，浣溪沙等詞，王安石賞其「細雨夢回雞塞遠，小樓吹徹玉聲寒」一聯，不知其起句「菡萏香消翠葉殘，西風愁起綠波間」二語，不勝「衆芳蕪穢，美人遲暮」之感。其下復言「不堪看，」「何限恨，」尤覺頓挫有致，令人悽然欲絕。與後主之淒涼怨慕，眞亡國之音者，亦復不同。蓋後主身爲囚虜，日夕只以淚洗面，愴懷故國，情難自已。故其遇愈慘，其情愈悲，而其詞調愈悽惋也。周濟曰：「李後主詞，如生馬駒，不受控捉。」又曰：「毛嬙西施，天下美婦人也，嚴妝佳，淡妝亦佳，粗服亂頭，不掩國色。飛卿，嚴妝也；端己，淡妝也；後主則粗服亂頭矣。」王國維曰：「溫飛卿之詞，句秀也；韋端己之詞，骨秀也；李重光之詞，神秀也。」蓋詞至後主而語俊情眞，氣象一變。觀其吐屬遣詞，一字一滴淚，令人一讀一愴神。「自是人生長恨水長東，」「流水落花春去也，天上人間。」世間習見語，一經道出，便有無限感慨，奔赴筆端，故非溫韋諸家所能幾及。

(c)兩宋　周濟曰：「兩宋詞各有盛衰，北宋盛於文士，而衰於樂工；南宋盛於樂工，而衰於文士。」又曰：「北宋主樂章，故情景但取當前，無窮高極深之趣；南宋則文人弄筆，彼此爭名，故變化益多，取材益富。然南宋有門逕，有門逕，故似深而轉淺；北宋無門逕，無門逕，故似易而實難。」按詞至北宋而體製日盛，至南宋而流變益繁。北宋詞人世際清明，故雍容揄揚，詞旨和宛；南宋時逢擾攘，故語多寄託，感慨遙深。以處境不同，致粗細精渾疏密隱顯各有風格。斯宜分別立論，誠難強爲軒輊也。若言其嬗變之勢；則宋初諸家，大抵祖述二主，憲章正中。晏殊去五代未遠，馨烈所扇，得之最先，爲北宋倚聲家之初祖。（馮煦六十一家詞選例言說）先後感發而興起者，有歐陽修黃庭堅王安石諸家，並以小令擅聲詞壇。（歐有摸魚兒慢詞，詞旨淺近，西清詩話辨爲劉輝僞託。）慢詞起於宋仁宗朝，柳永開其先聲，詞境至是而一變。蘇軾繼是有作，吐屬豪放，健筆凌雲，遂開南宋辛氏一流，實爲詞中別派。詞境至是而再變。逮徽宗崇寧四年，置大成府，以周邦彥爲樂正，乃與製撰官晁端禮等，審定舊詞，增演新調，詞境至是三變。南渡而後，作者益繁，辛棄疾姜夔陸游史達祖吳文英周密王沂孫輩，格調各殊，句法挺異，並能特立清新之意，刪削靡曼之詞。蓋倚聲之道，至是始極其工，足以矜式來茲矣。至各派中之得失，容分論之。

1. 晏殊及子幾道　劉攽中山詩話：「元獻喜馮延己歌詞，其所自作，亦不減延己。」黃庭堅曰：「叔原樂府，寓以詩人句法，精壯頓挫，自能動搖人心。上者高唐洛神之流，下者亦不減桃花團扇。」按晏氏父子祖述南唐，以二主一馮爲法，小晏精力尤勝。故毛晉以之追配二主，信無媿也。

2. 歐陽修　馮煦曰：「宋初大臣之爲詞者，寇萊公，晏元獻，宋景文，范蜀公與歐陽公，並有聲藝林。然數公或一時興到之作，未爲專詣；獨文忠與元獻學之既至，爲之亦勤，翔雙鵠於交衢，馭二龍於天路。且文忠家廬陵而元獻家臨川，詞家遂有西江一派。其詞與元獻同出南唐，而深致則過之。宋至文忠文始復古，天下翕然師尊之，風尙爲之一變。卽以詞言，亦疏儁開子瞻，深婉開少游。本傳云：『超然獨鶩，衆莫能及。』獨其文乎哉？」（六十一家詞選敍）按歐詞經劉輝竄亂（見西清詩話及名臣錄），故瑕瑜互見。卽李清照所稱「深得疊字法」之蝶戀花詞，亦實出於正中，誤入歐集。要其秀逸委宛，可於臨江仙，踏莎行諸詞驗之。

3. 柳永　周濟曰：「耆卿爲世訾謷久矣，然其鋪敍委宛，言近意遠，森秀幽淡之趣在骨。」又曰：「耆卿樂府多，故惡濫可笑者多。使能珍重下筆，則北宋高手也。」劉熙載曰：「耆卿詞細密而妥溜，明白而家常，善於敍事，有過前人。惟綺羅香澤之態，所在多有，故覺風期未上耳。」馮煦曰：「耆卿詞曲處能直，密處能疏，奡處能平，狀難狀之景，達難達之情，而出之以自然，自是北宋巨手。然好爲排體，詞多媟黷，有不僅如提要所云：『以俗爲病』者。避暑錄話謂：『凡有井水飲處，卽能歌柳詞。』三變之爲世詬病，亦未嘗不由於此。蓋與其千夫競聲，毋甯白雪之和寡也。」按永以失意無聊，流連坊曲，乃盡取俚俗語言，編次入詞，以便伎人傳習。（樂府餘論說）故詞格不高，語多俚俗。獨善於敘事，凡能溶情入景，詞旨遠淡，故言北宋之慢詞者，必於耆卿首屈一指焉。

4. 張先　先與柳永齊名，享年較久，故歌詞聞於天下，以「雲破月來花弄影，」「嬌柔嬾起，簾壓捲花影，」「柳徑無人，墮飛絮無影，」三句，生平得意，自號張三影云。晁無咎謂：「子野與耆卿齊名，而時以子野不及耆卿，然子野韻高，是耆卿所乏處。」蓋其清出處，生脆處，味極雋永，非若耆卿之僅工鋪敘也。」

5. 蘇軾　陳師道曰：「東坡以詩爲詞，如教坊雷大使之舞，雖極天下之工，要非本色。」胡寅曰：「東坡一洗綺羅香澤之態，擺脫綢繆宛轉之度，使人登高望遠，舉首高歌，逸懷浩氣，超乎塵埃之外。於是花間爲皁隸，柳氏爲輿臺矣。」按前說病其粗豪，後說稱其曠放。以東坡詞橫溢傑出，不屑裁剪以就聲律，不能不謂之別格。然東坡非純然雄傑而不能婉約者，周濟曰：「人賞東坡粗豪，吾賞東坡韶秀，韶秀是其佳處，粗豪則病也。」觀其「大江東去」及「把酒問青天」諸作，誠如天風海水之逼人，若「乳燕飛華屋，缺月挂疏桐。」及「綵索身輕長趁燕，紅窗睡重不聞鶯」諸句，清綺何減周秦？後人無其才情而徒襲其面目，粗獷之譏，誠所難免，則不善學者之弊也。劉熙載曰：「東坡詞頗似老杜詩，以其無意不可入，無事不可言也。若其豪放之致，則時與太白爲近。」又曰：「東坡定風波云：『尚餘孤瘦雪霜姿。』荷花媚云：『天然地別是風流標格。』雪霜姿，風流標格，學東坡者，便可從此領取。」洞微之言也。

平蘇柳之得失者，徐釚云：「東坡大江東去，有銅將軍鐵綽板之譏。柳七曉風殘月，謂可令十七八女郎，按紅牙檀板歌之。此袁綯語也。後人遂奉爲美談。然僕謂東坡詞自有橫槊氣概，固是英雄本色。柳纖豔處亦麗以淨耳。」按宛轉緜麗，從橫豪爽，雖非一派，原可並行。特婉約而不流於柔曼，豪放而不入於粗疏，斯不失倚聲之正軌耳。

6. 賀鑄　張文潛曰：「方回樂府，妙絕一世，盛麗如游金張之堂，妖冶如攬嬙施之袪，幽索如屈宋，悲壯如蘇李。」以其造語穠麗，而筆力遒勁，兩者兼而有之也。詞原謂其善於練字，多於李長吉溫庭筠詩中來。考其柳色黃詞「芭蕉不展丁香結」句，本玉溪代贈詩。雁後歸詞「人歸落雁後，思發在花前」句，本隋薛道衡聘陳爲人日詩。卽靑玉案詞「梅子黃時雨」句，亦用寇萊公詩。特其全章及踏莎行，望湘人，下水船諸闋，沉著痛快，非僅以溶景入情，造微入妙稱也

7. 秦觀　黃庭堅　陳師道曰：「今代詞手，惟秦七，黃九耳，餘人不逮也。」按淮海，山谷，齊名，而論者多乙黃而甲秦。如彭孫遹云：「詞家每以秦七，黃九並稱，其實黃不及秦甚遠。猶高之視史，劉之視辛，雖齊名一時，而優劣自不可掩。」以山谷時出淺俚褻諢之辭，不免傖父之譏也。晁補之云：「魯直小詞固高妙，然不是當行家，乃著腔子唱好詩也。」則尤非少游樂府之語工而協律者比矣。（葉少蘊語）

亦有以子瞻，耆卿況少游者：張綖云「少游多婉約，子瞻多豪放，當以婉約爲主。」蔡伯世云：「子瞻辭勝乎情，耆卿情勝乎辭，辭情相稱者，惟少游而已。」以少游實兼兩家之長，故晁氏又謂：「近來作者皆不及少游，如『斜陽外，寒鴉數點，流水繞孤村。』雖不識字人，亦知是天生好言語也。」馮煦曰：「淮海，小山，古之傷心人也。其淡語皆有味，淺語皆有致。」王國維謂：「此惟淮海足以當之。小山矜貴有餘，但可方駕子野，未足抗衡淮海也。」蓋淮海與小山同其妍麗，而幽秀則過之。故東坡歎爲詞手，山谷傾倒其千秋歲詞也。

8. 周邦彥　宋人論美成者，沈義父曰「凡作詞，當以清眞爲主。蓋清眞最爲知音，且無一點市井氣。下字，運氣，皆有法度。」張原曰：「美成負一代詞名，所作之詞，渾厚和雅，善於融化詩句。」按常州派尊美成而薄姜，張，以其詞沈鬱頓挫，有轉無竭，全用縮筆，包舉時事也。周濟曰：「清眞渾厚，正於鉤勒處見。他人一鉤勒便刻創，清眞愈鉤勒愈渾厚。」又曰：「清眞沈痛至極，乃能含蓄。」又曰：「美成集大成者也。」其推尊之者至矣。而劉克莊乃以「頗偸古句」少之。周密亦曰：「美成長短句，純用唐人詩句。如『低鬟蟬影動，私語口脂香』此乃元白全句」（浩然齋雅談）然能隱括入律，混然天成，不足為病。（陳振孫說）若夫玉田謂其軟媚不宜學，彭孫遹辨之曰：「美成詞如十三女子，玉艷珠鮮，政未可以其軟媚而少之也。」不知詞原雜論明云：「美成詞只當看他渾成處，於軟媚中有氣魄，采唐詩融化為自己者，乃其所長，惜乎意趣不高遠。所以出奇之語，以白石騷雅句法潤色之，眞天機雲錦也。」是玉田之意，謂無氣魄而學美成，則必失之軟媚，未嘗以軟媚病美成也。馮煦曰：「張綱孫言：『結構天成，而中有艷語，儁語，奇語，豪語，苦語，癡語，沒要緊語，如巧匠運斤，豪無痕跡。』毛先舒言：『北宋詞之盛也，其妙處不在豪快而在高健，不在艷冶而在幽咽。豪快可以氣取，艷冶可以言工，高健幽咽則關乎神理骨性，難可強也。』又曰：『言欲層深，語欲渾成。』諸家所論，未嘗專屬一人，而求之兩宋，惟片玉，梅溪足以備之。周之勝史，則又在渾之一字。詞至於渾而無可復進矣。」戈載亦稱：「其意淡遠，其氣渾厚，其音節又復淸妍和雅，為詞家之正宗。」以美成倚聲，流美而復精審，沈著而尤空靈，故能集各派之大成，為萬世所宗仰也。

右述北宋諸作者，擇其尤著者耳。他如王安石，張耒，陳師道之倫各有名篇流傳人口，要非卓然大家，故並略而不述。述南渡詞壇諸領袖作者計七人焉。

9. 辛棄疾　黎莊曰：「稼軒當弱宋末造，負管樂之才，不能盡展其用，一腔忠憤，無處發洩，故悲歌慷慨，抑鬱無聊之氣，一寄之於詞。」蓋辛氏負抑塞磊落之才，値銅駝荆棘之會，弔古傷今，長歌當哭，斯淩厲風發，前無古人。劉潛夫論其詞云：「公所作大聲鏜鎝，小聲鏗鍧，橫絕六合，掃空萬古。」毛晉云：「詞家爭鬭穠纖，而稼軒率多撫時感事之作，磊砟英多，絕不作妮子態。」彭孫遹曰：「稼軒詞胸有萬卷，筆無點塵，激昂排宕，不可一世」可以識其梗概矣。陳廷焯獨賞其賀新郎（別茂嘉弟）一篇，謂：「沈鬱蒼涼，跳躍動盪，古今無此筆力。」（白雨齋詞話）徐釚則謂：「此詞集許多怨事，與李白擬恨賦相似。」古今詞話亦載「稼軒守南徐日，每開宴，必令侍姬歌所作賀新郎（獨坐停雲），自誦其中警句，『我見青山多嫵媚，料青山見我應如是。』與『不恨古人吾不見，恨古人不見吾狂耳。』顧問座客何如。既而作永遇樂，『千古江山，英雄無覓孫仲謀處。』特置酒招客，使妓按歌，自擊節偏問客，必使摘其疵。客多遜謝。岳柯時年最少，曰：『前篇豪視一世，獨前後二警句差相似新作，微覺用事太多耳。』稼軒大喜，酌酒謂座中曰：『夫夫也，實中予痼。』乃改其語，日數十易，累月未竟。其刻意如此。」用事太多，誠辛詞之一病，然稼軒筆力峭拔，故能驅使莊騷經史，無一點斧鑿痕。如水調歌頭云：「凡我同盟鷗鷺，今日既盟之後，來往莫相猜。」雖用經語，而新奇特甚。故非讀書多氣魄大者，不敢步趨。且稼軒非僅以激揚奮厲爲工也。至其「寶釵分，桃葉渡」一曲，昵狎温柔，魂銷意盡，才人伎倆，眞不可測。（沈謙說）故劉潛夫謂：「其穠麗綿密者，亦不在小晏秦郎之下。」信不誣也。後人無其雄才浩氣，徒事叫囂，仿其豪從，則東施之效捧心，益可怪耳。

世以蘇、辛並稱。劉熙載謂：「兩家皆至情至性人，故其詞瀟灑卓犖，悉出於温柔敦厚。」周濟則謂：「東坡天趣獨到處，殆成絕詣，而苦不經意，完璧甚少。稼軒則沈著痛快，有轍可循。南宋諸公，無不傳其衣裘，固未可同年而語。」又謂：「蘇之自在處，辛偶能到之；辛之當行處，蘇必不能到。」按兩家詞並稱豪放，而東坡胸襟曠遠，出語清超；稼軒意氣從橫，下筆沈着。兩者輕重殊涂，仙俠異趣。故宋人以東坡為詞詩，稼軒為詞論，信的平也。

10. 姜夔　吳興掌故集：「堯章長於音律，嘗著大樂議，欲正廟樂。慶元三年，詔付奉常有司收掌，令太常寺與議太樂。時嫉其能，是以不獲盡其所議，人大惜之。」白石蓋善於度曲，故率意為長短句，無不協律。宋詞曲譜後世無傳，惟白石自度腔十七支宮詞樂譜，並在人間，信定珍矣。張炎論其詞品，「如野雲孤飛，去留無迹。」毛晉云：「范石湖平堯章詩：『有裁雲縫月之妙手，敲金戛玉之奇聲。』予於其詞亦云。」劉熙載曰：「白石詞幽韻冷香，令人挹之無盡。擬諸形容，在樂則琴，在花則梅也。」馮煦曰：「白石為南渡一人，千秋論定，無俟揚搉，樂府指迷獨稱其暗香，疏影，揚州慢，一萼紅，琵琶仙，探春慢，淡黃柳等曲，詞品則以詠蟀蟋齊天樂一闋為最勝。其實石帚所作，超脫蹊逕，天籟人力，兩臻絕頂，筆之所至，神韻俱到；非如樂笑二窗輩，可以奇對警句相與標目，又何事於諸調中强分軒輊也。野雲孤飛，去留無迹，彼讀姜詞者，必欲求下手處，則先自俗處能雅，滑處能澀始。」按自叔夏論詞，但主清空，過尊白石，南渡一人，遂成定論。至常州派尊美成而薄張姜，竟一反其說。周濟乃曰：「白石號爲宗工，然亦有俗濫處，（揚州慢，淮左名都，竹西佳處。）寒酸處（法曲獻仙音，象筆鸞箋，甚而今不道秀句。）補湊處，（齊天樂，幽詩漫與，笑籬落呼燈，世間兒女。）敷衍處，（淒涼犯，追念西湖上半闋）支處，（湘月，舊家樂事誰省。）複處。（一萼紅，翠藤共閑穿徑竹，記曾共西樓雅集）不可不知。」立論未免太苛。昔沈義父亦嘗謂其有生硬處。然詞中之有白石，猶詩中之有昌黎。世固有以昌黎爲穿鑿生割者，則以白石爲生硬也亦宜。（詞林紀事引師說）若夫劉氏藝概謂：「玉田盛稱白石而不甚許稼軒，耳食者遂於兩家有軒輊意。不知稼軒之體，白石嘗效之矣。集中如永遇樂，漢宮春諸闋，均次稼軒韻。其吐屬氣味，皆若祕響相通，後人過分門戶邪？」周濟亦謂：「白石脫胎稼軒，變雄健爲清剛，變馳驟爲流宕。」其說並可信也。

11. 史達祖　張鎡曰：「史生之作，辭情俱到，織綃泉底，去塵眼中，妥帖輕圓，特其餘事。至於奪苕豔於春景，起悲音於商素，有瓌奇警邁，清新閒婉之長，而無訑蕩汚淫之失，端可以分鑣清眞，平晚方回。」姜堯章云：「邦詞奇秀清逸，蓋能融情景於一家，會句意於兩得。」按梅溪綺羅香詞「臨斷岸」以下數語，及雙雙燕詞「柳昏花暝」之句，並爲堯章稱賞，世因以白石，梅溪並稱。然許蒿廬云：「驟閱之，史似勝姜，其實則史少減堯章。昔鈍翁嘗問漁洋曰：『王孟齊名，何以孟不及王？』王漁洋曰：『孟詩味之未能免俗耳。』吾於姜史亦云。」以梅溪用筆，多涉纖巧，終非大家。周濟謂：「其詞中喜用偸字，品格便不高。」加以依附權相，至被彈章，史臣至不屑道其姓字，尤足惜也。

12. 吳文英　詞人途徑，清空質實，各有家數。張叔夏云：「夢窗如七寶樓臺，眩人眼目，折碎下來，不成片段。」沈伯時云：「其失在用事，下語太晦處，人不可曉。」則主清空者也。尹唯曉云：「求詞於宋，前有清眞，後有夢窗。」沈伯時亦許其深得清眞之神。周濟云：「夢窗奇思壯采，騰天潛淵，返南宋之清泚，爲北宋之穠摯。」則大反前說。惟提要云：「天分不及周邦彥，而研鍊之功則過之。詞家之有文英，如詩家之有李商隱。」較爲平允。蓋夢窗詞雕琢字句，非無晦澀處；要其至者，神韻流美，如天光雲景，搖蕩綠波，仍是一片靈機。矧其詞旨綿邈，意態幽逸，有非驟觀所能測者。戈載曰：「夢窗從吳履齋諸公游，晚年好塡詞，以綿麗爲尙，運意深遠，用筆幽邃，鍊字鍊句，迥不猶人。貌觀之雕繢滿眼，而實有靈氣行乎其間。細心吟繹，覺味美於回。引人入勝，既不病其晦澀，亦不見其堆垛。此與淸眞、梅溪、白石，並爲詞學正宗，一脈眞傳，特稍變其面目耳。猶之玉溪生之詩，藻采組織，而神韻流轉，旨趣永長，未可譏其獺祭也。」馮煦曰：「夢窗之詞麗而則，幽邃而緜密，脈絡井井，而卒焉不能得其端倪。」可謂知夢窗矣。周濟謂：「皐文不取夢窗，是爲碧山門逕所限耳。夢窗立意高，取逕遠，皆非餘子所及。惟過嗜餖飣，以此被議。若其虛實並到之作，雖淸眞不過也。」褒貶亦得其平，非如尹氏、戈氏之推崇過當也。

13. 周密　公謹號草窗，與吳文英之作，合稱爲二窗詞。以其與夢窗交誼至篤，且精究聲律，風格淸標，無一不似夢窗也。戈載曰：「草窗詞盡洗靡曼，獨標淸麗，有韶秀之色，有綿渺之思，與夢窗旨趣相侔。二窗並稱，允矣無忝。其於律亦極嚴謹，蓋交游甚廣，深得切劘之益。」周濟曰：「公謹敲金戛玉，嚼雪盥花，新妙無與爲匹。公謹，只是詞人，頗有名心，未能自克，故雖才情詣力，色色絕人，終不能超然遐舉。」又曰：「草窗鏤冰刻楮，精妙絕倫，但立意不高，取韻不遠，當與玉田抗行，未可方駕王、吳也。」今按草窗詞之精粹者，如一萼紅之登蓬萊閣詞，情詞俱勝，雖王、吳何以過之？

14. 張炎　樓敬思曰：「南宋詞人，姜白石外，惟張玉田能以翻筆側筆取勝。其章法字法，俱超清虛騷雅，可謂脫盡蹊徑，自成一家。訖今讀集中諸闋，一氣卷舒，不可方物，信乎其爲『山中白雲』也。」按南渡詞人，好纖穠者不出乎秦、柳，矯靡曼者自比於蘇、辛，求其折衷至當，厥長補短，堯章、叔夏實爲正宗。叔夏信足與白石老仙相頡頏也。戈載曰：「玉田之詞，鄭所南稱其『飄飄徵情，節節弄拍』，仇山村稱其『意度超玄，律呂協洽』，是眞詞家之正宗，塡詞者必由此入手，方爲雅音。玉田云：『詞欲雅而正』。雅正二字，示後人之津梁，卽寫自家之面目。……玉田易學而難學。玉田以空靈爲主，但學其空靈，而筆不轉深，則其意淺，非入於滑，卽入於粗矣。玉田以婉麗爲宗，但學其婉麗，而句不鍊精，則其音卑，非近於弱，卽近於靡矣，故善學之，則得其門而入，升其堂，造其室，卽可與淸眞，白石，夢窗諸公互相鼓吹。否則浮光掠影，貌合神離，仍是門外漢而已。」然則周濟所言：「專恃磨礱雕琢，裝頭作脚，毫無脈絡」者，非深知玉田者也。玉田詞主雅淡，意至深婉，後人徒以修飾字句學之，浮滑靡弱之譏，乃不能免，斯亦不善學者之過，未容遽斥古人也。

15. 王沂孫　戈載曰：「中仙詞運意高遠，吐韵姸和，其氣淸，故無沾滯之音。其筆超，故有宕往之趣。是眞白石之入室弟子也。周濟選詞，欲人問途碧山，謂「碧山饜心切理，言近指遠，風容調度，一一可尋。」又曰：「碧山胸次恬淡，故黍離麥秀之感，只以唱歎出之，無劍拔弩張習氣。詠物最爭託意，隸事處以意貫串，渾化無痕，碧山勝場也。」以碧山詞託意既深，隸事亦妙。張惠言謂「其詠物詞並有君國之憂。媚嫵喜君有恢復之志，而惜無賢臣也。高陽臺傷君臣晏安不思國恥，天下將亡也。慶淸朝言亂世尙有人才，惜世不用也。」（並見張氏詞選）端木埰謂「其齊天樂詞，宮魂點出命意。乍咽三句，慨播遷也。西窗三句，傷敵騎暫退，燕安如故也。鏡掩二句，殘破滿眼，而側媚依然也。銅仙三句，宗器遷移，澤不下究也。病翼三句，言海島樓流，斷不能久也。餘音三句，遺臣孤憤，哀怨難論也。慢想二句，責諸臣到此，尙安危利災，視若全盛也。」（王鵬運本集跋引）信乎寄慨遙深，情詞悱惻，南宋諸家，靡與倫匹矣。

右述南宋七家，舍稼軒外，戈載所稱爲諸大家者也。此外若周必大，陸游，劉克莊，陳亮，劉過輩，見於黃昇中興以來絕妙詞選者凡八十九家，見周密絕妙好詞者，凡百三十二家，未能詳述也。馮煦曰：「北宋大家每從空際盤旋，故無椎鑿之跡。竹坡以下，漸以字句求工，而昔賢疏宕之致微矣。」劉熙載曰：「北宋詞用密亦疏，用隱亦亮，用沈亦快，用細亦闊，用精亦渾，南宋只是掉轉過來。」於兩派之同異，言之至晰。若夫統括兩朝，喻諸詩品，則劉氏謂：「東坡，稼軒，李，杜也。耆卿，香山也。夢窗，義山也。白石，玉田，大曆十才子也。其有似韋蘇者，張子野當之。」對照參觀，亦足徵詞場之正變焉。

（七）餘論

詞之爲調，萬氏詞律所載，凡六百五十有九，計一千七百七十三體。欽定詞譜，又倍增之。其律呂，音韻，俱有定格。而遣詞，造意，則無定格也。昔沈義父謂作詞之法，實難於詩。其言曰：

音律欲其協，不協則成長短句之詩。下字欲其雅，不雅則近乎纏令之體。用字不可太露，露則直突而無深長之味。發意不可太高，高則狂怪而失柔婉之意。

陳子龍更暢其說曰：

以沈摯之思而出之必淺近。使讀之者驟遇之如在耳目之前，久誦之而得雋永之趣。則用意難也。以儇利之詞，而製之必工練，使篇無累句，句無累字，圓潤明密，言如貫珠。則鑄詞難也。其爲體也，纖弱明珠翠羽，猶嫌其重，何況龍鸞？必有鮮妍之姿而不藉粉澤。則設色難也。其爲境也，婉媚雖以驚露取妍，實貴含蓄不盡，時在低徊唱歎之餘。則命篇難也。

兩說互相發明，足爲準則。茲更就小調，中調，長調，三者析論之。沈謙曰：

小調要言短意長，忌尖弱。中調要骨肉停勻，忌平板。長調要操從自如，忌粗率。能於豪爽中著一二精緻語，綿婉中著一二激厲語，尤見錯綜。

又曰：

小令中調有排蕩之勢者，吳彥高之「南朝千古傷心事」，范希文之「塞下秋來風景異」是也。長調極狎昵之情者，周美成之「衣染鶯黃」，柳耆卿之「晚晴初」是也。於此足悟偸聲變律之妙。

夫小令猶詩中之絕句，貴乎節短音長，含蓄不盡。中調長調猶排律，歌行，則須沈鬱頓挫，穠麗婉轉。沈氏所論，殆非常則。沈雄柳塘詞話曰：

詞貴柔情曼聲，弟宜於小令。若長調而亦喁喁細語，失之約矣。惟沈雄悲壯，情致亹亹，方爲合作。其多有不轉韻者，以調長勢散，恐其氣不貫也。如兪彥所云：「意窘於侈，字貧於複氣竭於鼓鮮不納敗。」

鄒祗謨遠志齋詞衷亦曰：

余常與文友論詞，謂小調不學花間，則當學歐，晏，秦，黃。花間綺琢處，於詩爲靡，而於詞則爲古錦紋理，自有黯然異色。歐，晏蘊藉，秦，黃生動，一唱三歎，總以不盡爲佳。淸眞樂章，以短調行長調，故滔滔莽莽處，如唐初四傑作七古，嫌其不能盡變。至姜，史，高，吳，而融篇練句琢字之法，無一不備。今惟合肥兼擅其勝，正不用修好入六朝麗字，似近而實遠也。

並謂小令以警策爲工，雖以稼軒之雄健，於短調亦間作嫵媚語；曲折變化，無所用之。非若長調之須麗情盛藻，布置周密，節節轉換，而又能一氣貫注也。學者可以知所取法矣。

本章參考書

全唐詞——附全唐詩後

毛晉宋六十一詞　又詞苑英華

沈辰垣歷代詩餘

江標宋元名家詞

朱彝尊詞綜

朱祖謀彊村叢書

以上總集

趙崇祚花間集

尊前集

草堂詩餘

黃昇花菴詞選

周密絕妙好詞

王沂孫樂府補題

陳耀文花草粹篇

張惠言詞選

董毅續詞選

周濟宋四家詞選　又詞辨

戈載宋七家詞選

成肇麐唐五代詞選

馮煦宋六十一家詞選

以上詞選

張炎詞原　附楊纘作詞五要

沈義父樂府指迷

王灼碧雞漫志

周密浩然齋雅談下卷

陸韶詞旨

楊愼詞品

王世貞詞平

沈雄古今詞話　又柳塘詞話

沈辰垣歷代詞話　附歷代詩餘後

鄒祇謨詞衷

王士禎花草蒙拾

賀裳詞荃

劉體仁詞繹
徐釚詞苑叢談
張樇詞林紀事
毛奇齡西河詞話
方成培詞麈
劉熙載詞曲概
宋翔鳳樂府餘論
孫麟趾詞逕
周濟介存齋論詞雜著附詞辨後
俞彥爰園詞話
謝章鋌賭棋山莊詞話
陳廷焯白雨齋詞話
鄭文焯詞原斠律

王國維人間詞話

任訥詞原斠法

吳梅詞學通論

劉毓盤詞史

以上詞平

王奕清等欽定詞譜

萬樹詞律　杜文瀾校正

舒夢蘭白香詞譜

戈載詞林正韵

以上詞律及詞韵

第九章　論金元以來南北曲

(一)曲之原流

王世貞曰：「曲者詞之變。自金元入中國，所用胡樂嘈雜凄緊，緩急之間，詞不能按。乃更爲新聲以媚之。」（藝苑巵言）劉熙載曰：「曲之名古矣，近世所謂曲者，乃金元之北曲及後復溢爲南曲者也。未有曲時，詞卽是曲；既有曲時，曲可悟詞。苟曲理未明，詞亦恐難獨善矣。」（藝概）按金元來自塞外，音律與諸夏異宜，非復舊調所能諧協，新聲代起，由是北曲以作。然尋其淵原，仍本諸詞，兩者雖彼此界域分明，而體製則先後沿襲。茲推原流變，其嬗變之迹，可得言焉。

1. 宋雜劇詞　宋詞之歌舞相合者，其體有六：一曰，傳踏，亦謂之轉踏，亦謂之纏達；二曰，曲破；三曰大曲。三者並限於一曲者也。四曰，鼓吹曲；五曰，諸宮調；六曰，賺詞。三者合數曲而成套者也。其大較已述於前章矣，而集其大成者，則爲雜劇詞。雜劇實兩宋流行最要之戲曲，（都城記勝言：「散樂教坊十三部，惟以雜劇爲主」）下啓金人院本元人雜劇之先聲。故言元曲者不可不溯其原於宋詞也。

2. 金院本　陶宗儀輟耕錄云：「金有雜劇，院本，諸宮調。院本，雜劇，其實一也。國朝（元朝）始釐而二之。」王國維考輟耕錄所著錄之院本六百九十種，皆金人之作。其名例與周密武林舊事所記宋官本雜劇段數，大抵從同，體裁亦復近似，而複雜過之。（詳宋元戲曲史第五章第六章）則院本非金人之創作，實沿用宋詞之體式。故宋雜劇與金人院本兩者初無二致也。

3. 鼓子詞，搊彈詞，連廂詞　毛奇齡西河詞話曰：「宋末，有高定郡王趙令時者，始作商調鼓子詞，譜西廂傳奇，則純以事實譜詞曲間，然猶無演白也。金章宗朝，董解元不知何人，實作西廂搊彈詞，則有白有曲，專以一人搊彈，並念唱之。嗣是，金作清樂，仿遼時大樂之製，有所謂連廂詞者，則帶唱帶演。」三者並聯章之詞，（詳前章）亦宋金戲曲之支流也。

4. 元雜劇　後人參合前述宋金兩代歌曲，以一定之體段，一定之曲調，成一種新文體者，則元人之雜劇也。王氏考元雜劇視前代戲曲之進步約有二端：一就樂曲言之，宋雜劇中用大曲者格律至嚴，用宮調者變化較多，則欠雄肆。元雜劇視大曲爲自由，而較諸宮調爲雄肆也。二就體製言之，宋大曲皆爲敘事體，金之院本雖用代言，大體仍多敘事。元雜劇則於科白中敘事，而曲文全爲代言也。（詳宋元戲曲史）樂曲文體，兩者並進，而後一代之新文體出焉。然其由宋詞蛻變而成，可於周德淸中原音韵所紀三百三十五章中分析之，其出於古曲者凡百有十章，殆及全數三分之一。雖其詞字句之數，或與古詞不同，當由時代遷移之故。其淵原所自，要不可誣也。（王國維說）

5. 明傳奇　傳奇之名雖始於宋，而學者於明以後之劇本，率稱傳奇。元雜劇概屬北曲，傳奇則南曲也。王世貞論南曲之起原曰：「北曲不諧南耳，而後有南曲。」又曰：「大江以北漸染胡語，時時采入，而沈約四聲，遂缺其一。東南之士未盡顧曲之周郎，逢掖之間又稀辨撾之王應，稍稍復變新體，號爲南曲。」南曲之成，固在明初，而元人所作小令套數，每有用南北合套者。故南曲作始，實在元季，似去詞較遠，兩不相涉。然考沈璟之南九宮譜所載南曲五百四十三章，出於古曲者凡二百六十章，幾當全數之半。較北曲之出於古曲者尤多。且北曲中調名與詞同者，其句法不必從同，而南引子調名與詞同者，其句法亦多類似。南曲於宋詞之關係，於此亦可見矣。

6. 詞曲之沿革　考詞曲兩者相沿襲之點，著之如左，見其淵原所自焉。

(A)曲之宮調牌名多本於詞　宮調之說，始見於詞原。所謂七宮者：一黃鐘宮，二仙呂宮，三正宮四商宮，五南呂宮，六中呂宮，七道宮。十二調者：一大石調，二小石調，三般涉調，四歇指調，五越調，六仙呂調，七中呂調，八正平調，九高平調，十雙調，十一黃鐘羽調，十二商調。此南宋時所存宮調之目也。核之中原音韻，僅存六宮十一調，故有十七宮調之名。自元代亡其歇指調，角調，宮調三者，僅存十四。南曲又失商角調，僅存十三。十三調中六宮改稱為調，明蔣惟忠乃有十三調譜之作。知北十四，南十三，並由十七宮調蛻嬗而出，則謂南北曲之宮調，出於詞之宮調，非臆說也。曲之調名，俗稱曲牌。曲牌之名本於詞牌者至多，特在北曲，牌名雖同，句法各異，以北人音樂殊於中原也。至南曲如虞美人，謁金門，一剪梅等，牌名句法，兩無差池，足徵南曲折衷兩者之間。故後人每求宋調音節於南曲中也。

(B)曲之體製多本於詞　任訥考詞曲各體間相互之關係，約有三端：

(1)確是一體曲由詞變者。　詞中「尋常散詞」變為曲中「尋常小令」，詞中「成套者」變為曲中套數，跡象最明。其他詞中「犯調」與曲中「集曲」，詞中「聯章」與曲中「重頭」，確爲一體，亦易見也。

(2)雖非一體，而極相當者。 如詞中「大遍」當於曲中之「套數」，詞中雜劇詞當於曲中之雜劇傳奇。詞中「摘遍」當於曲中之「摘調」等。此種比較，亦可由省察而得也。

(3)僅屬一體，詞曲難分者。 此專指「諸宮調」及「賺詞」而言。二者發生，確在宋代，故前章列爲詞體之一種。實則宋時諸宮調失傳，所用究與尋常詞合否，不可知也。而金元以後之諸宮調，亦斷非尋常曲調，既不能言詞有諸宮調，亦不能言曲有諸宮調也。賺詞一種，體製首尾調名字句無一不似元曲，則其去詞甚遠可知。但元曲中又絕無其調，似亦兩無所歸者也。（詞曲研究法說）

更求其嬗變之理，則不外演進退化二因，述之如次：

(1)由詞發達而爲曲者 如詞之成套，變爲曲之成套。是詞中大遍，無論法曲，大曲，皆有散序歌頭，非套曲之散板引子而何？大曲之有殺袞，又非套曲之尾聲而何？故言法曲，大曲者，雖仍認其爲一詞之多遍相聯，但實則確具成套之形式。質言之，卽套詞之一種也。故套之在詞，初爲一詞多遍者；繼爲一宮多調者；將變成曲，則諸宮調亦可聯套；已變成曲，則一套中有借宮之製；再進一步，則南北殊聲者，亦可以聯合而爲調矣。

(2)由詞退化而爲曲者　如詞之尋常小詞，變爲曲之尋常小令是。蓋在詞中，凡體調雙疊三疊四疊者，必不容割去下疊或下數疊而不塡。一至曲中，則原調雖有么篇，或么篇換頭，例多略而不塡也。（惟少數小令，如黑漆弩，晝夜樂等，仍依詞法，塡前後兩疊。）故詞調有二百餘字極長者；至曲調則除增句格，帶過曲，或集曲外，大都不滿百字也。（詞曲研究法說）

凡此變化消長之間，所發生之異同繁簡，並可由比較觀察，辨其異同。則詞爲曲之鼻祖，曲由詞遞演而來，其痕跡分明，昭然若揭。故詞名詩餘，曲名詞餘，並可信也。

（二）曲之體製

曲之大體，不過小令，套數，雜劇，傳奇數事，其間小令有重頭，過曲，集曲等目；雜劇，傳奇有南曲北曲之差。詳爲裁別，異體至繁，茲舉其顯著者言之。

(A)小令　曲中尋常小令取一二短調塡之，此製與詞中尋常散詞略同，或卽由詞蛻變而來，前章已詳，無俟複述。外有摘調，重頭，過曲，集曲及演故事者，述之如次。

(1)摘調　散曲中於尋常小令外，周德淸有摘調之一法，蓋從一套中摘取一二調聲文並美者，另作小令，猶前章所述詞中之摘遍也。

(2)重頭　曲之小令中有重頭一體，以北曲中爲最多。其中有一題者，有分題者，猶前述聯章詞中一題與分題也。南曲重頭與無尾之套曲每不易辨，可於用韵處別之。若前後異韵，是爲重頭；否者首尾一韵，則成套矣。

(3)帶過曲　散曲中之帶過曲者凡分三類；一，北帶北；二，南帶南；三，南北兼帶者。

(4)集曲　集曲者節取數曲之詞句，以合成一曲也。此例求之北曲中，如女彈折之九轉貨郞兒外，其餘不可多得。南曲如梁州新郞，甘州歌等，其例至多。約別兼集尾聲者與不集尾聲者兩類。

(5)演故事者　散曲之演故事者，有紀動及紀言二者之別。紀動者多屬「同調重頭」之一體，如雍熙樂府中摘翠百詠小春秋，即以小桃紅一調重頭，多至百數，統詠西廂前後情節者也。紀言者則爲「異調間列」一體，如樂府羣玉中王日華雙漸小靑問答，率以天香引爲問，淩波仙爲答，二調相間而列也。（此體與套曲不同）

(B)套數　套數者無引子，無科白，但取宮調相同之曲，聯貫而成也。王季烈曰：「套數南北曲中皆有一定之體式。在北曲雖有長套短套之別，而各宮調之套數，其首尾數曲，殆爲一定，不過中間之曲，可以增删改易及前後倒置耳。在南曲，則惟引子必用於出場時，尾聲必用之於歸結處，至中間各曲，孰前孰後，頗難一定。然非無定也，蓋南曲有慢急之別，慢曲必在前，急曲必在後，欲聯南曲成套數，先當辨別何者爲慢曲，何者爲急曲，何者爲可慢可急之曲，而後體式可無誤也。」（螾廬曲譚）茲舉其類別：

(1)尋常散套　尋常散套中北曲套數及南曲套數，宮調，體式，兩者各異，是爲南北分套。更有南北合套者，取南北曲相間而成之套數也。其例則自元沈和創之。其所作瀟湘八景，歡喜寃家諸本，皆南北合套之曲也。

(2)重頭加尾聲之套　南曲中有以一調重頭加尾聲而成套者，與小令中之重頭有別。小令中凡調皆可重頭，套曲中必宜疊用之曲，方可重也。

(3)無尾聲之套　又分尋常散套無尾聲，及重頭無尾聲兩類。

(C)雜劇　暖姝由筆云：「有白有唱者名雜劇，扮演戲文，跳而不唱者名院本。」按輟耕錄云：「國朝雜劇，院本分而爲二。」是雜劇者元人所創代言體之曲劇，院本則金原遺文，不用代言體賓白之曲劇也。今考院本，舍輟耕錄所載六百九十種名目外，無一存者，故存而不論，而述雜劇之體制焉。

(1)一本四折　雜劇以宮調之曲一套爲一折，通例每本以四折爲限，惟紀君祥之趙氏孤兒一本五折，則爲變例。毛奇齡西河詞話曰：「至元人造曲，則歌者舞者，合作一人，使勾欄舞者自司歌唱，而第設笙，笛，琵琶，以和其曲。每入場以四折爲度，謂之雜劇。其有連數雜劇而通譜一事，或一劇，或二劇，或三四五劇，名爲院本西廂者，合五劇而譜一事者也。然其時司唱獨屬一人，仿連廂之法，不能遽變」。蓋雜劇至多四折，若王實甫西廂記總二十折，後人或目之爲傳奇，實則集五本雜劇而成也。

(2)一折一調一韵　南北曲之宮調，通行者凡六宮十二調，實際雜劇中所常用者，僅仙呂，南呂，黃鐘，中呂，正宮，大石，商調，越調，雙調九種而已。在北曲中，一折限於一調，其第一折，第二折所用之曲且多從同。梁廷柟曲話曰：「北曲中第一折必用仙呂點絳唇套曲，第二折多用南呂一枝花套曲，餘則多用正宮端正好，商調集賢賓等調。蓋一時風氣所尙，人人習貫其聲律之高下，句調之平仄，先已熟記於胸中，臨文時或長或短，隨筆而赴，自無不暢所欲言。」今考之元人百種曲，證明梁氏之說如左：

宮調	套數	第一折	第二折	第三折	第四折
仙呂	點絳唇	95	2	0	0
	八聲甘州	3	0	0	0
	村裏迓鼓	0	0	0	(1)
南呂	一枝花	0	35	8	1
中呂	粉蝶兒	0	13	30	16
正宮	端正好	1	31	18	6
黃鐘	醉花陰	0	1	2	4
大石	六國朝	1	0	1	0
	念奴嬌	0	1	0	0
商調	集賢賓	0	7	12	0
越調	鬭鵪鶉	0	6	15	1
	耍三台	0	1	0	0
雙調	新水令	0	2	13	71
	五供養	0	1	1	1
		100	100	100	100

又每一折中一韻到底，多用周德清中原音韻十九部之韻目也。

(3)楔子　雜劇每本四折，其有餘情難入四折者，另爲楔子。止一二小令，非長套也。楔音屑，墊卓小木謂之楔，木器筍鬆，而以木砧之，亦謂之楔。吳音讀如撒。（西廂箋疑）說文：「楔，櫼也。」楔子所以補四折外未盡之餘情，亦猶楔用以補兩木間之間隙也。楔子或用於折首，或在各折之間，大抵用仙呂賞花時或端正好二曲，用仙呂憶王孫及越曲金蕉葉者，則屬諸例外。惟西廂記第二劇中之楔子，則用正宮端正好全套，與一折等，其實一楔子也。（王國維說）

⑷一人獨唱　北曲每折，唱者專限於一人，非正末卽正旦，說白者爲賓，不容其歌詠也。李漁閒情偶寄曰：『賓與主對，說白在賓，而唱者自有主也。北曲一折，止隸一人，雖有數人在場，其曲止出一口，從無互歌迭詠之事。』梁廷枏曲話亦曰：「至元曲則歌舞合於一人，一折自首至末，皆以其人專唱，非正末卽正旦。唱者爲主，而白者爲賓，則連廂之法未盡變也。」然明人對於賓白，有持異說者。姜南抱璞簡記曰：「北曲中有全賓全白，兩人相說曰賓，一人自說曰白。」（續說郛卷十九引）則賓白又自有別，茲仍以賓主說爲是。

⑸題目正名　北曲之末，必有題目正名，大抵由七言或八言聯句而成。有二句，有四句者。其正名則說明其爲何種雜劇也。如關漢卿竇娥冤之題目曰：「秉鑑持衡廉訪法，」正名曰：「感天動地竇娥冤。」略述竇娥冤雜劇之劇情也。又白仁

甫梧桐雨之題目曰：「安祿山反叛干戈舉，陳元禮拆散鸞鳳侶。」正名曰：「楊貴妃曉日荔枝香，唐明皇秋夜梧桐雨。」四句三韻，與詩無異。且考之毛奇齡西河詞話，知題目正名非優人自唱，乃扮演人下場後，由伶人代唱，猶連廂詞中司唱者坐間代唱之遺風也。

(G)傳奇　前述元雜劇限於四折，每折限一宮調，唱者限於一人，其規律至嚴，不容出入。其體制自由，一本多至數十折者，名曰傳奇。考傳奇之名，作始於宋，本傳奇，雜劇之總稱，後人以傳奇之名，專屬之明以後之劇本，以示區別於元雜劇也。試述其體制如次：

(1)齣目　北曲每本四折，逕以第一折，第二折呼之，未嘗別製標題。至南曲則齣數無定，且每折必標齣目，或用四字，或用二字，大概用二字者爲多。如長生殿全部五十折，第一折曰「傳概」，第二折曰「定情」，第三折曰「賄權」等，是其例也。

(2)每齣無一定之宮調，且許換韻。　北曲一折一調，必須一韻到底。南曲不拘此制，卽一齣中前曲後曲宮調各異，且許換韻也。

(3)破一人獨唱之例 北曲每折限定一人獨唱，法至拙滯，南曲則否，凡登場人物皆可互歌共唱，不拘人數之多寡也。故毛奇齡曰：「至元末明初，改北曲爲南曲，則雜色人皆唱，不分賓主。」破一人獨唱舊例，其興趣較北曲洋溢矣。

(4)楔子 北曲於題前或過渡處，必有楔子。至傳奇第一折正生出場之前，先以副末開場，略述前書大意，謂之「家門」。可作爲第一折，亦可不入各折之內。所塡者則爲詞而非曲，略一二首，與北曲楔子相當。

(5)下場詩 北曲篇末有題目正名，南曲則以下場詩代之。如殺狗記下場詩曰：「兩喬人全無仁義，蠢員外不辨親疏；孫二郎破窰風雨，楊玉貞殺狗勸夫。」其中亦包含曲名，與元曲殺狗勸夫雜劇之題目名云：「孫蟲兒挺身認罪，楊氏女殺狗勸夫，」無以異也。足徵下場詩與題目正名之關係矣。

(三)南北曲之聲律

樂曲之分南北也，其起於晉宋之際乎？考宋人胡翰之言曰：「晉之東，其辭變爲南北。南音多艷曲，北俗雜胡戎。」吳萊亦曰：「晉宋六代以降，南朝之樂，多用吳音；北國之樂，僅襲夷虜。」（據王驥德曲律引）蓋自胡樂代起，夏聲浸微，中邦曲苑，遂分兩派。其眞雖約略可識，其聲調久不可得而辨矣。今論南北聲律同異，莫詳於明人之說焉。康德涵曰：「南詞主激越，其變也爲流麗；北曲主慷慨，其變也爲朴實。惟朴實故聲有矩度而難借；惟流麗故唱得宛轉而易調。」謂南調差易，北曲較難。至王元美藝苑卮言則曰：「北主勁切雄麗，南主清峭柔遠，北字多而調促，促處見筋；南字少而調緩，緩處見眼。北詞情少而聲情多，南聲情少而詞情多。北力在絃，南力在板。北宜和歌，南宜獨奏。北氣易粗，南氣易弱。此其大較。」則南北各有短長，所論視康說爲詳。魏良輔曲律亦主斯說。臧晉叔元曲選序則辨之曰：「予嘗見王元美之論曲曰『北曲字多而聲調緩，其筋在弦，南曲字少而聲調繁，其力在板』。夫北之被弦索，猶南之合簫管，僅藏掩抑，頗足動人；而音亦嫋嫋，與之俱流，反使歌者不能自主。是曲之別調，非其正也。若板以節曲，則南北皆有力焉。如謂北筋在弦，亦謂南力在管，可乎？惜哉元美之未知曲也！」數家並深明音律者也，其言之不同有如此，是固非後人所能盡明。惟欽定曲譜曰：「每曲字句多寡，音律高下，大都不出本宮本調，而塡者之從橫見長，歌者之疾徐取巧，全在偸襯互犯。譜中不過成法大略耳。在善識譜者神而明之，斯無印板之弊。」則譜有定法，而運用之妙，存乎其人。今惟就宮調，曲牌，四聲陰陽之法言之。至製譜，度曲之妙用，則俟諸識者。

(1)宮調　各家區別南北曲之宮調，不盡從同。要以六宮十一調之說較爲通行。其目如左：

六宮　仙呂　南呂　黃鐘　中呂　正宮　道宮

十一調　大石　小石　般涉　商角　高平　揭指　宮調　商調

角調　越調　雙調

右列六宮十一調中，揭指，宮調，角調，並有目無詞，實僅十四宮調耳。而此十四宮調中，道宮，小石，般涉，商角，高平，曲牌並少。故北曲中常用之套數，實僅黃鐘，正宮，仙呂，南呂，中呂，大石，商調，越調，雙調九種宮調而已。南曲有仙呂，正宮，中呂，南呂，黃鐘，道宮，越調，商調，雙調，仙呂入雙調，羽調，大石，小石，般涉，凡十四種。其商角，高平，揭指，宮調四種並無南詞，般涉所屬，僅哨遍一曲，殊不適用，可置勿論。實僅十三種而已。

宮調所以限定樂器管色之高低，故一曲必屬於某宮或某調，一套曲亦必同宮同調，不容紊亂，方不致有出宮犯調之病。然因彼此宮調，可以同用一管色也，故有時亦可以相通。北曲謂之借宮，南曲謂之集曲，容後分述。今先將笛中管色分配之法，列之如左：

1. 小工調　仙呂，中呂，正宮，道宮，大石，小石，高平，般涉，雙調屬之。
2. 凡字調　南呂，黃鐘，商角，仙呂屬之。
3. 六字調　南呂，黃鐘，商角，商調，越調，亦可小工屬之。
4. 正工調　或用之黃鐘，仙呂。
5. 乙字調　北曲少用。
6. 尺字調　與小工調同。
7. 上字調　南呂，商調，越調屬之。

上述各宮調之管色，北曲以上尺凡六四調為最通行，其餘不必常用，與南曲不同。

以南曲一宮之中，彼曲牌與此曲牌多不同管色，分析甚微，不能通假；北曲則泰半可以通假也。茲再將南曲各宮調分配管色列左：

仙呂	小工或尺	大石	小工或尺
正宮	小工或尺	小石	小工或尺
中呂	小工或尺	羽調	凡或六
南呂	凡或六	商調	六或凡
黃鐘	凡或六	越調	小工或凡
雙調	正工或小工	仙呂入雙調	正工或小工
道宮	小工或尺		

其他宮調變化亦甚繁，茲僅舉其多數言之耳。

(2)調名　曲之調名，亦曰曲牌，始於漢之朱鷺，石流，艾如張，巫山高，梁陳之折楊柳，梅花落，雞鳴高樹巔，玉樹後庭花等篇；於是詞而為金荃，蘭畹，花間，草堂諸調，曲而為金元劇戲諸調。（本王驥德曲律說）今欲知南北各曲之調名，宜觀南北九宮各曲譜曲譜種類至多，以大成宮譜最爲完備。然在初學觀之，或病其繁。最精審者，北曲爲李元玉之北詞廣正譜南曲爲呂士雄等之南詞定律。統括南北者則有欽定曲譜一書，其北曲全采自明嘯餘譜，南曲全采自沈璟之南曲譜。其六宮九調中所列曲牌，幾及千名。然偏僻牌名傳奇中不經見者，殆居其半。通常用之南北曲牌，近人王季烈螾廬曲談所列者不過五百左右耳。學者可復按原書，無取詳爲羅列也。若言體式，其登場首曲，北曰楔子，南曰引子。引子曰慢詞，過曲曰近詞。曲之第二調，北曰么，南曰前腔，曰換頭。前腔者連用二首或四五首，一字不易者也。換頭者，換其前曲之頭而稍增減其字也。煞曲曰尾聲，或曰餘文，或曰意不盡，或曰十二時。（以尾聲十二板名）其詳，容後節文述之。

(3)北曲套數　聯合數曲以成套數，南北曲中各有一定之體製。大抵北曲雖有長套短套之別，而各宮調之套數，其首尾數曲，殆爲一定；僅中間之曲，可增刪改易或前後倒置耳。至南曲則除前用引子，後用尾聲外；中間各曲，惟須審其慢急，以定先後，初無一成不易之定律也，茲將北曲各宮調通行之套數列左：

（仙呂宮）1. 點絳唇　混江龍　油葫蘆　天下樂　那吒令　鵲踏枝　寄生草
煞尾
2. 點絳唇　混江龍　油葫蘆　天下樂　後庭花　青歌兒　賺煞
3. 點絳唇　混江龍　村裏迓鼓　寄生草　煞尾
4. 村裏迓鼓　元和令　上馬嬌　勝葫蘆　煞尾

（南呂宮）1. 一枝花　梁州第七　四塊玉　哭皇天　烏夜啼　尾聲
2. 一枝花　梁州第七　牧羊關　四塊玉　罵玉郎　元鶴鳴　烏夜
啼　尾聲
3. 一枝花　四塊玉　罵玉郎　感皇恩　採茶歌　草池春
4. 一枝花　梁州第七　九轉貨郎兒

（黃鐘呂）1. 醉花陰　喜遷鶯　出隊子　刮地風　四門子　水仙子　煞尾
2. 醉花陰　出隊子　刮地風　四門子　水仙子　尾聲

（中呂宮）1. 粉蝶兒　醉春風　石榴花　鬭鵪鶉　上小樓　煞尾

2.粉蝶兒 醉春風 迎仙客 石榴花 上小樓 么篇 小梁州
么篇 朝天子 煞尾

3.粉蝶兒 醉春風 迎仙客 紅繡鞋 石榴花 鬭鵪鶉 快活三
十二月 堯民歌 上小樓 么篇 煞尾

4.粉蝶兒 醉春風 十二月 堯民歌 石榴花 鬭鵪鶉 上小樓
么篇 煞尾

5.粉蝶兒 上小樓 么篇 滿庭芳 快活三 朝天子 四邊靜
耍孩兒 三煞 二煞 一煞 煞尾

(正宮)

1.端正好 滾繡球 叨叨令 脫布衫 小梁州 么篇 快活三
朝天子 煞尾

2.端正好 滾繡球 叨叨令 脫布衫 小梁州 么篇 上小樓
么篇 滿庭芳 快活三 朝天子 四邊靜 耍孩兒 五煞
四煞 三煞 二煞 一煞 煞尾

3. 端正好　蠻姑兒　滾繡球　叨叨令　伴讀書　笑和尚　倘秀才
滾繡球　煞尾
4. 端正好　滾繡球　倘秀才　滾繡球　倘秀才　滾繡球　倘秀才
滾繡球　煞尾
5. 端正好　滾繡球　叨叨令　倘秀才　滾繡球　白鶴子　耍孩兒
三煞　二煞　一煞　煞尾

(大石調)1. 六國朝　喜秋風　歸塞北　六國朝　雁過南樓　擂鼓體　歸塞
北　好觀音　好觀音煞

(商　調)1. 集賢賓　逍遙樂　上京馬　梧葉兒　醋葫蘆　么篇　金菊香
柳葉兒　浪裏來　高過隨調煞
2. 集賢賓　逍遙樂　金菊香　梧葉兒　醋葫蘆　么篇　後庭花
柳葉兒　浪裏來煞

(越　調)1. 鬬鵪鶉　紫花兒序　小桃紅　金焦葉　調笑令　禿厮兒　聖藥

王　麻郎兒　絡絲娘　尾聲

2. 鬭鵪鶉　紫花兒序　金焦葉　小桃紅　天淨沙　么篇　禿厮兒

聖藥王　尾聲

3. 看花回　綿搭絮　么篇　青山口　聖藥王　慶元貞　古竹馬

煞尾

（雙調）1. 新水令　折桂令　雁兒落　得勝令　沽美酒　太平令　鴛鴦煞

2. 新水令　駐馬聽　喬牌兒　攪箏琶　雁兒落　得勝令　沽美酒

川撥擢　太平令　梅花酒　收江南　清江引

3. 新水令　駐馬聽　沈醉東風　雁兒落　得勝令　挂玉鈎　川撥

擢　七弟兄　梅花酒　收江南　煞尾

4. 新水令　駐馬聽　胡十八　沽美酒　太平令　沈醉東風　慶東

原　雁兒落　得勝令　攪箏琶　煞尾

5. 新水令　步步嬌　沈醉東風　攪箏琶　雁兒落　得勝令　挂玉

鈎　殿前歡　煞尾

6. 夜行船　喬木查　慶宣和　落梅風　風入松　撥不斷　離亭宴帶歇拍煞

(4)南北合套　此體爲元人沈和所創，蓋以南北曲一一相間，便於傳奇多人排場，且音律折衷南北亦最美也。茲錄其普通者以示例：

(仙呂宮)北點絳唇　南劍器令　北混江龍　南桂枝香　北油葫蘆　南八聲甘州　北天下樂　南解三醒　北哪吒令　南醉扶歸　北寄生草　南皁羅袍　尾聲

(中呂宮)北粉蝶兒　南泣顏回　北石榴花　南泣顏回　北鬬鵪鶉　南撲燈蛾　北上小樓　南撥燈蛾　尾聲

(黃鐘宮)北醉花陰　南畫眉序　北喜遷鶯　南畫眉序　北出隊子　南滴溜子　北刮地風　南滴滴金　北四門子　南鮑老催　北水仙子　南雙聲子　北煞尾

（正　宮）南普天樂　北朝天子　南普天樂　北朝天子　南普天樂　北朝天子　南普天樂

（仙呂入雙調）北新水令　南步步嬌　北折桂枝　南江兒水　北雁兒落帶得勝令　南僥僥令　北收江南　南園林好　北沽美酒帶太平令　南尾聲

(5)南詞套數　南曲所聯套數，其例甚繁，至無一定。大抵以引子出場，以尾聲作結，而亦有不用引子或尾聲者。至於過曲，有宜疊用數支者，有不宜疊用者，有宜於丑淨唱者，有宜於生旦唱者；有必須列前者，有必須列後者，有可前可後者；均視曲牌之性質以爲區別。故作南詞者，必先將曲牌之性質加意區別。爰分論之。

引子爲出場時所唱，或用笛和，或不用笛，概係散板。引子與過曲用同一宮調，固最合宜，亦可不論宮調。且每一引子曲牌，不必全填，僅填首數句亦可。第一折正生上場之引子，調宜稍長，必須全填。通常多用戀芳春，滿庭芳，喜遷鶯，破齊陣，東風第一枝，齊天樂等。以下各折，則不宜用長引子矣。

過曲之可作出場用者，如蠟梅花，望吾鄉，金錢花，窣地錦襠，哭岐婆，一江風，六么令等，皆與引子無異。此外淨丑出場之曲，如光光乍，大齋郎，五方鬼，梨花兒，水底魚兒，趙皮鞋，吳小四，雁兒舞，普賢歌，字字雙，倒拖船，柳穿魚，小引，丞相賢之類，其用亦與引子無以異也。

過曲之排列，須先以慢曲，次及中曲，後及急曲。蓋慢曲卽細曲，爲有贈板之曲；中曲爲一板用三眼無贈板之曲；急曲則一板一眼或流水板之曲也。故欲明南曲各宮調之套數體式者，必先明節奏之緩急，緩者有贈板，宜用在前；急者無贈板，當用在後；至贈板可有可無之曲，則可前可後。此南曲中一定不易之規律也。

(6)犯調　曲中移宮換調，北謂爲借宮，南謂之集曲。借宮者，曲中每折所聯套數，有時於本宮曲牌之外，更聯接別宮之曲牌。集曲者，截取數曲之詞句，別成一新曲也。借宮之法，非精察各宮調管色，及曲牌排場性質者，不宜輕用，雖古人名曲中，借宮甚多，然亦不可學步。如牡丹亭「驚夢」折，管色僅可通融，而宮調淩亂，曲牌性質，彼此不同。後人譜之，鮮有不誤謬者。集曲所以求各折套數不復用曲牌，改用不常見之集曲，以稍變其面目，非故爲割裂，勉强湊合也。南詞定律列各集曲於正曲之後，別爲一類。如梁州新郎，甘州歌，傾杯玉芙蓉之類，歷來傳奇中沿用之久，幾與正曲無異。學者苟精於宮調音律，卽別創新格，亦無不可。特草率爲之，必多愆尤，非所宜也。

(7)排場及劇情　排場指演劇者之動作而言，劇情則各宮調所表之音節也。元人論曲所云：「仙呂淸新綿邈。南呂感歎悲傷。正宮惆悵雄壯，黃鐘富貴纏綿。中呂高下閃賺。道宮飄逸淸幽。大石風流醞藉。小石旖旎嫵媚。高平條暢滉漾，般涉拾掇坑塹。歇指急併虛歇。商角悲傷宛轉。雙調健捷激裊。商調悽愴怨慕，角調嗚咽悠揚。宮調典雅沈重。越調淘寫冷笑。」此言北曲各宮調之曲情也。南曲則不復從同。言其大較：則仙呂南呂仙呂入雙調慢曲較多，宜於男女言情之作，所謂淸新綿邈，宛轉悠揚，兼而有之。正宮，黃鐘大石近於典雅端重，間寓雄壯。越調，商調多寓悲傷怨慕。商調尤宛轉。至中呂雙調宜用於過脈短套居多。若細析之；則不惟每套各有性質；且每曲曲情各殊，決不能如北曲以四字形容之，概其全宮調也。製曲者宜先將劇情分爲悲劇，喜劇，英雄豪傑，滑稽嘲笑諸部分，然後審定某折爲喜境，宜用歡樂之調；某折爲悲境，宜用悲哀之調；某折，爲情話纏綿，某折爲線索過渡。布局既定，則按調選詞，自無聲情不合之弊矣。（許之衡曲律易知說）

曲律以排場爲最要，每遇頭緒紛繁時，安置排場妥貼，殊非易事。蓋傳奇中所派之角色，必須各門俱備；而又不宜重複，方能調和搬演者之勞逸，使觀者之耳目爲之一新。考崑曲中角色，略別生旦淨丑四類，其中生有老生，冠生，小生；旦分老旦，正旦，刺殺旦，作旦，閨門旦，貼旦；淨分正淨，白淨，副淨，惟丑僅有一。此外尙有外及末，總計十有五門。傳奇中欲各色俱備，而又不重複，頗非易事。歷來作者大都以一生一旦爲全部傳奇之主，其餘並爲配角。主角不可重複，配角在一折內，亦不宜重，在異折中不妨複出也。試觀長生殿傳奇，共五十折。除第一折傳概，爲上場照例文章外；其餘四十九折，不特曲牌通體無重複之處，其各折之宮調及主角，亦絕無重出者。其選擇宮調，分配角色，布置劇情，務使悲歡離合，錯從參伍。自來傳奇之勝，無過此者，斯可爲作者法矣。曲中有因排場變動而換宮換韵者，一折中只宜一用，不宜

三四用之也。（螾廬曲談說）

(8)聲韻　製曲要事，先明聲韻。聲者喉齶舌齒脣間之淸濁，韻者二十一類之陰陽也。塡詞者必先將淸濁陰陽，辨識淸晰，方無拗嗓沾脣之病。天下之字，不出宮商角徵羽之五音，分屬人口，則爲喉齶舌齒脣之五聲。凡喉聲皆屬宮，齶聲皆屬商，舌聲皆屬角，齒聲皆屬徵，脣聲皆屬羽。宮音最濁，羽音最淸，此其大較也。北曲用韻，多本周德淸中原音韻。南曲微有不同。明人作曲，多本洪武正韻，亦未盡善。嗣范善溱撰中州音韻，於南北曲均宜，至今奉爲準繩。韻之陰陽，在平聲入聲，至易別晰；上去二聲，比較難知。以上聲之陽，近於去聲；去聲之陰，又近於上聲也。故周氏中原音韻，平聲而外，不別陽陰。至范氏中州音韻，乃將上去二聲，分別陰陽，足供度曲者之參考。夫平聲之字，其音和平。上聲之字，其音上揚。去聲之字，其音遠去。入聲之字，其音迫促。四者本易分辨。但北音無入聲，故北曲之入聲字，分派於平上去三聲唱之。卽在南曲中，亦惟短腔速斷時，可得入聲之眞相；苟在長調中，延長其音，則亦與平聲無異矣。

前人論曲律至嚴，所列曲禁四十八則，有系乎四聲者，約述之如次。凡去上上去，最重在每句末處。曲之末句末字能悉遵上去聲最宜。倘不得已，甯多用去，勿多用上，譜中去聲字必須遵用也。兩上兩去，不宜疊用，但兩去有時亦可通融。入聲字可作平上去三聲用。遇平上去三聲用字欠妥時，卽可以入聲代之。但每曲韵脚，仍不宜多用入聲代平上去也。

(9)襯字　南北曲句讀，並宜祇遵譜格；然北曲中襯字，多少不拘，且不論四聲，虛實並用，亦無妨礙。南曲襯字，總以不過三字爲宜。蓋北曲無定板，繁聲稍多，亦可加板。南曲板眼緊慢，皆有定數，襯字過多，則搶帶不及也。南曲分有贈板，無贈板及可有可無三類。其贈板之曲，尙可多用襯字；若無贈板之曲，唱法甚急，襯字多則窒礙難唱矣。又宜檢譜看明板式，兩板相距貼近，則中間可着襯字；若兩板相距較遠，則中間總以不着襯字爲宜。

古代入樂之文，其音節並多失傳，無可考信。今日中國歌曲；惟有南詞而已。音調紆徐，字音正確，口訣細密，並出他種歌曲之右。加之文詞典雅，尤爲膾炙人口。本章所論，多取材前人述造，學者自宜復按原書，識其梗概，幸無以簡略見譏也。

(四)曲之修詞

詩詞並以綜緝辭釆，錯比文華，爲第一要義；至於北曲，則以本色見長，方言俚語，散見錯出，無取乎釆藻繽紛，似無修詞之可言也。不知雜劇雖多諧俗之處，而淺顯之中，仍須有雋永之旨，若鄙俚粗率，有傷大雅，終非所宜。故作曲者必知修詞，與詩詞無以異也。茲亦分字法，句法，章法三者述之：

(1)字法　王驥德曲律曰：「下字爲句中之眼，古謂『百鍊成字，千鍊成句。』又謂『前有浮聲，後有切響。』要極新，又要極熟，要極奇，又要極穩。虛句用實字鋪襯，實句用虛字點綴。務頭須下響字，須逐一點勘換去。又閉口字少用，恐唱時費力。今人好奇，將戲劇標目，一一用經史隱晦字代之。夫列標目，欲令人開卷一覽，便見傳中大義，亦且便繙閱。却用隱晦字樣，彼庸衆人何以易解？此等奇字，何不用作古文，而施之戲劇；可付一笑也。」按王氏此則所述，可分數事說明之：

(A)用字　王氏首標新奇穩熟四者爲準則，末以經史隱晦一語爲厲病，與周德清作詞十法，及曲律所載「曲禁四十則」之說，互相發明。作詞十法四論用字，謂「不可用生硬字太文字太俗字」。曲禁四十則中關於字句者曰陳腐（不新采）生造（不見成）俚俗（不文雅）蹇澀（不順溜）粗鄙（不細膩）錯亂（無次序）蹈襲（忌用舊曲語意若成語不妨）太文語（不當行）太晦語（費解說）經史語（如西廂「靡不有初，鮮克有終」類）學究語（頭巾氣）書生語（時文氣）。蓋以陳腐則不能新，生造則不能熟，鄙俚蹈襲則不得奇，蹇澀錯亂則不得穩，而經史隱晦語尤病庸腐，未足與言出色當行也。

(B)襯字　王氏論襯字虛實並用，指北曲而言，若在南曲則無用實字者。且襯字雖爲曲中所不可無，要亦不宜過多。在細調板緩時，多用二三字尚不妨；緊調板急，若用多字，便躲閃不迭矣。古荊釵記錦纏道，「說甚麼晉陶潛認作阮郎」「說甚麼」三字，襯字也。而張伯起紅拂記卻作「我有屠龍劍，釣鰲鈎，射雕寶弓」。增入「屠龍劍」三字，是以「說甚麼」三字作實字也。拜月亭玉芙蓉末句，「望當今聖明天子詔賢書」本七字句，「望當今」三字係襯字。後人連襯字入句，「我爲你數歸期，畫損掠兒稍，」遂成十一字句。又如散套越恁好，鬧花深處一曲，純是襯字，無異纏令，今皆着板，至不可句讀。凡此皆襯字太多之弊也。（曲律論襯字第十九說）

(C)務頭　言務頭須用響字者，以務頭爲調中最緊要句字。凡曲遇揭起其音，而宛轉其調，如俗之所謂做腔處，每調或一句或二三句，每句或一字或二三字，卽是務頭。舊傳黃鶯兒第一七字句是務頭，以此類推，餘可想見。古人凡遇務頭，輒施俊語或古人成語一句其上，否則詆爲不分務頭，非曲所貴。周德清所謂如「衆星中顯一月之孤明也。」（曲律論務頭第九說）李漁曰：「凡一曲中，最易動聽之處，是爲務頭。」（閑情偶寄）吳梅曰：「務頭者，曲中平上去三音聯串之處也。如七字句，則第三第四第五之三字，不可用同音。大抵陽去與陰上相聯，陰上與陽平相聯，或陰去與陽上相聯，陽上與陰平相聯。每一曲中必須有三音或二音相聯之一二語，此卽務頭也。卽就周氏定格證之：如白仁甫寄生草曲云：『長醉後何妨礙，不醒時有甚思？糟醃兩個功名字，醅渰千古朝廷事，麴埋萬丈紅蜺志，不達時皆笑屈原非但知音盡說陶潛是』詞中用醒時二字，爲陰上與陽平相聯。古朝與屈原（屈作上）四字亦然。有甚二字，爲陰上與陽去，盡說陶三字，爲陽去陰上陽平。皆是務頭也。故周氏所謂『要知某調某句某字是務頭』者，蓋塡詞時宜知某調某句某字是務頭也。卽謂當先定以某句某字爲務頭，爲之定上去，析陰陽也。所謂『可施俊語於其上』者，蓋務頭上須用俊語實之，不可拘牽四聲陰陽之故，遂致文理不順也」（詞餘講義）則務頭本腔調之美，進而爲文字之美，必令相得益章，勿使兩俱減色，作曲者尤當加意者也。

(D)重字　上下文有重字，須逐一點勘換去，否則疵累實多。如太平樂府載貫雲石塞鴻秋詞云：「戰西風幾點賓鴻至，感起我南朝千古傷心事。展花箋欲寫幾句知心事，空敎我停霜毫半晌無才思。往常得興時，一掃無瑕疵；今日個病懨懨，剛寫下兩個相思字」。此詞襯字雖多，然俊爽風流，機趣不盡，而前三句「事」字重叶，則非所宜，至足惜也。

(E)閉口字　閉口字者，韵書中侵覃鹽咸等諸部撮唇收鼻之音。其字須閉口讀之，不得開展也。曲中只許單用，如用「侵」不得又用「尋」或又用「鹽」「咸」「廉」「纖」等字，致歌者費力，不能暢適。若吳中方言，竟無閉口字，每以侵爲親，以監爲奸，以廉爲連，遂缺此三部，亦不可爲訓。惟入聲之緝合葉洽等字閉口呼之，則聲不可出，散叶於齊微歌戈家麻車遮諸韻中，其勢不得不然。平聲則仍以還其本韻讀之爲宜，特不許多用及開閉並押耳。

上述王氏所陳五事，於曲中字法言之綦詳。此外應補述者，尙有二端。

(F)疊字　元曲多新異疊字，梁廷枏曲話所載，凡百數十則，茲摘錄如下：响丁丁。冷淸淸。墨嘍嘍。虛飄飄。各剌剌。(雕輪碾落花)撲騰騰。寬綽綽。笑呷呷。香馥馥。鬧炒炒。輕絲絲。(黃柳帶棲鴉)熒溶溶。靜巉巉。(的綠愁紅怨)醉醺醺。呆鄧鄧(把衣裳袒裸)亂蓬蓬。碧油油。白鄧鄧。黑突突。戰欽欽。慌張張。昏慘慘。疎剌剌。(的風雨節)舞旋旋。叫喳喳。撲碌碌。惡狠狠。哭啼啼。淚紛紛。黑黯黯。戰兢兢。白茫茫。寒森森。滴溜溜。篤簌簌。密濛濛。亂紛紛。明晃晃。眼睜睜。急煎煎。悲切切。淚汪汪。淸耿耿。雄糾糾。志昂昂。氣騰騰。嬌滴滴。羞答答。樂陶陶。以狀字副字爲多，泰半當時俗語也。

(G)字音　度曲非惟求腔調協，板眼準已也；於曲中字面，必須正其音讀，吐之喉際，方能明晰。故識字正音，習曲者第一要義也。曲律論識字曰：「識字之法，須先習反切，蓋四方土音不同，其呼字亦異，故須本之中州；而中州之音，復以土音呼之，字仍不正，惟反切能該天下正音。只以類韻中同音第一字切得不差，其下類從諸字，自無一字不正矣。至於字義，尤須考究，作曲者往往誤用，致爲識者訕笑。如浣紗劉潑帽曲云：『娘行聽俊還嬌倩，勝江南萬馬千兵。』不知倩有二音：一雇倩之倩，作淸字去聲讀；一音茜，卽巧笑倩兮之倩，言美也。此曲字義當作茜音，今卻押庚淸韻中。卽童時論語亦不記憶，何淺陋至此。」則不知審正音讀，旣不足與言度曲，製曲更不易言矣。

(2)句法　曲中句法，關係板式，句法一錯，下板無從。如七字句，有宜上四下三者。有宜上三下四者，此間分別，都在板式。蓋上四下三句，如「錦瑟無端五十弦」，其板在無字，五字，弦字上，讀之如一句詩。若「五十弦錦瑟年華」，則板在十字，錦字年字，而在華字下用一截板，見此句已完。故作者當知句法。（吳梅詞餘講義說）此句法之係諸板式者也。若言文律，則曲律言：「句法宜婉曲不宜直致，宜藻艷不宜枯瘁，宜溜亮不宜艱澀，宜輕俊不宜重滯，宜新采不宜陳腐，宜擺脫不宜堆垛，宜溫雅不宜激烈，宜細膩不宜粗率，宜芳潤不宜噍殺。又總之：宜自然不宜生造。意常則造語貴新，語常則倒換須奇。他人所道，我則引避；他人用拙，我獨用巧。平仄調停，陰陽諧叶。上下引帶，減一句不得，增一句不得。我本新語，而使人聞之，若是舊句，言機熟也。我本生曲，而使人歌之，容易上口，言音調也。一調之中，句句琢鍊，毋令有敗筆語，毋令有欺嗓音，積以成章，無遺恨矣。」於句法之修詞，言之綦詳。周德清作詞十法，更分造語爲可作不可作二類，錄之如次：

(A)可作：——

1. 樂府語， 2. 經史說， 3. 天下通語。

未造其語，先立其意，語意俱高爲上。……造語必俊，用字必熟。太文則迂，不文則俗。文而不文，俗而不俗，要聳觀，又聳聽，音律好，襯字無，平仄穩。」

按樂府語每覺其文，天下通語或病其俗。「文而不文，俗而不俗」者，謂其界於亦文亦俗之間，乃曲中最上之一境。非詩詞所可比擬也，經史語則曲律之所禁，黃周星謂「曲之體無他，不過八字盡之，曰少引聖籍，多發天然而已。」（製曲枝語）周氏置之可作之列，所未解也。

(B)不可作：——

1.俗語，2.蠻語，3.謔語，4.市語，5.方語，（各處鄉談）6.書生語，（書之紙上，詳解方曉，歌則莫知所云。）7.譏誚語，（諷刺古有之，不可直述，託一景，託一物可也。）8.全句語，（短章樂府務頭上不可多用全句，還是自立一家言語為上。全句語者，惟傳奇中務頭上用此法耳。）9.构肆語，（不必要上紙，但只要好聽，俗語，謔語，市語，皆可。前輩云：「街市小令，唱尖新茜意，成文章曰樂府」是也。樂府小令兩途，樂府語可入小令，小令語不可入樂府。）10.張打油語，（吉安龍泉縣水淹米倉，有于志能號無心者，欲縣官利壅其口，作水仙子示人，自謂得意。末句云，「早難道水米無交?」自名之曰樂府，觀其全集，悉皆此類。士大夫平之曰：「此乃張打油乞化出門語也。」敢曰樂府！」作者當以爲戒。） 11.雙聲疊韻語，（如「故國觀光君未歸」是也。夫樂府貴在音律瀏亮，何乃反入艱深之鄉？此不可無，亦不可專意作而歌之，但可枸肆中白念耳。） 12.六字三韻語，（前輩周公攝政傳奇太平令云：「口來，豁開兩腮。」西廂記麻郎幺云：「忽聽，一聲，猛驚！」「本宮始終不同。」韻脚俱用平聲，若雜一上聲，更屬第二著，皆於務頭上使。近有折桂令，皆二字一韻，不分務頭，亦不喝采。全淳則已，若不淳，則句句急口令矣。所謂畫虎不成反類犬也。殊不知前輩止於全篇務頭上使，以別精粗，如衆星中顯一月之孤明也。可與識者道。） 13.語病，（如「達不著主母機」，有答之曰「燒公鴨亦可。」似此之類切忌。） 14.語澀，（句生硬而平仄不好。） 15.語粗，（無細膩俊美之言。） 16.語嫩，（謂其言太弱，既庸且腐，又不切當，鄙猥小家，而無大氣象也。）

按元曲貴當行，俚語方言，皆可驅使。然究以天下通行，今古易識之文爲貴。若俗語，市語，方語之鄙倍，謔語，譏誚語之刻薄，蠻語之粗蠢，嗑語之瑣屑，拘肆語（勾欄中語）之讕惡，張打油語之浮滑，皆以擯絕爲宜。吾人披覽北曲每於當時方言不能盡憭，便覺索然寡味。足徵市井俗談，雖能取快一時，斷難通行後世。乃後之製曲者，不務明白曉暢，專以掇拾元人土語，自矜當行，亦可怪矣。至書生語卽王氏曲禁中之太文太晦語。語澀語粗語嫩，卽曲禁中所謂：「蹇澀不順溜，粗鄙不細膩，陳腐不新采。」全句語則蹈襲舊曲，不加剪裁。且曲須詠歌，尤重音節，故於雙聲疊韻語，六字三韻語，及語病之聲音混同，難讀難聽者，皆不宜采用也。茲析論曲中句法如次：

(A)疊字句　一字疊用，徐甜齋水仙子之夜雨云：「一聲梧葉一聲秋，一點芭蕉一點愁，三更歸夢三更後，落燈花棋未收，歎新豐孤館人留。枕上十年事，江南二老憂，都到心頭。」

又二字疊用之句，如西廂記第四劇四折得勝令云：

驚覺我的是顫巍巍竹影走龍蛇，虛飄飄莊周夢蝴蝶，絮叨叨促織兒無休歇，韻悠悠砧聲兒不斷絕，痛煞煞傷別，急煎煎好夢兒應難捨，冷清清的咨嗟，嬌滴滴玉人兒何處也。

其四字疊用者，如鄭光祖倩女離魂第四折古水仙子云：

全不想這姻親是舊盟，則待教祆廟火刮刮匝匝烈燄生，將水面上鴛鴦忒楞楞騰分開交頸，疎剌剌沙鞲雕鞍撒了銷鞓，廝琅琅湯偸香處喝號提鈴，支楞楞爭弦斷了不續碧玉箏，吉丁丁璫精磚上摔破菱花鏡，撲通通東井底墜銀瓶。

更有多字疊用者，如無名氏貨郎旦劇第三折貨郎旦六轉云：

我則見黯黯慘慘天涯雲布，萬萬點點瀟湘雨，正値著窄窄狹狹溝溝塹塹路崎嶇，黑黑黯黯彤雲布，赤留赤律瀟瀟灑灑斷斷續續出出律律忽忽魯魯陰雲開處，霍霍閃閃電光星注。正値著颼颼摔摔風淋淋淥淥雨，高高下下凹凹答答一水模糊，撲撲簌簌濕濕淥淥疎林人物，却便似一幅慘慘昏昏瀟湘水墨圖。

(B)疊句　如馬致遠之漢宮秋第三折梅花酒云：

呀！對着這迥野淒涼草色已添黃，兎起早迎霜，犬褪得毛蒼，人搠起纓鎗，馬負着行裝，車運着餱糧，打獵起圍場。他他他……傷心辭漢主，我我我……攜手上河梁。他部從入窮荒；我鑾輿返咸陽。返咸陽，過宮牆；過宮牆，遶迴廊；遶迴廊，近椒房；近椒房，月昏黃；月昏黃，夜生涼；夜生涼，泣寒螿；泣寒螿，綠紗窗；綠紗窗，不思量。（收江南）呀！不思量便是鐵心腸；鐵心腸也愁淚滴千行。美人圖今夜掛昭陽，我那裏供養，便是我高燒銀燭照紅妝。

(C)排句　如鄭光祖倩女離魂第三折醉春風云：

空服徧瞑眩藥不能痊，知他這腤臢病何日起？要好時直等的見他時！也只爲這症候因他上得得。一會家縹渺呵，忘了魂靈。一會家精細呵，使着軀殼。一會家混沌呵，不知天地。

又王實甫西廂記「聽琴」折天淨紗云：

莫不是步搖得寶髻玲瓏？莫不是裙拖得環珮玎瑽？莫不是鐵馬兒簷前驟風？

莫不是金鉤雙控吉玎當敲響簾櫳？（調笑令）莫不是梵王宮夜撞鐘？莫不是疏竹瀟瀟曲檻中？莫不是牙尺剪刀聲相送？莫不是漏聲長滴響壺銅潛身再聽在牆東元來是近西廂理絲桐。

(D)比較句　如鄭光祖倩女離魂第三折迎仙客云：

日長也愁更長紅稀也信尤稀春歸也奄然人未歸我則道相別也數十年我則道相隔著數萬里爲數歸期則那竹院裏刻徧琅玕翠。

又西廂記「警艷」折混江龍云：

繫春心情短柳絲長隔花陰人遠天涯近。

(E)對偶　王氏曲律曰：「凡曲遇有對偶處得對，方見整齊，方見富麗。」周氏十法曰：「逢雙必對自然之理人皆知之。」任訥曰：「曲文第一，粧點尚飽滿；第二，形容須盡致；第三氣欲盛；第四語貴諧則對偶排比之處不得不多矣。倘非自然之理，與夫整齊富麗所能盡其故也」（作詞十法疏證）茲將周氏所舉各對及任氏所引例證述之如次：

（甲）扇面對 調笑令，第四句對第六句，第五句對第七句。例如李玉北詞廣正譜選一散曲爲式云：

得寬且盤桓。袖著手誰彈貢禹冠？興亡盡入漁樵斷，（第四句）把將軍素書休玩；（第五句）春秋慢將王霸纂，（第六句）請先生史筆休援。（第七句）

又駐馬聽起四句是也。如李好古散套云：

小小亭軒，燕子來時簾未捲；深深庭院，杜鵑啼處月空圓。金釵撥盡玉爐烟，香塵漬滿琵琶面。誰共言！何時枕匾黃金釧？

起四句，一對三，二對四。任訥云：「扇面對卽長短句之隔句對，文字別饒韻味，詩詞所不常見而曲中獨盛也。」

（乙）重疊對 鬼三臺第一句對第二句，第四句對第五句。第一第二第三句，卻對第四第五第六句是也。例如周氏套曲鬼三臺，除去襯字，對法正與此合。且餘四句亦復相對也。

兩家局安營地，(一)施謀智，(二)似挑軍對壘，(三)等破綻，(四)用心機，(五)色見似飛沙走石。(六)漢高皇對敵楚項籍，諸葛亮要擒司馬懿。那兩個地割鴻溝，這兩個兵屯渭水。

任曰：「此種對法，完全做作，文律上毫無意味，不足依也。」

(丙)救尾對　紅繡鞋第四句，第五句，第六句爲三對。如張可久尋眞云：

白草磯頭獨釣，青衣孺子相招。尋眞不怕路迢遙，閑雲迷洞口，殘雪老牆腰，夕陽紅樹杪。(末三句對仗工整。張氏另有隱士一首，對法不合。)

又寨兒令第九句，第十句，第十一句，爲三對。如張可久詞云：

你見麼？我愁他青門幾年不種瓜，世味嚼蠟，塵世團沙，聚散樹頭雅。自休官清煞陶家，爲調羹俗了梅花。領一杯金谷酒，分七碗玉川茶，嗏！不强如坐三日縣官衙。

末四句中，除去襯字與嗏字一字，句外正屬相對。另有查德卿漁父一首，對法不合。

此乃三句對之一種，所以補救文勢散弱者，極有意義。此外對式名目，太和正音譜所載，更有：

合璧對——兩句對者是。

連璧對——四句對者是。

鼎足對——三句對者是。

聯珠對——句多相對者是。

隔句對——長短句對者是。

鸞鳳和鳴對——首尾相對，如叨叨令所對者是。

燕逐飛花對——三句對作一句者是。

王氏曲律論對偶之種類爲最詳，有

兩句對

三句對——如救尾對。

四句對

隔句對——如扇面對。

疊對——如鬼三臺，爲三層疊對。

兩韻對——兩句旣對，而且叶韻。

隔調對——同調兩首並列者其中同位置之句相對。

王氏又曰：「當對不對，謂之草率；不當對而對，謂之矯强。對句須要字字的確，斤兩相稱，方好。上句工，寧下句工。一句好，一句不好，謂之偏枯，須棄了另尋借對，得天成妙語方好；不然，反見才窘，不可用也。」說至精粹，足補周氏之未備。

(F)末句　周氏曰：「末句，詩頭曲尾是也。如得好句，其句意盡可爲末句。前輩已有『某調某句是平煞，某調某句是上煞，某調某句是去煞。』照依後項用之。夫平仄者，平者平聲，仄者上去聲也。後云上者必要上；去者必要去；上去者必要上去；去上者必要去上；仄仄者，上去，去上皆可。上上，去去，若得迴避，尤妙；若是造句熟，亦無害。」任訥曰：「曲尾最要緊，因音節較美，每每卽務頭所在，故文字必緊，而平仄必嚴。末句固重，而末字尤重，去聲則必去聲也。特譜式有定，而作爲求下筆便利，每不依從，是不獨後人爲然，元人且然矣。學者要不宜藉口於彼，而鹵莽滅裂，抹殺玆定格也。」茲詳徵周氏所列「末句平仄」之格並舉調如次，其調中平仄全合者，著(。)以別之不合者，著(、)以別之別舉相合之例於其下焉。

去上　去平屬第二著，切不可上平。

仄平平

、慶宣和

。雁兒（原誤作雁落）　漢東山

平去平　平去上　屬第二著

、山坡羊、四塊玉

仄仄平平

。折桂令、水仙子、殿前歡。喬木查、普天樂

平平去上

。醉太平

仄仄仄平平

。金盞兒　賀新郎、喜春來、滿庭芳。小桃紅、寨兒令　小梁州

賞時花

平平上去平　仄平平去平亦可。

呆古朵　牧羊關。德勝令

仄平平去平

喬牌兒

上平平去平

。凭闌人

仄平平去上

、紅繡鞋　黃鐘尾

仄仄平平去　上聲屬第二著。

。醉扶歸。迎仙客。朝天子　快活三　四換頭。慶東原　笑和尚

白鶴子。堯民歌　碧玉簫　端正好　步步嬌

仄仄仄平去（原誤作仄仄仄平平，已見前，兹爲改正）

新水令　胡十八

平平去平上

越調尾、離亭宴（歇指鴛鴦煞）

平平仄仄平平

、天淨沙。醉中天　調笑令。風入松　祆神急

仄平平仄平平去

。落梅花　上小樓、夜行船、撥不斷。賣花聲

平仄仄平平平去

太平令

平仄仄平平去上　去平屬第二著

村裏迓鼓、醉高歌。梧葉兒。沉醉東風　願成雙　金蕉葉

平平仄仄仄平平

賺煞尾聲、採茶歌
平平仄平平去平
攪箏琶
平去仄平平去上
、江兒水
平平仄仄平平去　上聲屬第二著。
。寄生草。塞鴻秋　駐馬聽
仄仄平平去平上
正宮中呂雙調尾聲

以上共列末句平仄之格二十二種，舉調六十有九。（正宮中呂雙調尾聲作三調）其中合者二十一調，不盡合者十七調。

(G)用事　周氏十法論用事曰：「明事隱使，隱事明使。」與曲律說同。而曲律又申言之曰：「有一等事，用在句中，令人不覺，如禪家所謂撮鹽水中，飲水乃知鹹味，方是妙手。」即明事隱使之解釋。又曰：「務使唱去人人都曉，不須解說。」則隱事明使之謂也。試觀許自昌所撰水滸，其首曲云：「馬嵬埋玉，珠樓墮粉，玉鏡鸞空塵景。莫愁斂恨，枉稱南國佳人，便做醫經獺髓，絃續鸞膠，怎濟得鄂被爐香冷，可憐那章台人去也，一片塵，銅雀淒涼赴暮雲，聽碧落簫聲，隱色絲誰續，懨懨命，花不醉下泉人。」此曲除末句外，餘如「馬嵬坡，綠珠樓，莫愁湖，獺髓，鸞膠，鄂君被，章台柳，」等，一句一典，絕不類蠢婦閻婆惜之吐屬，徒見詞意晦澀已耳。然此曲出於旦口，不妨用文言也。若飾副淨之張文遠，身充衙役，出語應粗俗矣。而其所塡之曲云：「莫不是向坐懷柳下潛身？莫不是迎南子戶外停輪？莫不是攜紅拂越府奔？莫不是仙從少室，訪孝廉封陟飛塵？」亦復塡砌故實，不知明事隱使，隱事明使兩大準則也。李漁曰：「古來塡詞之家，未嘗不引古事，未嘗不用人名，未嘗不書現成之句，而所引所用與所書者則有別焉。其事不取幽深，其人不搜隱僻，其句則採街談巷議。即有時偶涉詩書，亦係耳根聽熟之語，舌端調慣之文，雖出詩書，實與街談巷議無別者。」（曲話）蓋曲文與詩詞不同，貴淺顯不貴艱深，尚機趣不尚典雅。否則讀之文人能曉，唱之婦孺不知所云，可謂之高文典册，不得謂之雜劇傳奇也。

(3)章法　曲律曰：「作曲猶造宮室者然。工師之作室也，必先定規式，自前門，而廳，而堂，而樓；或三進，或五進，或七進；又自兩廂而及軒寮，以至廩庾庖湢藩垣苑榭之類，前後左右，高低遠近，尺寸無不了然胸中，而後可施斤斲。作曲者亦必先分段數，以何意起，何意接，何意作中段敷衍，何意作後段收煞，整整在目，而後可施結撰。」蓋作劇最重搬演，必須綱領整齊，線索淸晰，角色分配勻稱，排場冷熱得宜，演之氍毹，方能動人觀聽。否則關目繁多，頭緒淩亂，宮調雖諧，文辭雖美，終不能風行於歌場舞榭間也。茲撫前人論章法之說，述之如次：

(A)立主腦　李漁曲話曰：「古人作文一篇，定有一篇之主腦。主腦非他，卽作者立言之本意也。傳奇亦然。一本戲中有無數人名，究竟俱屬陪賓，原其初心，止爲一人而設。卽此一人之身，自始至終，離合悲歡，中具無限情由，無窮關目，究竟俱屬衍文；原其初心，又止爲一事而設；此一人一事，卽作傳奇之主腦也。然必此一人一事，果然奇特，確有可傳，則不愧傳奇之目，而其人其事，與作者姓名皆千古矣。如一部琵琶，止爲蔡伯喈一人；而蔡伯喈一人，又止爲重婚牛府一事。其餘枝節，皆從此一事而生。二親之遭凶，五娘之盡孝，拐兒之騙財匿書，張太公之輸財仗義，皆由於此。是重婚牛府四字，卽作琵琶記之主腦也。一部西廂，止爲張君瑞一人；而張君瑞一人，又止爲白馬解圍一事，其餘枝節皆從此一事而生。夫人之許婚，張生之望配，紅娘之勇於作合，鶯鶯之敢於失身，與鄭恒之力爭原配而不得，皆由於此。是白馬解圍四字，卽作西廂記之主腦也。餘劇皆然，不能悉指。後人作傳奇，但知爲一人而作，不知爲一事而作；盡此一人所行之事，逐節鋪陳，有如散金碎玉，以作零齣則可，謂之全本則如斷線之珠，無梁之屋，作者茫然無緒，觀者寂然無聲，無怪乎有識梨園望之而却走也。」按曲中主腦，大都屬之生旦，必須於第二折及第三折出場，使觀者易於明晰，其餘他色，均屬配角耳。惟自來作者，知遵守成法，爲一人而作，不知爲一事而作；不知前後敷陳許多事，皆爲此一事之陪襯，至東塗西抹，掇拾成篇，脈絡不清，主從無別，若徐天池之四聲猿，楊笠湖之吟風閣，皆美中不足，殊無當也。

(B)密針線　李漁曰：「編戲有如縫衣，其初則以完全者剪碎，其後又以剪碎者湊成剪碎易，湊成難，湊成之工，全在針線緊密，一節偶疎，全篇之破綻出矣。每編一折，必須前顧數折，後顧數折，顧前者欲其照映，顧後者便於埋伏。不止照映一人，埋伏一事，凡是此劇中有名之人，關涉之事，與前此後此所說之語，節節俱要想到。甯使想到而不用，勿使有用而忽之。吾觀今日之傳奇，事事皆遜元人，獨於埋伏照應處，勝彼一籌。非今人之太工，以元人之所長，不在此也。若以針線論，元曲之最疎者，莫過於琵琶。無論大關節目背謬甚多，如子中狀元三載而家人不知；身贅相府，享盡榮華，不能自遣一僕而附家報於路人；趙五娘千里尋夫，隻身無伴，未審果能全節與否，其誰證之？諸如此類，皆背理妨倫之甚者。」蓋傳奇全本，無慮數十折，其中關目重多，事實繁複，苟不知起伏照應，穿插聯絡，則前後矛盾，情理乖違。元人注重曲文，白與關目皆非所長，故背謬之譏，在所難免。後之作者，可以鑒諸。

(C)減頭緒　李漁曰：「頭緒繁多，傳奇之大病也。荆，劉，拜，殺之得傳於後，止為一線到底，並無旁見側出之情。三尺童子觀演此劇，皆能了了於心，便便於口。以其始終無二事，貫串只一人也。後來作者不講根源，單籌枝節，謂多一人可增一人之事，事多則關目亦多，令觀場者如入山陰道中，應接不暇。殊不知戲場脚色止此數人，便換千百個姓名也只此數人妝扮，止在上場之勤不勤，不在姓名之換不換。與其忽張忽李令人莫識從來，何如只扮數人，使之頻上頻下，易其事而不易其人，使觀者各暢懷來，如逢故物之爲愈乎？」蓋關目過多，角色紛雜，必致賓主混殽，線索紊亂，如屠赤水之曇花記，貪襲仙佛話頭，曲情多而事情少，遂致頭緒不清，故當時有點鬼簿之誚也。（用吳梅說）

(D)避重複　傳奇中角色，略別生旦淨丑四者，而生又分老生，冠生，小生；旦分老旦，正旦，刺殺旦，作旦，閨門旦，貼旦；淨分正淨，白淨，副淨，惟丑僅一耳。其他更有外及末，都凡十有五門。崑曲既興，角目分析日繁也。一部傳奇中，求各門角色齊備，而又不欲其重複，則某折主角宜用生，某折主角宜用旦，必須布置停匀，分配適當，方能使搬演者無勞逸不均之弊。試觀長生殿傳奇，全部凡五十折，非特排場變動，劇情更換，宮調改易也，其前一折之主色，與後一折之主角，決無重複之處。乃知其結構之巧，求之傳奇中，不可多覯。若湯若士之紫釵，徐櫰村之鏡光緣，則不足語於此矣。

劉熙載曰：「纍纍乎端如貫珠，歌法以之。蓋取分。明。而聯。絡。也。曲之章法所尙，亦不外此，」前述立主腦，減頭緒兩者，所以求分明；密針線，避重複兩者，所以求聯絡也。頭緒既分明，脈絡仍貫通，章法之要義，盡於斯矣。

(五)曲之藝術

(1)描寫　姚華謂：「一物之微，一事之細，嘗爲古文章家不能道而曲獨纖微畢露，譬溫犀之照水，象禹鼎之在山。」(曲海一勺)曲文體物之工，寫心之妙，有非詩詞所能比擬者，試詳徵之。

(A)寫人　曲文傳述口胳，描寫個性，每覺姿態橫生，躍躍欲動，如西廂記「寺警」折之正宮端正好寫惠明云：

不念法華經，不禮梁皇懺，颩了僧帽，袒下了偏衫，殺人心斗起英雄膽，我便將烏龍尾鋼椽揝。

又滾繡球云：

非是我貪，不是我敢，知他怎生喚做打參；大踏步直殺出虎窟龍潭。非是我攙，不是我攬，這些時吃菜饅頭委實口淡。五千人也不索炙煿煎爁，腔子裏熱血權消渴，肺腑內生心且解饞，有甚腌臢?

又叨叨令云：

浮沙羹，寬片粉，添些雜糝；酸黃虀，爛豆腐，休調啖，萬餘片黑麵從教暗。我將這五千人做一頓饅餡，是必休誤了也麼哥，休誤也麼哥，包殘餘肉把青鹽蘸。

又白鶴子云：

颩一颩古都都翻了海波，幌一幌厮琅琅振動山巖，腳踏得赤力力地軸搖，手扳得忽刺刺天關撼。

遠的破開步將鐵棒颩，近的順着手把戒刀釤，有小的提起來將腳尖踢，有大的扳下來把髑髏砍!

右寫猙獰狂僧，跣足科頭，嗚咽吒叱，直使山岳震撼，風雲變色。求之艷情之西廂記中，此等有聲有色之文，不可多見。其「警艷」折寫鶯鶯，則嬌羞婉轉，婀娜蘊藉，乃與此判然不同。茲取金聖歎節本及其平注，以見其曲折微妙之趣焉。

（元和令）顛不刺的見了萬千，這般可喜娘罕曾見！我眼花撩亂口難言，魂靈兒飛去半天。

金曰：「右第五節，寫張生驚見雙文，目定魂攝，不能遽語。」

儘人調戲嚲着香肩，只將花笑拈。（上馬嬌）是兜率宮，是離恨天，我誰想這里遇神仙。

金曰：「右第六節，寫雙文不曾久立，張生瞥然驚見。」

宜嗔宜喜春風面。

金曰：「右第七節只此七字，是雙文正向。」

偏，宜貼翠花鈿。（勝葫蘆）宮樣眉兒新月偃，侵入鬢雲邊。

金曰：「右第八節，寫雙文側轉身來。」

未語人前先腼腆（一），櫻桃紅破（二），玉粳白露（三），半晌（四），恰方言（五）。

（後）似嚦嚦鶯聲花外囀。

鶯鶯云：「紅娘，我看母親去。」

金曰：「右第九節，雙文見客來，便側轉身。」

行一步，可人憐，解舞腰肢嬌又軟，千般嫋娜，萬般旖旎，似垂楊在晚風前。

金曰：「右第十節，自偏字至此，止是一晌眼間事，蓋側轉身來，便移步入去也。」

右金平將元和令上馬嬌勝葫蘆二篇四曲，任情割裂，致曲度節奏失調。故梁廷枏謂：「聖歎以文律曲，每於襯字，刪繁就簡，而不知其腔拍之不協，至一牌畫分數節，拘腐最爲可厭。」然吳石華爲之辨護，謂：「金本科白簡淨，書札尤雅，舊本所不及。改曲亦有佳者。」（桐華閣校正西廂記）茲按協諸音律，金本支離滅裂，誠不可爲訓；若翫賞文字，其平注細密，亦有可取者。

(B)寫景　元人寫景有春秋殊情，湖山異色，各極其妙者，如王和卿之陽春曲云：

柳梢淡淡鵝黃染，波面澄澄鴨綠添，及時膏雨細廉纖，門半掩，春睡殢人甜。

右寫春思。

周德淸之朝天子云：

月光，桂香，趁着風飄蕩，砧聲催動，一天霜，過雁聲嘹亮，叫起離情，敲殘愁況。夢家山，身異鄉，夜涼枕涼，不許愁人强。

右秋夜客裏。

張小山之塞鴻秋云：

斷橋淮水西林渡，暗香疎景梅花路，蹇驢破帽登山去，夕陽古寺題詩處。樹頭啼翠禽，水面飛白鷺，傷心和靖先生墓。

右湖上卽事。

又唐毅夫之殿前歡云：

冷雲間，夕陽樓外數峯閑，等閑不許俗人看。雨髻烟鬟，倚西風十二闌。休長歎，不多時，莫靄風吹散。西山看我，我看西山。

右大都西山。

又若馬謙齋水仙子之詠雪夜云：

一天雲暗玉樓臺，萬頃光搖銀世界，捲簾初見闌干外，似梅花滿樹開。想幽人凍守書齋，孫康朱顏變，袁安綠鬢改，看青山一夜頭白。

徐甜齋紅綉鞋之詠半月泉云：

鑿透林間山溜，平分天上中秋，菱花分破印寒流，沁梅疏影缺，攀桂片雲愁，待團圓掬在手。

此外若馬九皋山坡羊之詠西湖四時景色，蓋西村小桃紅之詠八景，莫不刻畫入微，沁人心脾。凡此皆小令也，若套數之描寫景色者，馬致遠秋思云：

（撥不斷）利名竭，是非絕，紅塵不向門前惹，綠樹偏宜屋角遮，青山正補牆東缺，竹籬茅舍。（離亭宴煞）蛩吟罷一枕才寧貼，雞鳴後萬事無休歇，算名利何年是徹？密匝匝蟻排兵，亂紛紛蜂釀蜜，鬧穰穰蠅爭血。裴公綠野堂，陶令白蓮社，愛秋來那些，和露滴黃花，帶霜烹紫蟹，煮酒燒紅葉。人生有限杯，幾個登高節，囑付與頑童記者，便北海探吾來，道東籬醉了也。

情景交溶，蒼涼悲壯，周德淸平爲萬中無一，王元美推爲套數中第一，誠確論也。更考之雜劇，鄭德輝倩女離魂第二折之禿厮兒云：

你覷遠浦孤鶩落霞枯藤老樹昏鴉。聽長笛一聲何處發！歌款乃，櫓咿啞。

又聖藥王云：

近蓼洼，纜鈎槎，有折蒲衰柳老蒹葭。傍水凹，折藕芽，見煙籠寒水月籠紗，茅舍兩三家。

又王實甫西廂記「寺警」折之混江龍云：

落紅成陣，風飄萬點正愁人。池塘夢曉，闌檻生春，蝶粉輕沾飛絮雪，雁泥香惹落花塵。繫春心情短柳絲長，隔花陰人遠天涯近。香消了六朝金粉，清減了三楚精神。

淸麗纒綿，足與小令相頡頏也。

(C) 詠物　曲律曰：「詠物不得罵題，却要開口便見是何物。不貴說體，只貴說用。佛家所謂不卽不離，是相非相，只於牝牡驪黃之外，約略寫其風韻，令人髣髴中如燈鏡傳景，了然目中，卻摸捉不得，方是妙手。元人王和卿詠大蝴蝶：『掙破莊周夢，兩翅駕東風，三百座名園一采一個空。誰道風流種？諕殺尋芳的蜜蜂，輕輕飛動，把賣花人搧過橋東。』只起一句便知是大蝴蝶，下文勢如破竹，卻無一句不是俊語。古詞詠柳：『窺青眼』開口便知是柳，下『偏宜向朱門羽戟畫橋游舫』又『倚闌凝望，消得幾翻莫雨斜陽』等，皆從柳外做去，所以渺茫多趣。他如祝京兆詠月，陶陶區詠雁，梁伯龍詠蛺蝶等，非無一二佳語，只夾雜凡俗，便是不成片段。問如何是說體？如昔人詠柳絮『一似半天飄粉，遶樹凝酥，平地飛瓊堵』是也。如何是說用？如詠草，『斜陽外幾家斷橋塢。』又『池塘雨歇，夢回南浦。』又『王孫何事在長途？好歸去，又驚春莫』是也。』按曲之詠物，厥例孔繁；雅之為琴書，村之為米鹽，艷之為裙裾，烜之為冠帶，蠢之為牛馬，靈之為花鳥，或壯麗而為江山，或喧闐而為鉦鼓，或軒昂而為裘馬，或窮愁而為韋布，逸則為麈拂，曠則為簑笠，離則為舟車，合則為酒食，為夫婦之破鏡，為母子之斷機，為朋友之雞黍，為羈旅之翰簡，綜是殊名，陳其體用，務摩色以揣聲，期窮形而盡相，斯又曲文之殊長，足與詩詞相頡頏者也。

(2)敍事　宋人大曲皆爲敍事體；金之諸宮調，雖有代言之處，而大體只可謂之敍事；惟元人雜劇於科白中敍事，而曲文全爲代言。（王氏戲曲史說）然今觀關漢卿拜月亭第一折之油葫蘆云：

分明僱人辭故國，行一步一歎息；兩行愁淚臉邊垂，一點雨間一行悽惶淚，一陣風對一聲長吁氣；百忙裏一步一撒，索與他一步一提；這一對綉鞋兒分不得帮和底，稠緊緊黏答答，帶着淤泥。

敍述風雨中奔馳之苦，語語沈痛，字字酸楚。施君美襲之作拜月亭記，其弟十三齣敍母子避難曰：

（漁家傲）（老旦）天不念去國愁人助慘悽，淋淋的雨若盆傾，風如箭急。（旦）侍妾從人，皆星散各逃生計。（合）身居處華屋高堂，但尋常珠遶翠圍，那曾經地覆天翻，天翻來受苦時。（老旦）孩兒兩條路不知從那條路去。

（剔銀燈）迢迢路不知，是那裏前途去？身安在何處？（旦）一點點雨間著一行行悽惶淚，一陣陣風對著一聲愁和氣。(合)雲低天色傍晚，子母命存亡兀自尙未知。(攤破地錦花)(旦)繡鞋兒分不得幫和底，一步步提，百忙裏䙓了跟兒。(老旦)冒雨盪風，帶水拖泥。(旦)步遲遲，全沒些氣和力。

寫凄風苦雨中，母女逃生，悽惶愁慘之狀，令人不忍卒讀。其下第十四齣又叙兄妹逃難曰：

(賽觀音)(生)雨兒催，風兒送，歎一旦家邦盡空。(小旦)想富貴榮華如夢。(合)哽咽傷心，教我氣塡胸。

(前腔)意兒慌，脚兒痛，顚篤速如痴似懵。(生)苦捱着疾忙行動，(合)郊野看看又蚤晚烟濃。

(八月圓)途路裏奔走流民擁，膽喪魂飛心驚恐。(小旦)風吹雨溼衣襟重，止不住雙雙珠淚湧。(合)行不上，惟聞得戰鼓聲振蒼穹。

(前腔)(生)軍馬又來四下如鐵桶，眼見得京城城壁空。(小旦)他每趕着無輕縱，人心豺狼馬似龍。(合)遭驅虜，親骨肉甚年何日重逢？

加之刀兵蔽野，流冗壅途，尤使人驚惶無地。凡此並叙亂離情況也。至睢景臣哨遍寫高祖還鄉云：

社長排門告示，但有的差使無推故。這差使不尋俗，一壁廂納草也根，一邊又要差夫索應付。又言是車駕，都說是鑾輿，今日還鄉故。王鄉老執定瓦臺盤，趙忙郎抱着酒葫蘆，新刷來的頭巾，恰口來的綢衫，暢好是粧麼大戶。

（耍孩兒）瞎王留引定火喬男女，胡踢蹬吹笛擂鼓，見一颩人馬到庄門，匹頭裏幾面旗舒：一面旗白胡闌套住個迎霜兎，一面旗紅曲連打着個畢月烏，一面旗雞學舞，一面旗狗生雙翅，一面旗蛇纏葫蘆。

（五煞）紅漆了叉，銀錚了斧，甜瓜苦瓜黃金鍍，明晃晃馬鐙尖上挑，白雪雪鵝毛扇上鋪。這幾個喬人物，拿着些不曾見的器仗，穿着些大作怪衣服。

（四）轅條上都是馬，套頂上不見驢，黃羅傘柄天生曲，車前八個天曹判，車後若干遞送夫，更幾個多嬌女，一般穿著，一樣粧梳。

（三）那大漢下的車，衆人施禮數，那大漢覷得人如無物，衆鄉老屈脚舒腰拜，那大漢那身着手扶。猛可里擡頭覷，覷多時，認得熟，氣破我胸脯。

（二）你須姓劉，你妻須姓呂，把你兩家兒根脚從頭數，你本身做亭長，耽幾盞酒；你丈人教村學，讀幾卷書。曾在俺庄東住，也曾與我喂牛切草，拽壩扶鋤。

（一）春采了桑，冬借了俺粟，零支了米麥無重數，換田契强秤了麻三秤，還酒債偷量了豆幾斛。有甚胡突處？明標着册曆，見放着文書。

（尾）少我的錢，差發內旋撥還；欠我的粟，稅粮中私准除。只道劉三，誰把你揪捽住？白甚麽改了姓，更了名，喚做漢高祖。

寫高祖未到前準備之煩，到後儀仗之盛，全從鄉人目中見出口中道出，便覺逸趣橫生，笑容可掬。然小令套數率半言情，雜劇傳奇乃多述事。故令僅一章套或數段，而雜劇乃至四折，傳奇增至數十齣；以情有時盡，文不得長，事與情相生，文與筆乃能互用也。是故雜劇傳奇之標題，或名曰記，或名曰傳，其次曰譜，其次曰圖，作者儼以史職自居，可以想見。觀夫陸天池之明珠記，譜劉無雙事；梅孝己之酒家傭，譜李固之子李燮事；梅鼎祚之玉合記，譜章臺柳本事；張鳳翼之紅拂記，譜李衞公事，可謂有容之詞章，有韻之說部。若夫春燈記，燕子箋，桃花扇等劇，關係一代興亡，一朝掌故；爲文爲史，更不容辨。論者乃謂其以詩人之心，行稗官之志；曲之爲文，所以儷史，信不誣矣。

(6)抒情　劇情變化，更僕難窮，約舉都凡，悲歡離合四字足以盡其義蘊，喜劇悲劇兩類足以括其宏綱。玆分別南北，核其恉歸，北人塡詞，悲劇大抵用南呂商調，喜劇用黃鐘仙呂，英雄豪傑則歌正宮，滑稽嘲笑則歌越調，元人殆無不守此規律者。中原音韻更詳述各宮調之音節曰：

唱仙呂宮宜清新綿邈；

南呂宮宜感慨悲傷；

黃鐘宮宜富貴纏綿；

中呂宮宜高下閃賺；

正宮宜惆悵雄壯；

道宮宜飄逸淸幽；

大石調宜風流醞藉；
小石調宜旖旎嫵媚；
高平調宜條暢滉漾；
般涉調宜拾掇坑塹；
歇指調宜急併虛歇；
商角調宜悲傷婉轉；
雙調宜健捷激裊；
商調宜悽愴怨慕；
角調宜嗚咽悠揚；
宮調宜典雅沈重；
越調宜淘寫冷笑。

此北曲各宮調之音節，及其所表之曲情也。至南曲各宮調之套數，就曲情分類，凡屬細曲，均宜於訴情。如南商調之第一套，第二套及第三套；南仙呂之第一套，南南呂之第一，第二，第三及第五套；南正宮之第一套；南仙呂入雙調之第四，第五及第八套；南黃鐘之第五套；疊用之曲牌，如〔引〕祝英台四支；〔引〕綿搭絮四支，皆屬細膩熨貼，情致纏綿之曲也。此種訴情之曲，多係大套長曲，爲全部傳奇中主要之折，宜於生旦唱之。近悲情者宜用商調，近喜情者宜用正宮，餘皆可悲可喜者也。其他宜於歡樂用之套數，如

南南呂之第四套，南雙調之第一套，南大石之第一套及第二套，南中呂之第二套及第三套，南黃鐘之第一套及第二套。

宜於游覽用之套數，如

南南呂之第四套，南大石之第一套，正宮南北合套之一，南中呂之第二套。

宜於悲哀用之套數，如

南越調之第二套，南商調之第四套及第五套。疊用之曲牌，如〔引〕三仙橋三支；〔引〕風雲會四朝元四支；〔引〕金絡索四支。

宜於幽怨用之套數，如

南小呂之第一套。疊用之曲牌，如引風雲會四朝元四支，引江頭金桂四支，雁魚錦五段。

宜於行動之套數，如

南中呂之第一套，南正宮之第四套。疊用之曲牌，如引，甘州歌四支；尾引，朝元令四支；引，二犯江兒水二支；引，香柳娘四支或六支；引，鎖南枝四支。

以上共分六類，歡樂及游覽行動三類，宜於同唱；悲哀幽怨二類，則多宜於旦唱，小生亦可用之。至老生及淨遇悲劇，則以用北曲爲宜，蓋南曲柔靡，少雄壯之音，故不適於生淨之口脗也。此外尚有過場短劇，乃傳奇中線索之過脈，劇情之過渡，雖絕不可少而非重要部分，故不詳述，略述表情之曲文焉。（以上用蟫廬曲談說）

(A)悲傷語　高明琵琶記第二十一齣糟糠自厭云：

（商調過曲）（山坡羊）（旦）亂荒荒不豐稔的年歲，遠迢迢不回來的夫婿，急煎煎不耐煩的二親，輭怯怯不濟事的孤身體，衣典盡寸絲不掛體，幾番拚死了奴身已，爭奈沒主公婆敎誰看取？思之，虛飄飄命怎期？難捱，實丕丕災共危。

（前腔）滴溜溜難窮盡的珠淚，亂紛紛難寬解的愁緒，骨崖崖難扶持的病身，戰兢兢難捱過的時和歲。這糠，我待不吃你呵，教奴怎忍飢？我待吃你呵，教奴怎生吃？思量起來不如奴先死，圖得不知親死時。思之，虛飄飄命怎期？難捱，實丕丕災共危。

朱竹垞靜志居詩話，謂：「聞則誠塡詞，夜案燒雙燭，塡至「吃糠」一齣，句云：『糠和米本一處飛』，雙燭交爲一。」吳舒鳧長生殿傳奇序，亦謂：「則誠居櫟社沈氏樓，清夜案歌，几上蠟炬二枚，光交爲一，因名其樓曰瑞光。」說雖附會，然自來平文者以之爲神來之作，則可信也。

(B) 愁怨語　西廂「酬韻」折之越調拙魯速云：

對著盞碧熒熒短檠燈，倚着扇冷淸淸舊幃屏，燈兒又不明，夢兒又不成，窗兒外淅零零的風兒透疏櫺，忒楞楞的紙條兒鳴。枕頭兒上孤另，被窩兒裏寂靜，你便是鐵石人，鐵石人也動情。

寫張生輾轉反側，迷離恍惚苦狀，讀之蕩人魂魄。前節諸文如放聲號哭，此文則如泣如訴，如怨如慕也。

(C)雄健語　王伯成貶夜郎之第一折點絳唇云：

鶴夢翺翔，坦然獨向蓬山上引九曲滄浪，助我懷中況。

又混江龍云：

忽地裏眼皮開放，似一竿風外酒旗忙，不向那竹溪翠影，則戀著花市清香。我舞袖拂開三島路，醉魂飛上五雲鄉，三杯兩盞澆灌吟懷，簞食瓢飲洗滌愁腸。我比顏回隱跡，只爭個無深巷。嘆人生碌碌，羨人世蒼蒼。

勁切雄壯，的是元人本色。

(D)委宛語　曲文抒情，貴淋漓盡致，沈著痛快，與詩詞之婀娜蘊藉者不同；然亦有委宛曲折，含蓄不露者。如西廂「榮歸」折之沈醉東風云：

不見時准備着千言萬語，得相逢都變做短歎長吁。他急攘攘却才來，我羞答答怎覷。將腹中愁恰待申訴，及至相逢一句也無，剛道個先生萬福。

(E)曠達語　曲中抒情，主於色食；亦有牢騷之極，反爲放達。爰有餐霞服日之想，枕流漱石之志，則詞場之別調也。如王子一悞入桃源第一折之混江龍云：

山間林下，伴藥鑪經卷老生涯，眼不見車塵馬足，夢不到蟻陣蜂衙。閒來時靜掃白雲尋瑞草，悶來時自鋤明月種梅花。不想去上書北闕，不想去待漏東華，似這等鷗鵬掩翅，都只爲狠虎磨牙。怕的是斬身銅劍，愁的是碎腦金瓜。怎學他屈原湘水？怎學他賈誼長沙？情願做歸湖范蠡，情願做喫酒欒巴。擕閒客登山采藥，喚村童汲水烹茶。學聖賢洗滌了是非心，共漁樵講論會興亡話。羨殺那知禍福塞翁失馬，堪笑他問公私晉惠聞蛙。

(F)本色語　金元人雜劇，所謂出色當行者，以白描句語爲多；辭藻繽紛，纂組雕繢之作，本非所貴。董解元西廂記，方言俗語，雜見行間，傳誦一時，推爲傑作，實由於此。今觀其卷一中呂調之香風合纏令云：

轉過荼蘼架，正相逢著宿世那冤家。一時間見了他，十分地慕想他，不道措大連心要退身，却把個門兒亞，喚別人不見吵不見吵。朱櫻一點襯腮霞，斜分着個龐兒鬢似鴉。那多情媚臉兒，那鶻鴒淥老兒，難道不淸雅？見人不住偸睛抹，被你風魔了人也嗏，風魔了人也嗏。

又牆頭花云：

也沒首飾鉛華，自然沒包彈，淡淨的衣服兒扮得如法，天生更一段兒紅白，便周昉的丹靑怎畫。手托着腮兒見人羞又怕，覷舉止行處，管未出嫁。不知他信甚名誰，怎得個人來問咱？不曾舊相識，不曾共說話，何須更買卜，已見十分掉不下，兀的般標格精神，管相思人去也嗎嗎！

文中鶻鴒卽胡伶，聰明之謂，北人謂眼爲淥老，及兀的吵，嗏等語詞，皆當代方言也。

(4)想像　曲中所用之事，有實有虛實者，就事敷陳，不假造作，有根有據之謂；虛者，空中樓閣，隨意搆成，無形無景之謂也。（李笠翁曲話說）傳奇無實，半屬寓言，故最富於想像。爰約舉數例，以見都凡。

(A)設想　如西廂「聽琴」折之漁燈兒云：

莫不是步搖得寶髻玲瓏？莫不是裙拖得環佩叮咚？莫不是鐵馬簷前驟晚風？

莫不是金鈎雙控咭叮噹敲響簾櫳？（前腔）莫不是梵王宮夜撞金鐘？莫不是漏聲長滴響壺銅？莫不是疏竹蕭蕭曲檻中？莫不是牙尺剪刀聲相送？却原來是近西廂誰理絲桐。

多方縣測，並用聯想的想像以擬其音。

(B)想像　如馬東籬陳摶高臥之倘秀才三煞云：

身安靜宇蟬初蛻，夢繞南華蝶正飛，臥一榻清風，看一輪明月，蓋一片白雲，枕一塊石頭，直睡的陵谷變，石爛松枯，斗轉星移，長則是把元守一，窮妙理，造玄機。

右高士理想之境界也。他如牡丹亭寫杜麗娘之驚夢，情節尤奇。由是游魂冥誓諸說，層見疊出。後之作劇者，往往假託神怪，或糅雜鬼魅，若雙珠之投淵遇神，獅吼之偏游地獄，六尺氍毹，人鬼參半，皆由好奇太過，山窮水盡，不得不設一幻境，以便生日團圓，此李漁所以戒荒唐，非想象之上乘也。

(六)南北曲之派別

元人雜劇參合宋金兩代歌曲，以一定之體段，一定之曲度，成一代之文體，前節詳箸之矣。顧其體創自何人，起於何世，稽之載籍，殊無確徵。惟鍾嗣成錄鬼簿著錄元曲作者，以關漢卿爲首。寧獻王太和正音譜平關氏曲亦云：「觀其詞語，乃可上可下之才，蓋所以取者，初爲雜劇之始，故卓以前列。」考之蔣仲舒堯山堂外紀：「關仕金末，官太醫院尹，金亡不仕。」則雜劇成於金遺民之手，其創作之時，實在金末元初，下逮明淸，時歷四代，前後亘四五百年，誠近世最箸之體制也。故述作者日繁，名家輩出，雖才有長短，義有淺深，無非演暢物情，表章人事而已。爰徵列歷代作者，著有原流正變之跡焉。

(A)北曲　錄鬼簿於北曲作者，凡分三期。(一)前輩已死名公才人，有所編傳奇行於世者；(二)方今已亡名公才人，余相知者及已死才人不相知者。(三)方今才人相知者及方今才人，聞名而不相知者，王國維考其第一期爲蒙古時代，自太宗取中原以後，至至元一統之初。錄鬼簿卷上所錄之作者五十七人，大都在此期中。其人皆北方人也。第二期爲一統時代，自至元後至順帝後至元間。錄鬼簿所謂已亡名公才人，與余相知或不相知者。其人則南方爲多，否則北人而僑寓南方者也。第三期爲至正時代。錄鬼簿所謂方今才人是也。此三期中，以第一期之作者爲最盛，其著作存者亦多。元劇之傑作，大抵出於此期中。至第二期則除宮天挺鄭光祖喬吉三人外，殆無足觀，而其劇存者亦罕。（宋元戲曲史）茲表其著者：

(1)關漢卿　已齋叟，金末爲太醫院尹，入元不仕，所撰雜劇，見於太和正音譜者，凡六十三種。今元曲選及士禮居藏元曲中所存者，惟玉鏡臺，謝天香，金線池，竇娥冤，魯齋郎，救風塵，胡蝶夢，望江亭，單刀會，拜月亭，調風月，西蜀夢，僅十二種。南濠詩話，藝苑卮言，又以西廂記之第五劇爲漢卿作，合得十有三種。其詞多汪洋肆恣，感慨蒼涼，今所傳之訓子刀會，卽單刀會之後二折，其尤著者。拜月亭中佳曲尤多。如第一折之油葫蘆已見前節。其第三折倘秀才云：「你休著個濫名兒將偺來引惹，敢待是你個小鬼頭春心兒動也。我與你寬打周遭，向父親說，我又不風魔，不痴呆，要則甚迭。」叨叨令云：「原來你深深的花底兒將身遮，搽搽的背後把鞋捻，澁澁的輕把我裙兒拽，熅熅的羞得我腮兒熱，直恁的撞破我也麼哥，撞破我也麼哥，我一星星都只索從頭兒說」並爲幽閨記之所本。其續西廂四折，不事雕繢，惟尙白描，的是元人本色。金聖歎不辨，妄加譏彈，非知音也。

(2)王實甫　實甫麗春堂雜劇，以頌禱金章宗作結，蓋亦金遺民之入元者也。所作曲十四種，今存西廂記，麗春堂二種。以妍麗艷冶著稱，視北曲之尙本色者不同。如西廂「驚豔」折之寄生草云：「蘭麝香仍在，佩環聲漸遠，東風搖曳垂楊線，遊絲牽惹桃花片，珠簾掩映芙蓉面，你道是河中開府相公家，我道是南海水月觀音現。」「寺警」折之混江龍云：「落紅成陣，風飄萬點正愁人，池塘夢曉，闌檻生春，蝶粉輕沾飛絮雪，雁泥香惹落花塵。繫春心情短柳絲長，隔花陰人遠天涯近。香消了六朝金粉，清減了三楚精神。」詞藻繽紛，風光旖旎，頗近南曲，在元劇中，斯爲異軍。然其麗春堂中之耍孩兒云：「這潑徒怎敢將人戲，你托賴着誰人氣力？睜開你那驢眼可便覷着阿誰！我便歹殺者波，是將軍的苗裔。」西廂中之攪箏琶云：「怕我是賠錢貨，兩當一便成合，憑着他舉將除賊，消得個家緣過活，費了甚麼？古那便結絲蘿，休休波，省人情奶奶忒慮過，恐怕張羅。」滿庭芳云：「你休要呆裏撒奸，你待思情滿，敎我骨肉摧殘。他手搭着檀棍摩挲看，粗麻線怎透針關？直待敎我拄着拐幫閒鑽懶，縫合脣送煖偷寒。待去呵，消息兒踏着犯，待不去，敎甜話兒熱趲，敎我左右做人難。」亦未嘗無出色當行處也。

(3)白樸　仁甫年七歲，遭壬辰之難，父寓齋以事遠適。明年春，京城變起，元遺山遂挈以北行。日親炙遺山謦欬，談笑悉能默記。後數年，寓齋北歸，父子卜築於滹陽。時律賦爲專家之學，而仁甫有能聲，號後進之翹楚，遺山每過之，必問爲學次第，嘗贈之曰：「元白通家舊，諸郞汝獨賢。」未幾，生長見聞，學問博洽，然自幼經喪亂，倉皇失母，便有滿目山川之歎。逮亡國後，恒鬱鬱不樂，以故放浪形骸，期於適意。開府史公將以所業薦之於朝，再三遜謝，棲遲衡門，視榮利蔑如也。（節天博文天籟集序）所作雜劇十七種，今傳者有梧桐雨，牆頭馬二種。梧桐雨第一折油葫蘆云：「報接駕的宮娥且慢行，親自聽上瑤階那步近前楹，悄悄躡躡款把紗窗映，撲撲簌簌風颭珠簾景，我恰待行，打個囈掙，怪玉籠中鸚鵡知人性，不住的語偏明。」醉中天云：「龍麝焚金鼎，花萼插銀瓶，小小金盆種五生，供養著鵲橋會，丹青燈，把一個米來大蜘蛛抱定，攙奪盡六宮寵幸，更待怎生般智巧心靈。」醉扶歸云：「暗想那織女分，牛郎命，雖不老，是長生。他阻隔銀阿信杳冥，經年度歲成孤另，你試向天宮打聽，他決害了些相思病。」長生殿「密誓」折襲其意處不少。第二折粉蝶兒云：「天淡雲閒，列長空數行征雁，御園中夏景初殘，柳添黃，荷減翠，秋蓮脫瓣，坐近幽闌，噴清香玉簪花綻。」又「驚變」折之所本也。（螾廬曲談）

(4)馬致遠　東籬作曲十四種，今傳漢宮秋，薦福碑，岳陽樓，黃粱夢，青衫淚，陳摶高臥，風任子七種。漢宮秋第一折點絳唇云：「車碾殘花，玉人月下，吹簫罷，未遇宮娃，是幾度添白髮。」混江龍云：「料必他珠簾不掛，望昭陽一步一天涯，疑了些無風竹景，恨了些有月窗紗。他每見絃管聲中巡玉輦，恰便似斗牛星畔盼浮槎。是誰人偷彈一曲，寫出嗟呀，莫便要忙傳聖旨，報與他家。我則怕乍蒙恩把不定心兒怕，驚起了宮槐宿鳥，庭樹栖鴉。」第三折新水令云：「錦貂裘生改盡漢宮裝，我則索看昭君畫圖模樣，舊恩金勒短，新恨玉鞭長，本是對金殿鴛鴦，分飛翼怎承望。」詞旨清俊。至薦福碑第二折之滾繡毬，則又明白淺顯，令人忘其為曲。秋思一套，尤負盛名，周德清推為元人之冠。（引見前節）其小令天淨沙云：「枯藤老樹昏鴉，小橋流水人家，古道西風瘦馬，夕陽西下，斷腸人在天涯。」高妙自然，尤推卓絕。

右關，王，白，馬，為第一期四大作者。此外與關，白，馬並稱者有鄭光祖，則第二期之大家也。

(5)鄭光祖　德輝雜劇十九種，存者有倩女離魂，王粲登樓，謅梅香，周公攝政四種。倩女離魂第一折之村裏迓鼓云：「則他這渭城朝雨，洛陽殘照，雖不唱陽關曲，本今日來祖送長安年少，兀的不取次棄舍，等閒抛掉，因而零落。恰楚澤深，秦關杳，泰華高，歎人生離多會少。」柳葉兒云：「見淅零零滿江干樓閣，我各剌剌坐車兒懶過溪橋，他砣蹬蹬馬蹄兒倦上皇州道。我一望望傷懷抱，他一步步待回鑣，早一程程水遠山遙。」第二折之禿廝兒云：「你覷遠浦孤鶩落霞，枯藤老樹昏鴉，聽長笛一聲何處發，歌欸乃，櫓咿啞。」聖約王云：「近蓼洼，纜釣槎，有折蒲衰柳老蒹葭，傍水凹，折藕芽，見烟籠寒水月籠紗，茅舍兩三家。」清麗流便，不失本色。王粲登樓第三折紅繡鞋云：「淚眼盼秋水長天遠際，歸心似落霞孤鶩齊飛，則我這襄陽倦客苦思歸，我這裏憑欄望，母親那裏倚門悲，爭奈我身貧歸未得。」迎仙客云：「雕簷紅日低，畫棟綵雲飛，十二玉闌天外倚，望中原，思故國，感慨傷悲，一片鄉心碎。」傷梅香第一折寄生草云：「不爭向琴操中單訴着你飄零，却不道窗兒外更有個人孤另。」又六么序：「却原來羣花弄景，將我來諕一驚。」情意獨至，皆絕妙好詞也。

(6)宮天挺　大用作七里灘，其第一折混江龍云：「自從夏桀將禹喪，獨夫殷紂滅成湯，丕顯立弔民伐罪，丕承立守緒成康，瑤池上筵開穆滿，湘流中淹殺昭王，自開基起運，立國安邦，坐籌幃幄，竭力邊疆，百十萬陣，三五千場，滿身矢簇，遍體金瘡，尸橫草野，鴉啄人腸，未曾立兩行墨跡在史書中，却早臥一邱新土在芒山上。咱看這富貴如蝸牛角半痕涎沫，功名似飛螢尾一點光芒。」雄健混樸，不在關白馬鄭下也。

(7)喬吉甫　夢符博學多能，以樂府稱重於世。嘗云：「作樂府亦有法，曰鳳頭，猪肚，豹尾，六字是也。大概起要美麗，中要浩蕩，終要響亮，尤貴在首尾貫串，意思清新，能若是斯可以言樂府矣」（輟耕錄）所作雜劇有認玉釵，兩世姻緣，揚州夢，死生交，勘風情，金錢記，荊公遣妾，節婦牌，賢孝婦，九龍廟，黃金臺十一種，今僅存兩世姻緣，揚州夢，金錢記三種，見元曲選中。小令尤有風致，如天淨紗云：「鶯鶯燕燕春春，花花柳柳眞眞，事事風風韻韻，嬌嬌嫩嫩，停停當當人人。」詠香茶云：「細研片腦梅花粉，新剝珍珠豆蔻仁，依仁修合鳳團春，醉魂清爽，舌尖香嫩，這孩兒那些風韻。」清新秀逸，不媿大家。

(8)張可久　小山以樂府得盛名，有小山小令二卷。太和正音譜平其詞「清而且麗，華而不艷。」今觀其秋日宮詞一半兒云：「花邊嬌月靜妝樓，葉底滄波冷翠溝，池上好風閒御舟，可憐秋，一半兒芙蓉一半兒柳。」其二云：「數層秋樹隔雕簷，萬朶晴雲擁玉蟾，幾縷夜香穿繡簾，等潛潛，一半兒開門一半兒掩。」明李中麓刻夢符，小山兩家小令，以方唐之李杜。王驥德謂：「李則實甫，杜則東籬，始當喬張蓋長吉，義山之流。然喬多凡語，似又不如小山更勝也。

(9)沈和　和甫所作瀟湘八景，歡喜寃家諸本，皆用南北合套。後人遵其例，以南北曲相間而成套數，如仙呂宮之北點絳唇，南劍器令，北混江龍，南桂枝香，北油葫蘆，南八聲甘州，北天下樂，南解三酲，北哪吒令，南醉扶歸，北寄生草，南皂羅袍之類，新創之體頗多。皆自沈和導其先聲也。

王氏戲曲史考元劇第一期之作者，以大都為衆，平陽次之。中葉以後，則悉為杭州人。其散處各行省者，皆沈浮下僚不得志之士。江南嘌唱，別創南北合套之格，則別闢蹊徑者也。吳梅曰：「元人之詞，約分三類：喜豪放者學關卿，工鍛鍊者宗二甫，尚輕俊者效東籬，而張小山以小令著稱，不入戾家釁弄，斯又詞品之高卓者也。」（詞餘講義）蓋關卿豪邁，二甫研練，東籬清俊，三家鼎盛，領袖一時，餘子皆不能越其範圍也。

(B)南曲　南曲淵原，祝允明猥談謂：「出於宣和之後，南渡之際，謂之溫州雜劇。」葉子奇草木子亦云：「俳優戲文，始於王魁，永嘉人作之。」是其創始，實在北曲之前。特金元兩代，作者特寡，至元明之際復興，其後遂奪北曲之席而代之矣。

南曲之存者，後人以荊，劉，拜，殺為元四大家。明無名氏以荊釵記為柯丹邱撰。

王國維謂：「柯敬仲未聞以製曲稱。想舊本當題丹邱子，或丹邱先生撰。丹邱子者，明寧獻王道號也。後人不知，見丹邱二字，卽以爲敬仲耳。」白兎記不知撰人，殺狗記作於徐㽔。拜月亭（又名幽閨記）作於施惠。徐字仲田，施字君美，並元人。徐至明猶存。今讀荆釵曲文，固無足取；白兎，殺狗，尤爲俚鄙，不知何以著稱。卽幽閨中走雨，拜月兩折，頗見佳句，亦抄襲關卿。（見前）餘則絕無勝處。故並置之不論，論高明之琵琶記焉。

(1)高明　明字則誠，永嘉平陽人。瑞安縣志及顧俠君元詩選並載「則誠旅寓鄞之櫟杜，撰琵琶記。」明姚福青溪暇筆亦云：「元末永嘉高明，避世鄞之櫟社，以詞曲自娛。見劉後村有『死後是非誰管得，滿村聽唱蔡中郎』之句，因編琵琶記，用雪伯喈之恥。國朝遣使徵辟，不就。既卒，有以其記進者，上覽畢曰：『五經四書，在民間如五穀，不可缺。此記如珍羞美味，富貴家其可無耶？』其見推許如此。」田藝衡留青日札亦同此說，則作琵琶者確爲高明。乃藝苑卮言謂：「南曲高拭則誠，遂掩前後。」堯山堂外紀亦云：「作琵琶者乃高拭則誠。」靜志居詩話引之並云：

「涵虛子曲譜，有高拭而無高明，則蔣氏之說，或有所據。」不知元刊本張小山北曲聯樂府，前有燕山高拭題詞，此乃涵虛子曲譜中之高拭。其人與小山友善，當生於元之中葉，實非元末之高明。琵琶乃南曲戲文，其作者自當爲永嘉之高明，而非燕山之高拭也。吳梅曰：「琵琶，拜月，古今咸推聖手。則誠以本色見長，而未嘗不事藻飾；君美以渾脫著譽，而間亦傷於庸俗。是以學則誠易失之腐，學君美易失之陊；而獻王荆釵，且直摩則誠之壘，出詞鄙俚，亦十倍於永嘉。繼之者湟川雙珠，弇州鳴鳳，叔回八義，道行青衫，膚淺庸劣，皆學則誠之失也。」以琵琶中「賞花」折之梁州新郎，「賞秋」折之念奴嬌序，「剪髮」折之山坡羊諸曲，亦工綺語，不專尙白描，惟末八折爲後人所補，世人買櫝還珠，豈善學者哉？

(2)王九思　渼陂著杜甫游春一劇，王元美謂「其聲價不在關馬之下。」何元朗云：「金元人猶當北面。」王伯良云：「此劇蓋借李林甫以罵時相者，其詞氣雄宕，固陵厲一時；然亦多雜凡語。」蓋渼陂以附劉瑾坐廢，盛年見擯，無所發洩，寄情詞曲，作爲此劇，力詆西厓。故其詞雄肆奔放，儼然有關馬之遺也。同時酬和者有康海。王伯良曰：「近之爲詞者，北調則關中康狀元對山，王太史渼陂。康富而蕪，王艷而整。」又曰「對山亦忤於時，放情自廢，與渼陂皆以聲樂相尙彼此酬和不輟，康所作尤多非不莽具才氣，然喜生造，喜堆積，多用老生語，不得與王並驅。」今讀王氏碧山樂府，秀麗俊麗，誠非康之沜東樂府所能及。然以身世相同，故康之中山狼，與王之遊春記，曲情亦大抵相似也。

(3)梁辰魚　伯龍以浣紗記吳越春秋一劇，頗負時名。時太倉魏良輔以老教師居吳中，伯龍就之商訂曲律，詞成卽爲之製譜。吳梅村詩所謂：「里人度曲魏良輔，高士塡詞梁伯龍」者是也。又有紅線女一本，載盛明雜劇中。王元美詩云：「吳閶白面冶遊兒，爭唱梁郎絕妙詞。」其見重於當世如此。

(4)湯祖顯　錢牧齋列朝詩集云：「義仍窮老蹭蹬，所居玉茗堂文史狼藉，賓朋雜坐，雞塒豕圈，接跡庭戶，蕭閒詠歌，俯仰自得。爲郎時，排擊執政，禍且不測，詒書友人曰：『乘興偶發一疏，不知當今何以處我？』晚年，師吁江而友紫柏，翛然有度世之思。胸中塊壘，陶寫未盡，則發而爲詞曲。四夢之士，雖復流連風流，激蕩物態，要於洗滌情塵，銷歸空有，則義仍之所存，略可見矣。」靜志居詩話云：「義仍塡詞，妙絕一時，牡丹亭曲尤極情摯。」王伯良曰：「臨川湯奉常之曲，當置法字無論，盡是案頭異書。所作五傳，紫簫，紫釵，弟修藻艷，語多瑣屑，不成篇章。還魂妙處種種奇麗動人；然無奈腐木敗草，時時纏繞筆端。至南柯邯鄲二記則漸消蕪纇，俛就矩度，布局旣新，遣詞復俊。其掇拾本色，參錯麗語，境往神來，巧湊妙合，又視元人別一谿徑。技出天縱，匪由人造。使其約束和鸞，稍閑聲律，汰其賸字累語，規之全瑜，可令前無作者，後鮮來哲，二百年來，一人而已。」按若士天才橫逸，不受羈勒，臧晉叔妄加刪改，俾就曲律，點金成石，轉足見訾。其南柯，邯鄲二曲，懺綺情而耽仙佛，尤足發人深省者也。

(5)沈璟　王伯良曰：「松陵詞隱沈甯庵先生於曲學法律甚精，泛濫極博，斤斤返古，力障狂瀾，中興之功，良不可沒。所著詞曲甚富，有紅蕖，分錢，埋劍，十孝，雙魚，合衫，義俠，分柑，鴛衾，桃符，珠串，奇節，鑿井，四異，結髮，墮釵，博笑等十七記。散曲曰情癡寱語，曰詞隱新詞二卷。取元人詞，易爲南調，曰曲海青冰二卷。紅蕖蔚多藻語，雙魚而後，專尚本色。」又曰：「詞隱傳奇，紅蕖稱首；其餘諸作，出之頗易，未免庸率。」按甯庵所作傳奇，載之新傳奇品及曲品曲海目者，凡二十一種。今僅存美俠記一本，爲汲古閣所刋。此外則望湖亭，一種情，翠屏山三種，各存數折而已。又增定南曲全譜二十一卷，別輯南詞選韻十九卷，並爲世宗。

呂天成曲品嘗並論梁沈兩家曰：「吾友方諸生曰：『松陵具詞法而讓詞致，臨川妙詞情而越詞檢。』善夫！可謂定品矣。詞隱嘗曰：『甯律協而詞不工，讀之不成句，而謳之始協。』臨川聞之，笑曰：『彼惡知曲意哉？予意所至，不妨拗折天下嗓子。』此可觀兩賢之志趣矣。予謂二公譬如狂狷，天壤間應有此兩項人物。倘能守詞隱之矩矱，而運以臨川之才情，豈非合之兩美乎？」而伯良則云：「詞隱之持法也，可學而知也；臨川之修詞也，不可勉而能也。大匠能與人規矩，不能使人巧，其所能者人也，所不能者天也。」今觀吳石渠之粲花五種，孟稱舜之嬌紅節義，則以臨川之筆，協吳江之律也；呂勤之烟鬟閣十種，卜大荒之乞麾冬青，又以寧菴之律學若士之詞也。他若馮夢龍之雙雄萬事，史叔考之夢磊合紗，沈孚中之綰春息宰，徐復祚之紅梨宵光，協律修詞，並臻美善。（吳梅說）鬱藍生之期望爲不虛矣。

(6)李開先　中麓著寶劍記斷髮記，馳譽山左。錢牧齋曰：「伯華罷歸，治田產，蓄聲伎，徵歌度曲，爲新聲小令，搊彈放歌，自謂馬東籬，張小山無以過也。所藏詞曲至富，自謂詞山曲海。每大言曰：『古來才士，不得乘時枋用，非以樂事繫其心，往往發狂病死；今借此以坐銷歲月，暗老豪傑耳。』」王元美曲藻曰：「北人自王，康後，推山東李伯華。伯華以百闋傍妝臺，爲對山所賞，今其詞尙存，不足道也。所爲南劇，寶劍，登壇記，亦是改其鄉先生之作。二種尙在拜月荊釵之下。一日問余，『何如琵琶記？』余謂：『公之詞美不必言，弟令吳中敎師十人唱過，隨腔致妥，乃可傳耳。』李怫然不樂罷。其自負有如此者。」

(7)鄭若庸　中伯早歲以詩名吳下。所著曲以玉玦記最著。其他大節記五福記，皆不傳。玉玦曲詞，典雅工麗，開後人駢綺一派。其「入院」折一套排歌云：「好鳥調歌，殘花雨香，秋遷麗日門牆，可憐飛燕倚新妝，半卷珠簾春恨長。(合)花原畔，玉洞旁，免敎仙犬吠劉郎。瓊樓啟，翠幰張，不知何處是他鄉？」寄生草云：「河陽縣，栽花客，錦城官，題杜郎，山公立志多豪放，張良舉足分劉項，蘇秦垂手爲卿相，這相逢不似楚襄王，怕思歸學了陶元亮。」吳中綺麗之詞，推爲大家，

(8)徐渭　文長四聲猿一本四折，每折一事，不相連屬，曰漁陽弄，曰翠鄉夢，曰代父從軍，曰求凰得鳳。其詞雄邁豪爽，直入元人之室。王伯良云：「先生瑰瑋濃鬱，超邁絕塵，木蘭崇嘏二劇，刳腸嘔心，可泣神鬼。」今按其女狀元中二犯江兒水第四支云：「浣花溪外，茅舍繞浣花溪外，是詩人杜老宅。何處野人扶杖，敲響扉柴?況久相依不是饞，幸籬棗熟霜齋，我栽的卽你栽，儘取長竿闊袋，打撲頻來餔餐權代，我恨不能塡滿了普天饑債。」儼然老杜廣廈萬間之旨，其豪情俠氣，亦足多矣。

(9)阮大鋮　圓海作雙金榜，牟尼盒，忠孝環，桃花笑，井中盟，獅子賺，春燈謎，燕子箋諸劇，以燕子箋爲最著。王漁洋秦淮雜詩：「新歌細字寫冰紈，小部君王帶笑看，千載秦淮嗚咽水，不應仍恨孔都官。」自注云：「宏光時，阮司馬以吳綾作朱絲闌，書燕子箋諸劇進宮中」。時民間演此劇者，亦歲無虛日，可謂盛矣。其「寫像」折有云：「畫眉郎怎自把眉兒畫，較玉貌羞慚殺。打草藁顧景池中，脫粉本央小鏡

菱花，畫中人又好做人中畫。」「駭像」折有云：「要包彈一樣兒沒半星，逞風流倒有十分的可憎，是不曾在馬上牆頭也，露了紅粉些兒一綫輕，且向小閣晴窗勘笑顰。」題箋折有云：「逗花叢若個兒郎，一一般樣粉撲兒衣香人面啞丹青問不出眞和贋」「拾箋」折有云：「破工夫描寫出當爐艷，不做美的把花容信手傳，敢則他精神出落的忒端然，因此上化為雲雨飛去到陽臺畔，差迭了東風圖畫美人顏，倒變做南海水月觀音面。」秀逸雋永，仍存本色，斯難能可貴，固不必以其立品不端，並訾其文詞也。

有明曲家，作者蔚起，論其流別，約分吳中，越中，臨川三派。自梁伯龍為工麗濫觴，詞尚華飾，吳音一派，竟至勦襲靡詞，如繡閣，羅幃，銅壺，銀箭，紫燕，黃鶯，浪蝶，狂蜂之類，啟口卽是，千篇一律。甚至使僻事，繪隱語，不惟曲家本色語全無，卽人間一種眞情話，亦不可得。沈伯英審於律而短於才，直以淺言俚句棚拽牽湊，自謂稱得其宗。越中少年尊為開山，私相服膺，紛紜競作，而以鄙俚可笑，為不施脂粉，以生硬稚率，為出之天然。較之套詞故實一派，又覺雅俗懸殊。（雨村曲話說）臨川湯若士婉麗妖冶，語動刺骨，獨字句平仄多背格律，詰屈聱牙，歌者拗嗓。斯各有其弊短，學者當知所擇矣。吳梅曰：「自琵琶拜月出而作者多禀拙素；自香囊連環出而作者乃尙詞藻。自玉茗四夢以北詞之法作南詞，而偭越規矩者多；自吳江諸傳以俚俗之語求合律，而打油釘鉸者衆。於是矯拙素之弊者用駢語革辭采之煩者尙本色。正玉茗之律而復工於琢詞者，吳石渠孟子塞是也；守吳江之法，而復出以都雅者，王伯良范香是也。」夫曲之始作，原歌諸敎坊，行之委巷，故文貴諸俗，語必動人；乃一入士夫之手，卽以藻麗相矜，修詞益工，本質愈掩。至流派分歧，恉趣各異。故補弊扶偏，折衷至當，不能不屬之來學也。

(C)淸代曲家　淸初曲家半屬遺民，興亡之感，家國之痛，儲之胸肊，發爲詠歌，哀思之音，鬱騰詞苑。乾嘉以後，作者漸稀，間有嗣音，不聞傑作。此後雅音不作，俗樂繁興，詞壇至是，風流歇絕矣。

(1)吳偉業　梅邨詞淒楚幽怨，山川華屋之悲，愴然滿紙。其秣陵春之泣顏回云：「蘇壁畫南朝，淚盡湘川遺廟，江山餘恨，長空黯淡芳草，鶯花似舊識，興亡斷碣先人表。過夷門梁孝臺空，入西洛陸機年少。」集賢賓云：「走來到寺門前，記得起初勅造，只見赭黃羅帕御牀高，這壁廂擺列著官員輿皂，那壁廂布設些法鼓鐘鐃。半空中一片祥雲，簇擁著香烟縹渺。如今呵，新朝改換了舊朝，把御碑頗盡除年號，只落得江聲圍古寺，塔景掛寒潮。」臨春閣之聖藥王云：「山幾重，雲幾重，玉簫吹斷落飛瓊。花景紅，燭景紅，杜鵑啼血蘸殘紅，清露滴梧桐。」通天台之天下樂云：「好教我把酒揪髯仰面嗟，你差也波差，怎的做天公，這等妝聾啞？文書房，停簽押，帝王科，沒勘查，難道是儘意兒糊塗罷？」賺煞云：「則想那山繞故宮寒潮向空城打，杜鵑血揀南枝直下。偏是俺立盡西風搔白髮，只落得哭向天涯，傷心地付與啼鴉。難道我的眼盼不到石頭車駕，我的淚灑不上修陵松檟，只是年年秋月聽悲笳。」沈鬱蒼涼，雖蘭成之哀江南，杜陵之賦秋思，不是過也。

(2)李玉　玄玉著一笠庵傳奇三十二種，及北詞廣正譜十四卷。明末中副貢，國變後，絕意仕進，專以度曲自娛，與梅郇友善，梅郇撰北詞廣正譜序，紀之甚詳。所著傳奇，以一棒雪，人獸關，永團圓，占花魁四種爲最。錢牧齋比之柳屯田，無名氏新傳奇品云：「李玄玉之詞，如康衢走馬，操從自如。」蓋梅邨之流亞也。

(3)尤侗　展成鈞天樂一劇，卓爾不羣，直入元人之室。其第一折之金絡索云：「我哭天公，十載青春負，乃翁黃衣不告相如夢，白眼誰憐阮客窮，眞懵懂，區區科目困英雄。一任你小技雕蟲，大筆雕龍，空和淚銘文塚。」「嫁殤」折云：「爲甚的懨懨鬼病困嬋娟？半捲緗簾，裊藥煙，可憐他空房小膽怯春眠。你看流鶯如夢，東風懶，一枕春風似小年。」牢騷不平之氣，溢於楮墨。「哭廟」諸折，尤爲沈痛。其他讀離騷，弔琵琶，桃花源，黑白衞，淸平調諸雜劇，莫不傳誦當時。王阮亭題其新樂府云：「南苑西風御水流，殿前無復按梁州，飄零法曲人間徧，誰付當年菊部頭。」深歎之也。

(4)李漁　笠翁所著傳奇，凡十六種，以十種曲最爲著稱。十種者，風箏誤，奈何天，比目魚，蜃中樓，憐香伴，愼鸞交，鳳求凰，巧團圓，玉搔頭，意中緣是也。其科白排場之工，當世共認，惟詞句間不免市井謔浪之習。梅邨贈笠翁詩云：「江比笑傲誇齊贅，雲雨荒唐憶楚娥。」蓋詠實也。其所著閒情偶寄中論曲之語，議論精到，近坊間有單行本，署李笠翁曲話，誠談曲者之要集也。

(5)洪昇 昉思著有四嬋娟雜劇，及迴文錦，孝節坊，鬧高堂諸傳奇而以長生殿一劇爲最有名。是劇初名沈香亭。後去李白入李泌輔肅宗中興事，更名舞霓裳，後又合用唐人小說玉妃歸蓬萊明皇遊月宮諸事，專寫釵盒情緣，名之曰長生殿。蓋經十餘年，三易稿而始成。其宮調諧和，譜法修整，爲近世曲家第一，不獨詞句采藻，直入元人之室已也。以國忌日妝演，爲台垣所劾，與會者皆削職，時趙秋谷年最少，雖斷送功名到白頭，不稍悔也。

(6)孔尚任 尚任桃花扇傳奇自序云：「族兄方訓，崇禎末爲南部曹，得聞宏光遺事甚悉，證以諸家稗記，無弗同者。香君面血濺扇，楊龍友以畫筆點成桃花，亦係龍友言於方訓者，遂本此以撰傳奇，朝政得失，文人聚會，皆確考時地，全無假借。」蓋此劇語語徵實，卽纖細科諢，亦皆有所本。如香君諱名香扇墜，見板橋雜記。藍田叔寄居媚香樓，見南都雜事記。王鐸書燕子箋，見阮亭詩注。以傳奇而可作信史讀，洵空前絕後之作也。淸聖祖最喜此曲，每觀至「設朝」「選優」諸折，歎曰：「宏光，宏光，雖欲不亡，其可得乎！」往往爲之罷酒。都門演桃花扇歲無虛日，坐中故臣遺老，每掩袂泣下。詞章之感人，有如是哉。

南洪北孔，爲清康熙中兩大曲家。乾嘉以後，則鉛山蔣士銓撰藏園九種曲，頗負時譽。錢塘夏綸著杏花，瑞筠圖，廣寒梯，花蕚吟，南陽樂五種，推本五倫，學究氣未免太重。此後海鹽黃燮清著倚晴樓九種曲，尙不失矩度。若宣城李文瀚，陽湖陳烺等，並無足觀。同光之間，徽調，京調，秦腔，殺然並作，崑曲至是遂成廣陵散云。

（七）餘說

明李中麓作張小山小令序，謂：「國朝諸王之國，必以雜劇千七百本賚遣之。」今元曲目之載於臧懋循之元曲選首卷，及程明善嘯餘譜者，僅五百餘本，則其散失者衆矣。繼此作曲目者，有焦循之曲考，黃文暘之曲目，無名氏之傳奇彙考等。曲考未刻入焦氏叢書，曲目載諸李斗之揚州畫舫錄中。傳奇彙考僅有舊鈔殘本，惟黃氏之書稍爲完具。其所見之曲，通雜劇傳奇彙考，共一千零十三種。復益以曲考所有而黃氏所未見者六十八種。近人王國維更參考諸書，並各種曲譜及藏書家目錄，共得二千二百二十本，著曲錄二卷。視黃氏之目，增逾一倍。斯諸曲目中之完善者也。

本章參考書

臧晉叔元曲選

黃丕烈古今雜劇三十種

毛晉六十種曲

沈泰盛明雜劇

劉世珩暖紅室彙刻傳奇

董康讀曲叢刋

以上總集

楊朝英陽春白雪　又太平樂府

元人樂府羣玉　又樂府新聲

張祿詞林摘艷

郭勛雍熙樂府

沈璟南詞韻選

陳所聞南北宮詞紀

許宇詞林逸響

顧曲散人太霞新奏

張旭初吳騷合編

以上選本

鍾嗣成錄鬼薄

芝庵唱論　附陽春白雪前

徐渭南詞叙錄

魏良輔曲律

王驥德曲律

王世貞曲藻

何良俊徐復祚曲論

沈寵綏度曲須知　又弦索辨訛

黃周星製曲枝語

沈德符顧曲雜言

驪隱居士衡曲塵談

呂天成曲品

高奕傳奇品

李漁閑情偶寄

毛先舒韻白

焦循劇說

李調元雨村曲話　又雨村劇話

梁廷枏藤花亭曲話

陳棟北涇草堂論曲

楊恩壽詞餘叢話

徐大椿樂府傳聲

清人傳奇彙考

王國維宋元戲曲史　曲錄　曲錄餘談

吳梅顧曲塵談　詞餘講義

姚華菉漪室曲話　曲海一勺

許之衡曲律易知

王季烈螾廬曲談

任訥詞曲研究法　作詞十法疏證

以上曲平

朱權太和正音譜

沈璟南曲譜

沈自晉南詞新譜

李玉北詞廣正譜

呂士雄南詞定律
周祥鈺南北九宮大成譜
王奕清欽定曲譜
葉堂納書楹曲譜
王季烈劉鳳叔集成曲譜
以上曲譜
周德清中原音韵
范善溱中州音韵
沈乘麐韵學驪珠
以上曲韵

中國韵文通論終

中華語文叢書

中國韻文通論

1912

作　　者／陳鐘凡　著
主　　編／劉郁君
美術編輯／中華書局編輯部

出 版 者／中華書局
發 行 人／張敏君
行銷經理／王新君
地　　址／11494 台北市內湖區舊宗路二段181巷8號5樓
客服專線／02-8797-8396　　傳　真／02-8797-8909
網　　址／www.chunghwabook.com.tw
匯款帳號／兆豐國際商業銀行　東內湖分行
　　　　　067-09-036932　中華書局股份有限公司

法律顧問／安侯法律事務所
印刷公司／維中科技有限公司　海瑞印刷品有限公司
出版日期／2015年11月台三版
版本備註／據1984年9月台二版復刻重製
定　　價／NTD 470

國家圖書館出版品預行編目（CIP）資料

中國韵文通論 / 陳鐘凡著. —臺三版.—臺北市
：中華書局, 2015.11
面 ; 公分. — (中華語文叢書)
ISBN 978-957-43-2875-8(平裝)

1.中國文學史 2.韻文 3.文學評論

820.9　　　　104020210

NO.H0014
ISBN 978-957-43-2875-8（平裝）